イラスト――Gilse
デザイン――名和田耕平デザイン事務所

プロローグ

帝国の、そして、大陸の黄金期を作り上げた偉人、ティアムーン帝国の女帝ミーア・ルーナ・ティアムーンは、早寝早起きを信条とする人物として知られている。

「柔らかなベッドの上で、のんびり眠れるということが、どれほど幸せか……。平和な時には気づかないものですわ」

彼女は常々こう言っては、事あるごとに、今ある平和の大切さを子どもたちに教え、民草にも訴え続けた人だった。

今、手にしているものを当たり前だと思うな。その幸せを維持することに力を尽くせ、と……。

その言葉は女帝の子孫に受け継がれ、長く続く平和の礎となったのであった。

さて、その日も……女帝ミーアはいつもどおり、早めにベッドに入った。

「ふぅ……。うふふ、今日も無事にベッドで寝られる。わたくし、とっても幸せですわ」

心安らかに、柔らかなベッドで寝られることに感謝しつつ、ゆっくりと横になる。

目を閉じること数秒……、その目がパチリと開き、薄暗い室内を眺める。

小さくため息。

「やはり……一人きりの寝室というのは少々落ち着かないものですわね」

一人きり……そう、ミーアの最愛の夫、アベルの姿はそこにはなかった……。

そのことが、なんだか、無性に寂しいミーアである。

「あの人、元気にしているかしら……?」

ふぅっと切なげにため息……。

別に喧嘩をして、出て行ってしまったというわけではない。

彼は現在、息子と孫息子たちを率いて、サンクランド王国に遠征中なのだ。

サンクランドの天秤王シオンとアベルとの友情は、未だに続いていた。学生時代のように、とはいかないまでも、互いに剣の腕を磨き、高めあうという関係は変わっていなかった。

その関係は、ミーアの子どもたちや孫たちにまで及んでおり、こうして数年に一度、剣術披露会を互いの国で開くようになっていた。

まぁ、ミーアからすると、

「セントノエルの生徒会男子チームだけで遊んでるみたいですわね」

という感じではあるのだが。

ともあれ、彼らが旅立って早三日。

ミーアはなんとも寂しい気持ちになっていた。

特に、今日は……たまたま読んでいた本がホラー的エンディングを迎えてしまったので、なおさら、一人で眠るのが寂しくなってしまったのだ。

……………寂しく?

まぁ、それはともかく。

ちなみに、アンヌは、といえば、ミーアの孫たちを寝かしつけるのに忙しいのだろう。やっぱり、この場にはいなかった。

彼女はメイドたちを束ねるメイド長なだけでなく、孫たちの躾も担ってくれている。相変わらずの働き者の忠義ぶりなのである。

「……まぁ、別に？　今さら一人で眠ることをどうとも思いませんけれど……」

なぁんてつぶやくのは、すでに、孫がいる年齢の女帝、ミーア・ルーナ・ティアムーンである。そう、彼女の治世が始まって、すでに二十年以上の時が経っているのだ。

今さら一人で寝るのが、こわ……寂しいなどと言うわけもなく。

ミーアは再び目を閉じ、数瞬後……すーすーと寝息を立て始めた……まさにその時だった。

ガコンッと……どこかで音が聞こえて……。

――はて、なんの音かしら……？　なにやら、部屋の中で聞こえたような気がしますけれど……。

薄く目を開ける……っと！

窓から入る月明かりを受けて、小さな影のようなものが……壁から這いずりだしてくるのが見えたっ！

影は、ずるぅり、ずるぅり、と床の上を這ったと思いきや、すぐに、すっと立ち上がり……。ゆっくりミーアのほうに近づいてきた。

「ひっ、ひぃいいいっ！」

思わず悲鳴を上げそうになったミーアであったが……。

「ミーア、お祖母さま……？　ミーアお祖母さまですか？」

その小さな影から、可愛らしい声が聞こえた。

「え？　その声は……ああ……。誰かと思えば、ベルではありませんの」

目を凝らせば、そこに立っていたのは、今年、三歳になる孫娘、ミーアベル・ルーナ・ティアムーンだった。部屋の中をキョロキョロと見回したベルは、ミーアの顔を見ると、ニコーッと笑みを浮かべた。

すわ、お化けが出たか⁉　などと身構えていただけに、思わず、ほふーぅ、と安堵の息を吐いてしまうミーアお祖母さまである。

「どうしましたの？　こんな時間に……まぁ、こちらへいらっしゃい」

ぽふぽふ、っとベッドを叩きつつ、巧みな口調でベルをベッドの上へと誘うミーア。素直なベルは、とてとてと小走りに近づいてくると、ぽふん、っとベッドに座った。

「それで、どうしましたの？」

「あのね、ミーアお祖母さま。……わたくし、ねむれなくって」

わたくし……ベルは、自分のことをそう呼んでいる。

ミーアの真似をして……自身の母、パトリシャンヌの真似をして……わたくし、と言っている。

それが、ミーアには少しだけ寂しい。

この子が、自分をボクと呼んでいた……あのころを……あのセントノエルの時代を懐かしく感じるミーアである。

「どうかなさいましたか、ミーアお祖母さま」

「もう、ベル、何度言えばわかりますの？　お祖母さまではなく……」

っと、言いかけ、ミーアは思わず苦笑する。

「お祖母さまではなく……？」

「いえ、なんでもありませんわ。ベル。それで、なぜ、こんな時間に……というか、あなた、どうやってここまで来ましたの？」

ここは、この国の最高権力者、女帝ミーアの寝室である。

警護の兵に守られた、この国で最も入りがたい場所である。にもかかわらず、どうやって……。

「ふっふっふ、わたくし、このお城の中を日夜探検していて……」

その言葉を聞き、ミーアは、

――ああ、やっぱり、ベルはベルですわね……。

なぁんて、遠い目をするのだが……それはともかく。

「それで抜け道を見つけた、ということですわね……。あとで、位置を教えてくれるかしら？　なにかあった時のために把握しておかなければ……」

言いつつも、ミーアは立ち上がる。途端に、ベルが不安そうに見上げてくる。おそらく、自身の寝室に送り返されると思ったのだろう。

「ミーアお祖母さま？」

上目遣いに見つめてくるベルに、ミーアはそっと毛布をかけてあげて……。

「もう少しここにいればいいですわ。寝られないというのは、嫌なものですものね」

優しい笑みを浮かべるミーアである。

「でも、そうですわね。このまま、とりとめなく話をしているというのも……」

「わたくし、ミーアお祖母さまの、むかしのお話ききたいです！」

「あら、ふふふ、いいですわよ。それならば、眠くなるまで、わたくしの昔のお話をして差し上げますわ」

そうして、ミーアは話し出した。

遠くて愛しい昔話を。

Collection of short stories

貴族ガチャ

NOBLE GACHA

書籍1巻TOブックス
オンラインストア特典SS

ティオーナ監禁事件について犯人の者たちへの処分と、帝国貴族たちの無礼を謝罪した後のこと。

ラフィーナの部屋を辞したミーアは、自室へと走って戻った。

ちょうど掃除をしていたアンヌを、ミーアは心から労い、それから彼女を伴って街へと繰り出した。

ご褒美(ほうび)と称してスイーツ屋巡りをするためである。

「さすがはセントノエルですわ。素晴らしいですわ！」

湖中の島、セントノエル島には、セントノエル学園を囲むようにして町が建てられている。それはさながら、学園という城によって発展した城下町のようだった。

そこはラフィーナの厳正な審査をパスした者のみが暮らすことのできる町。

要人の集まる学校だからこそ、怪しげな人物を入れるわけにはいかない。食べ物に毒でも混ぜられたら大変なことになってしまう。定期的に、秘密裏に、各店に公国の手の者が立ち入り、調査をしていた。

あらゆる陰謀を拒絶する、大陸でもっとも安全な楽園のような場所。

それこそが、ここ、セントノエル島だった。

しかしながら、そこは確かに街で、厳然たる競合の存在する場所でもあった。

口の肥えた貴族の子弟を相手にしなければいけないだけに、むしろ、普通の都市などよりもよほど高品質のものを求められるのだ。

いつしか、この島は、大陸の最先端かつ最高品質の物品の集まる場所へと変貌した。

そして当然のごとく女学生に大人気のスイーツなどもまた、流行の最先端のものがそろっていて……、

「ああ、あれも美味しそうですわね……。まぁ、飴細工！　素晴らしい出来ですわ、アンヌ。ほら、あれ！」

　はしゃぐミーアを見て、アンヌは思わず微笑ましい気持ちになってしまう。

「ミーアさま、落ち着いてください。お店は逃げませんわ」

「お店は逃げなくっても、商品は逃げますわ！　売り切れになるかもしれないですわ！」

　そう言って、ミーアは駆けだそうとして……、

「きゃっ！」

　前を歩いていた少年にぶつかって、小さく悲鳴を上げた。

「おっと、失敬……」

「ああ、こちらこそ失礼しましたわ……、あら、あなたは？」

「わっ、こっ、これは……、ミーア姫殿下！」

　少年はミーアを見ると、地面にぶつけんばかりの勢いで頭を下げる。

「もっ、もも、申し訳ありません！」

「いえ、わたくしがよそ見をしていたのが悪かったのですわ。えーっと、確か、ランジェス子爵家のウロスさん、でしたかしら？」

　その少年のことをミーアは知っていた。

　ウロス・ランジェス。帝国子爵家の長男。

　そして、

「改めて謝罪をいたします。この度は、当家の従者が大変なことを……」

ダンスパーティーの夜、ティオーナを監禁した犯人の一人の主人でもある。

「謝罪はすでに先ほどいただきましたわ。済んだことを蒸し返す必要はございませんわ」

というより、むしろ思い出したくもないミーアである。

ラフィーナに詫びに行ったあの緊張感を忘れるために、こうしてスイーツ巡りをしているというのに、まったく空気が読めないやつですわ！　と、ミーアは舌打ちしかけるが……。

「ああ、そうですわ。スイーツといえば、ウロスさん、あなたのご実家で開発したお菓子、今度食べたいですわ」

実は、ミーアはウロスという少年のことを、前の時間軸の時から知っていた。

帝国の叡智だから帝国貴族の子弟はみんな覚えている、などということではない。ご存じのとおりミーアには、別に叡智はない。

ではなぜ覚えていたか、というと、このウロスという少年は、毎年、必ず贈り物を携えて挨拶に来る少年だったからだ。

しかも持ってくるものがイチイチ気が利いていて、目端が利くやつだと、ひそかにミーアは評価していたのだ。

そんな彼が持ってきた中で、ミーアが最も気に入ったのが、彼の実家、ランジェス家で開発したという触れ込みのお菓子、シュークリームだった。

どうやら日持ちしないものらしく、わざわざラフィーナの許可を得て、調理師をセントノエル学園内に連れてきて作らせていたのだ。

「は？　お菓子、ですか？　いえ、当家ではそのようなものは……」

「あら、そうなんですのね」

食べさせていただいたのは、もう少し未来の話だったかしら……？

首を傾げつつ、ミーアはウロスを見た。

「まぁ、いいですわ。せっかく学園にいられるのですから、せいぜい励みなさい」

「はっ、ははぁっ！　姫殿下のお役に立てますよう、精一杯励ませていただきます！」

思いっきり頭を下げて、それから踵を返して学園のほうに走っていくウロス。その背を見送り、ミーアは偉そうに頷いた。

「うむ、良い心がけですわ。さて、わたくしたちも行きますわよ、アンヌ」

そんな風に威張っていたから、罰が当たったのだろうか。

商店街を練り歩くことしばし……、空が灰色に染まりだした。

「ミーアさま、空が……」

アンヌがそう言ったまさにその時、ボタリと大粒の何かがミーアの顔に降ってきた。

「あら？　雨ですの？」

つぶやくようなミーアの問いかけに答えるように、空が轟音とともに瞬いた。

「ひゃあっ！」

突然の雷、直後にバケツをひっくり返したような大雨が降り注ぐ。

二人は慌てて、近くのお店に駆け込んだ。

少し入り組んだ路地にある、ちょっとだけ寂れた雰囲気のお店に。

時刻はちょうど三時を迎えたころだった。

「あーあ、私、ほんとついてないな……」

セントノエル学園のほど近く、路地裏に一軒の小さな洋菓子屋が建っていた。

寂れて、薄汚れた印象のある外壁には、場違いなほどに明るく真新しい看板が掲げられていた。

「洋菓子屋　カタリナ工房」

その店主の女性、カタリナ・エーンルートは、呆然と外の光景を眺めていた。

降りしきる大粒の雨。暗く濁った空では、時折、雷鳴が轟いていた。

店の前の路上には、丸められたチラシが、雨に打たれてグシャグシャになっていた。

そこには可愛らしい文字で、

『新装開店　カタリナ工房　本日、15時より新商品のシュークリームを発売！　おいしいお茶とお菓子を用意してお待ちしております。ぜひお越しください！』

と書かれていた。

彼女の妹が一生懸命書いて、配ってくれたチラシだった。

そんな文字も、見る間に濡れて滲んで、不気味な模様に変わっていく。

「私、ほんとについてない。いっつもそうだ」

この大雨では、きっとお客さんなんか来ない。学園の生徒たちは、みな高貴な身分の者たちなのだ。

こんな大雨の中、わざわざ濡れる危険を冒してはこないだろう。

せっかく用意した新商品も日持ちしないから、全部捨てなくてはならない。

張り切って山盛りにしたシュークリームを見ていると、なんだか泣けてきた。

「いっつも……そうだ」

両親の形見である洋菓子屋。

潰(つぶ)れないように、妹と懸命に守ってきた。でも、徐々に経営が傾き、客足が遠のいてしまって……。

起死回生を図るための新装開店だった。

妹と一緒に新メニューも考えて……。万全を期したのに……、この大雨だ。

妹はお客の呼び込みに行っているけれど、きっと無駄だろう。

「どうして、いつも……」

彼女がうつむいた、まさにその時、店の扉がガチャッと開いた。


ここで一つ、前の時間軸の話をしよう。

それは、ありふれた不幸話。本当にどこにでもある、貴族の傲慢(ごうまん)に踏みにじられた平民の話だ。

ティアムーン帝国が革命の炎で包まれた時、カタリナは田舎の貧民窟(ひんみんくつ)にいた。

彼女が親から継いだ店「カタリナ工房」が潰れてから、すでに二年が経っていた。

あの日……、新装開店の日。

傾きかけていた店を、借金までしてリフォームし、新しいメニューを考案して、なんとか立て直そうと張り切っていたあの日……。

雨から逃れるために店にやってきたのは、一人の貴族の少年だった。

ウロス・ランジェスと名乗った少年は、最初、店の中を薄汚いだの、なんだの罵った。

けれど、カタリナはそれを笑顔で聞き流し、新メニューを出した。

貴族に気に入ってもらえれば、常連になってもらえるかもしれない。新しいお客さんを連れてきてもらえるかもしれない。

そう期待してのことだ。

カタリナの生み出した新商品は、実際、とても良い出来だった。

口にしたウロスは、そのお菓子「シュークリーム」を褒めそやし、場合によっては店に出資することを親に頼んでもいい、とまで言ってくれた。

カタリナは喜んだ。

貴族の後ろ盾があれば店は繁盛する。借金だって返して、妹にも楽をさせてあげられる。

カタリナは、ウロスに気に入られるために、精一杯の愛想を振りまいて、その挙句に、シュークリームのレシピをしゃべってしまった。

……気に入られようと必死だったのだ。

ウロスは、また来ると言って店を出て行った。

そうして……、二度と店には現れなかった。

出資の話は有耶無耶(うやむや)になり、店の売り上げは相変わらず右肩下がり。

三年と持たずに店は潰れ、貧しい生活の中、妹も倒れて帰らぬ人となった。

唯一の肉親を失い、失意の内にあった彼女は一つの噂を耳にする。

セントノエル学園で、彼女の開発したシュークリームが大人気だという噂だ。

苦労して学園に忍び込んだ彼女は、そこで目にしてしまう。

自分と妹が苦労して考えたシュークリームを、貴族の学生たちに得意げに供するウロスの姿を。

涙ながらに抗議するカタリナに、ウロスは言った。

「別に売っているわけじゃないからいいだろ？　商売敵になったわけじゃない。僕はただみんなに美味しいものを食べて喜んでもらおうと思っただけだよ」

なんの悪意もなく……、カタリナがどれだけの苦難に陥ったのか想像することすらなく、ウロスは言ったのだ。微笑みすらしながら、言ったのだ。

それで、カタリナの心はぽっきり折れてしまった。

数年後、帝国が革命の炎で焼かれ、ウロスの属するランジェス家が一族郎党処刑されたと聞いた時にも、さしたる反応はしなかった。

ただ、ポツリとつぶやくだけだった。

「ああ、私、ほんとについてないな……」


彼女は不幸だった。それは疑う余地のない真実だ。

では、彼女の不幸はどこから始まったのか？

彼女の両親が彼女と妹だけを残して先に死んでしまった時からか？

親が遺してくれた店の売り上げが落ち始めた時か？

それとも、再起を図るために店を新装開店した時だろうか？

明確にいつとは言えない。けれど、彼女の不幸が確定したのは、たぶんきっと……、あの大雨の日。

カタリナ工房のドアを『ガチャ』っと開けて、入ってきた『貴族』が外れだったから。

では、もしも……、もしも、彼女が貴族ガチャに失敗してなかったら、どうなっていたか……。


ガチャッとドアが開き、誰かが入ってきた。

うつむいていたカタリナは、慌てて顔を上げた。

「あっ、いっ、いらっしゃいませー！」

目じりについた涙をぬぐい、お客さんに笑みを浮かべる。

入ってきたのは、若い少女の二人組だった。

一人はメイド服、赤い髪を頭の両側で結んだ少女だ。おそらく年齢は自分と同じぐらいじゃないか、とカタリナは予想した。

そして、その隣にいるのは……。

「あ……っ」

カタリナは小さく息をのんだ。

雨に濡れた白いブレザー、同じく純白のプリーツスカートは、セントノエル学園の制服。

ということは……。

――貴族さま。

水に濡れ、しっとりとした輝きを放つ白金色の髪、透き通るような白い肌は水を弾き、玉になった水滴が、その繊細な肌をつつぅっと伝い落ちる。

年のころは妹と同じぐらい。けれど、その少女が同じ人間とはとても思えなかった。

それほどまでに美しい少女だったのだ。

「体を拭けるものがないか聞いてきますね、ミーアさま」

――ミーアさま……?

その名前に、カタリナは驚愕した。聞き覚えのある名前だったのだ。

確か、今年、セントノエル学園に入学してきたティアムーン帝国の皇女殿下の名前が、そんな名前だったのではなかったか?

「あの、すみません。よろしければ何か体を拭くものをお借りできますか?」

「あっ、はい。少々お待ちください」

カタリナは慌てて、調理場のまだ使っていない綺麗な布巾をもって、メイドに差し出した。

「どうぞ、お使いください」

「あっ、ご親切に、ありがとうございます」

そう言って、柔らかな笑みを浮かべるメイド。つられるようにして、カタリナは笑みを浮かべた。

「雨の中、大変でしたでしょう。今、もう一枚持ってきます」

いったん店の奥に行き、布巾をもって戻ってくると、ミーアと呼ばれたほうの少女はブレザーを脱いでいた。

その下のブラウスはほとんど濡れていない。雨が降ってきてそこまで時間が経ってなかったからだろう。

――着替えを用意したほうがいいかな? でも、貴族さまに恐れ多いかしら?

などと悩んでいたカタリナは、ちょっとだけホッとした。

「まったく、よりによってこんなタイミングで雨が降ってこなくてもいいのに」

髪の毛をメイドに拭かれつつ、ぶつくさ文句を言う少女。それを見て、メイドの少女が苦笑している。

「仕方ありませんよ、ミーアさま。お天気はどうにもなりません」

「でも、まだなんにも食べてませんわ！　せっかく甘いもの食べにきましたのにっ！」

「あっ、あのっ……」

と、そこで、カタリナは声を上げた。

「でしたら、その、うちで食べていきませんか？」

「……へ？」

「甘いお菓子、あります。今日、新商品の発売日なんです！　よかったら、ぜひ！」

「……ここで、ですの？」

ミーアは改めて店内を見た。

――なんか、ちょっとパッとしませんわね。

店内はがらんとして、いかにも寂れた雰囲気だ。

掃除はきちんとしてあるが、なんというか、見栄えがしないというか、惹かれるものがないのだ。

なにより、ほかにお客さんがいない。

――ここ、たぶん、あんまり流行(はや)ってないんでしょうね。

大変失礼なことを思って、ミーアは、はぁっとため息を吐いた。

さすがに雨宿りだけして何も注文しないのは気が引けるから、お茶ぐらいは飲もうと思ってはいたが……。

——新商品、ねぇ。まぁ、そんなに期待はできなさそうですけれど……。

ミーアは、それでも我慢して愛想のいい笑みを浮かべて、

「それじゃあ、それ、一個ずついただきますわ」

と言ったのだが……。

「なっ、こっ、これはっ！」

出されたものを見て、驚愕の声を上げる。

——これは、間違いございませんわ。シュークリームですわっ！

ミーアはかつて、ウロスから供されたシュークリームを思い出していた。

香ばしい小麦の薄い生地、カリカリのそれを噛みしめると、中からジュッと甘くて濃厚なクリームが口にあふれてくる。

その、しびれるような甘さ、ついつい微笑んでしまいそうな満足感を思い出し……。

気づいたら、ミーアはシュークリームを口に運んでいた。

「まぁっ！」

齧（かじ）りついてみて、驚いた。

——ウロスにもらったものより、美味しいですわ！

ミーアの記憶は、前の時間軸と合わせて五年近く前のものである。そこには当然、過去の思い出に対する美化があってもおかしくはないはずなのに……。

この「新商品」は、それをやすやすと上回った。

「ミーアさま、これ、すっごく美味しいですっ！」

すぐ目の前、びっくりした顔で微笑むアンヌに、ミーアも笑みを返した。

「ええ、これは……絶品ですわ」

でも……、とミーアは考え込んでしまう。

――これは一体どういうことなんですの？　なぜ、このお店でウロスの家で開発したお菓子が食べられるんですの？

うーむ……、と唸りながら、ミーアはシュークリームをひょいっと口に入れた。

考える時は、甘いものを食べる。物事の基本というものだ。

「店主、お代わりを！」

厳然たる声で言ってから、ミーアは再び思考に沈みこむ。

二個目のシュークリームをパクリ、と口に入れ、それから三個目に手を伸ばそうとしたところで……、

「さすがに食べすぎです、ミーアさま……」

アンヌに止められた。

「まぁ、アンヌ、目ざといですわね」

「考え込んでるふりして誤魔化(ごまか)そうとしても、お見通しですからね！」

などというやり取りを経て、ミーアはついに一つの結論にたどり着く。

――ははぁん、なるほど、わかりましたわ！

ミーアの脳裏に浮かんだのは、先ほどすれ違ったウロスだった。彼は言っていたではないか。そんなものを開発していない、と……。

——謎はすべて解けましたわ！　つまり、ウロスはこのお店を見つけて、ここの店主を自分の家のお抱えにしたということですのね！

惜しい！　微妙に推理を外すミーアである。

けれど、それも仕方のないことかもしれない。

ミーアには、レシピを盗んで自分の家の手柄にするなどという発想は存在しないのだ。

何しろ、ミーアの場合、自分のところで開発したというのは、帝国で開発したというのと同義である。そんなものを誇ったところで大した手柄になるわけでもない。

「店主、一つお聞きしたいのですが、このお店に、ウロスという貴族の少年が来たことはあるかしら？」

「？　いえ、最近はセントノエルの学生の方はいらっしゃっていませんが……」

それを聞き、ミーアはニンマリ笑みを浮かべた。

「それは何よりですわね……。うふふ、ああ、それにしましても、このお菓子、とっても美味しかったですわ」

「あっ、ありがとうございます！」

「見たことのないお菓子ですけど、どうやって作ってるんですか？　これ」

隣でアンヌが何気ない口調で言った。

「ええ、これはですね……」

上機嫌に説明を始めようとする店主を、

「そこまで」

慌ててミーアが止めた。

「あなた、そう簡単にレシピを話すものではございませんわ。アンヌも、滅多なことを聞いてはいけませんわ」

偉そうに言うミーアに、アンヌと店主が同時に頭を下げた。

「すみません、ミーアさま、私ったら余計なことを……」

「あ、ありがとうございます。私も、少し迂闊でした……」

実にまともなことを言ったミーア。ではあるのだが……。

はたして、なぜ、ミーアはそんなことを言い出したのか……？

その理由は、といえば……。

――これはチャンスですわ！　わたくしが流行の最先端に躍り出る大チャンスですわ！　万が一、ほかの貴族に作り方を聞かれでもしたら、せっかくのチャンスがふいになってしまいますわ。

実に、こう……、せこいことであった。

ミーアは知っているのだ。このシュークリームがセントノエルで大流行するという未来を。

――もしも、このお菓子……、わたくしが紹介したとしたら？

例えば、教室でシュークリームを話題にしている生徒がいたとする。そこに通りかかった時に、したり顔で言ってやるのだ。

「あら？　あなたも食べましたの。あれ、わたくしが最初に見つけたのよ」と。

流行の物に最初に目をつけたという誉れ……。それを人にひけらかす時に体に走る快感。

ミーアは、教室の流行の最先端を走る自らを想像してゾクゾクした。

——そ、それ、とっても気持ちいいですわ！

前の時間軸において、ミーアの周りには常に取り巻きの女子たちがいた。いつもチヤホヤされていたし、話題の中心にいたという自負もある。

けれど、ああ、けれど……、流行の最先端にいたことは一度もない。

ドレスも、アクセサリーも、ミーアは常に流行に聡い生徒の後塵を拝していたのだ。

指をくわえて、そんな生徒たちを眺めながら、

「あんなふうにクラスの人気者になってみたいですわ、憧れられてみたいですわ！」

などと思っていたのだ！

その夢が、まさかこんなところで叶おうとはっ！

実に、こう……、言ってはなんだが、安っぽい夢ではある。

けれど、そんなことは一切気にせず、ミーアは鼻息荒く言った。

「ねぇ、店主の、えーっと」

「あっ、はい、カタリナです」

「カタリナさん。わたくし、このお店のこと、とっても気に入りましたわ。特にこの新商品の……」

「シュークリームですか？」

「ええ、それ……。そのシュークリームとっても気に入りましたの。ですから」

「あ！　もっ、もしかして、お抱えにしていただけるんですかっ!?」

「……へっ？」

勢い込んで聞いてくるカタリナに、ミーアは目を白黒させた。

この店に出資して、カタリナをお抱えのパティシェールにすること。

このお菓子は、自分のお抱えが開発したものなんだと自慢すること。それは、とても甘美な誘惑で……だけど。

――それは、まずいですわ。

ミーアは冷静に首を振った。

お菓子屋をお抱えにする、出資する。それは間違いなく無駄遣いと捉えられる。

怒れるルードヴィッヒの顔がミーアの脳裏に浮かんだ。

どれだけ嫌みを言われるものかわかったものではない。これまで築いてきた信頼だって、全部台なしになってしまうかもしれない。

それはできない。そんなリスクは取れない。

――無駄金を使わずに、でも、わたくしが流行の最前線に躍り出る方法……、そうですわっ！

ミーアは、天啓にうたれた！

「残念ですが、あなたをお抱えにするわけにはいきませんわ」

ミーアの言葉に、カタリナは落胆した。

――でも、気に入ってくれたんだったら、常連になってもらえるかもしれないし。

それは、十分に幸せなこと。幸運なことなんだと自分に言い聞かせてみる。

けれども、どうしても気持ちは沈んでしまう。

だって、相手は大帝国の姫君なのだ。莫大なお金と権力の持ち主、カタリナのお店ぐらいならば、気分一つで救うことができる人物だ。

そんな人に気に入ったと言ってもらえたのだ。

それなのに……、それだけなんて……。

——ああ、やっぱり、私、ついてない。

そう、思ってしまって……。だから、

「代わりと言ってはなんですが、あなた、セントノエル学園の中で、そのシュークリームを売ってみるつもりはないかしら？」

「……へ？」

突然の申し出に、呆然としてしまうカタリナ。そんな彼女をよそに、ミーアの話は続く。

「もちろん、ラフィーナさまの許可が下りたらですけど、たぶん大丈夫だと思いますわ。あとは、あなた次第ですわ」

「私……、次第……」

ミーアの真っすぐな蒼い瞳に見つめられ、カタリナは小さく震えた。

いつも、自分はついていないと思っていた。

最大限、幸運を手に入れたって、せいぜい常連客がついてくれるぐらいだと思った。

だけど……、目の前の少女、ミーアは、そんなカタリナを否定するように言ったのだ。

あなた次第だ、と。あなたの選択次第だ、と。

遅ればせながら、カタリナは思い出す。

帝国の皇女、ミーア・ルーナ・ティアムーンの二つ名。帝国の叡智という、たいそうな名前を。

年端もいかない少女につけられた大仰なあだ名を聞いた時、カタリナは苦笑いをしたものだったが……。

思えば、カタリナをお抱えのパティシエールにすることは、とても簡単なことだろう。

けれど、ミーアは……、それを良しとしなかった。

カタリナが、幸運に甘んじることを許さなかったのだ。

――私次第……、そっか、幸せになれるかどうかは、私次第なんだ。

小さく息を吐き、それからカタリナは顔を上げた。

そこには、運命を嘆き、不幸を呪う、弱々しい女性の顔はなかった。

ただ、運命を自らの手で勝ち取ることを決意した者の顔があった。

「ミーア姫殿下、お心遣いを感謝いたします。どうか、よろしくお願いいたします」

カタリナの返事を聞いて、ミーアは満足げに頷いたのだった。


それは、滅多にない幸福な話だ。

大帝国の皇女と出会い、そのチャンスを自らの選択と努力で生かし、幸せをつかみ取った女性の話だ。

貴族ガチャによって、ティアムーン帝国皇女というとびきりの人脈(SSR)を引き当てたカタリナ。彼女の栄光の日々は、あの日、幸運にも大帝国の皇女とのコネが作れたことから始まった。

……そう、人は言うだろう。
けれど、カタリナは思うのだ。
そうだろうか？　と。
確かに出会いは大切だ。その機会に恵まれたことは幸運以外の何物でもなかった。
けれど、運命を切り開いたのは、そうではなくって……、むしろ、
――不幸を嘆くだけだった私の考え方が変わったから。
誰かが何かをしてくれないから不幸なんだって。
人生なんて、全部、運次第。私が何をやっても無駄なんだって……。
そんな風に逃げ出さないようになったから。
努力がいつも報われるなんて、限らない。
物事は心がけ次第だなんて、そんなの綺麗事(きれいごと)だってわかってる。
とびきりの不幸はいつだって、誰にだって訪れる。
だけど、ああ、だけど……。カタリナの胸にあるのは、いつもあの日の言葉だった。
ドアをガチャッと開けて、入ってきた少女。彼女の言葉。
「すべては、私次第」
運命を切り開くのは、運ではなく、自分自身なのだ、と。
あの日、帝国の叡智は言ったのだ。
その言葉を胸に、今日もカタリナは洋菓子を作り続ける。
「いらっしゃいませ！」

「お邪魔しますわ。まったく、流行るのはよろしいんですけれど、こんなに混むのは想定外でしたわ」

その日も、カタリナの運命を変えたかしましい少女は、お菓子を食べにやってきた。

「まぁ！　また新商品がございますわ。アンヌ、これ、一個ずつ頼んで半分ずつ味見するというのはどうかしら？」

ニコニコと、嬉しそうな笑みを浮かべて……。


——うふふ、予想どおりの大繁盛ですわ。ああ、流行の最先端ですわ……。

混んだお店に顔をしかめるふりをして、ミーアは心の中でニマニマ笑う。

——このお店、人気が出る前から、わたくし、目をつけてましたの。ラフィーナさまに紹介したのもこのわたくしなんですの、って言った時のみんなの顔がたまりませんわ。

みんなの尊敬と注目を集める快感に、自然と顔がほころんでしまうミーア。

「まぁ！　また新商品がございますわ。アンヌ、これ、一個ずつ頼んで半分ずつ味見するというのはどうかしら？」

この新商品でますますお店が注目されて、それを発掘した自分は、ますます尊敬の目で見られるに違いない……。

新しいお菓子の味への期待感もあって、ついつい微笑んでしまうミーアであった。

Collection of short stories

ミーア姫、種を蒔く（物理）

PRINCESS MIA SOWS SEEDS (PHYSICS)

書籍1巻
電子書籍特典SS

「ルードヴィッヒ殿、ミーア姫殿下からお届け物が届きましたよ」

「ああ、ありがとう」

ミーアからの届け物を見て、ルードヴィッヒは眉をひそめた。

——今月も、か。

ミーアはセントノエル学園に行って以来、毎月、多額の金銭を送ってくるようになった。

それは、送金されている生活費のほぼ半分だった。

特に指示なく送られてくるそれらを、自らに対する信頼の証ととらえて、ルードヴィッヒは、有意義に使うようにしている。貧困地域の救済に使ったり、ミーアの声かけで設立されることになった病院の経営に利用したり、その用途は様々だ。

本来の予算にない収入源、もともとは庶民の税金であり、財布自体は変わらないが、いつでも自由に動かせるお金があるというのは、ありがたい話ではある。

「いつも、ミーアさまのご配慮には頭が下がるが……、大丈夫なのだろうか？」

ついつい疑念を抱いてしまうルードヴィッヒである。

なるほど、セントノエル学園にいる限り、生活に困るということはない。

食事はきちんと寮で用意されているのだから、街に出て食べるようなことがなければ、お金を使う必要はない。生活する部屋もある。教材なども学園が用意してくれているから、そこにもお金は必要ない。

生きていくだけであれば、一切お金を使わずにいられる場所である。

しかしながら、ミーアは大国の姫なのである。帝国の威信を背負っているのだ。もしも彼女が粗末で、みすぼらしい生活を送っていたら、それはそのまま帝国の恥になる。

時にはお茶会を開いて他国の姫君たちと交流を図る必要があるし、舞踏会などにも積極的に参加する必要がある。そうした付き合いに使うお金は、半ばは外交費のようなもので、本来であれば節約できるものではないのだが……。

「まぁ、あの方のことだから、そのあたりはきちんと計算に入れているのだろうけれど……」

そんなルードヴィッヒの思いとは裏腹に、

「無駄金は使えませんわ！」

ミーアはせっせと節約していた。

頼みもしないのに、父親である皇帝が送ってくる大量の金銭をせっせとルードヴィッヒに送り、自分の手元に残したものも、できるだけ使わないように貯めこんでいる。

前の月に送られてきたもので次の月も生活できないか、などと、なんともしょーもないことをやっていたりもするのだ。

いかにしてお金を使わぬようにして帝国の威信を保つか、自らに問いかけつつ、そのギリギリのラインを見定める。それは平民であるアンヌにはできないこと。

帝国の叡智、ミーア・ルーナ・ティアムーンの匠（たくみ）の技といえるだろう！

そんなミーアが頭を悩ませているのは、ルードヴィッヒも危惧していた、姫様同士のお茶会だった。

この手のお茶会は、言うまでもなく、招いた側が金銭の一切を負担して場を整える。高級茶葉を買い、美味しいお茶菓子を用意するのは、すべて招く側だ。

もちろんお客の側も手土産ぐらいは持っていく必要があるものの、その程度ならば許容範囲といえるだろう。

ミーアもお呼ばれすれば、ニコニコと嬉しそうにお土産を引っ提げていくことができる。

けれど、そうそう招かれてばかりもいられない。

いずれは帝国の威信を見せるために、豪勢なお茶会にご学友たちを招待する必要があるのだ。

けれど……、

「どうしたものかしら……」

その日も、ミーアは自室のベッドに転がりながら、アンヌからもらったメモ書きをぼんやり眺めていた。

ごろん、と寝返りを打ち、うつ伏せ状態で、足をバタバタ。不満もあらわに、メモを睨(にら)みつける。

「本当、どうしたものかしら……」

メモに書かれていたもの、それは、先日参加したお茶会の金額を、アンヌの協力のもとに計算してみたものだった。

お茶会のさなかに、

「このお茶美味しいですわ。どちらの茶葉を使っているのかしら？」

であるとか、

「このお菓子、絶品ですわ。今度、お父さまに送って差し上げたいのですけれど、どちらで仕入れたものかしら？」

などなど。会話の流れの中で、自然に聞き出したところ、なんとその額……。

「わたくしの仕送りの七割強って……、さすがに見栄を張りすぎではないかしら？」

仮にも大帝国の姫君のミーアなのである。そんなミーアの仕送りの七割強を一回で吹き飛ばすお茶会は、さすがにお金をかけすぎている。

けれど、驚いたことに、それだけの規模のお茶会は、この学園では珍しいことではなかった。

そう、薄々とではあるが、ミーアは気づいていた。

ここでのお茶会は……各国の意地とプライドとがぶつかり合う戦争の場なのであると。

笑顔で談笑する裏で、各国の姫君、貴族の令嬢たちは、互いのプライドという刃をぶつけ合って、血で血を洗う抗争を繰り広げていたのだ。

そんな競争に参加したらどうなるか？

――せっかく節約してためたお金など、すぐに吹き飛んでしまいますわ！

例えば、ミーアがひと月分の仕送り金額を用いてお茶会を開いたとする。そうすると、そこに参加した負けず嫌いのどこかの姫君が、今度は二か月分の仕送り金額のお茶会を開くだろう。

ミーアは帝国の威信を守るため、それを上回る規模のお茶会を開く必要に駆られるのだ。

――きりがありませんわ。

際限ない費用の増大は、さながら軍拡競争の様相を呈してきた。相手の騎馬を上回る数の騎馬を用意し、相手より練度の高い兵士を用意する代わりに、姫たちは茶葉の高級さとお菓子の高価さを競い、茶器の見事さでつばぜり合いを繰り広げるのだ。

「威信を守りつつ、不毛な争いから脱する、なにかパラダイムシフトが必要ですわね」

そんなことを悩みつつ、ベッドの上で、うーうー唸っていたミーア。そこへ、

「失礼します、ミーアさま。今、ラフィーナさまの使者の方からお茶会のお誘いがありました」

「ラフィーナさまから、ですの？」

入ってきたアンヌを一瞥し、ミーアは気のない返事を返す。

正直、ミーアとしては気が進まないことではあったのだが、かといって無下に断るわけにもいかない。

「まぁ、そうですわね、敵情視察もかねて行ってこようかしら？」

ちょうど悩んでいたこともあって、好奇心を刺激される。

ミーアはのっそりと起き上がると、ドレスに着替えた。

ちなみに、昼ごろまで寝間着代わりの服でいたことは、ミーアとアンヌだけの秘密だ。


「いらっしゃい、ミーアさん」

ラフィーナのお茶会は、学園の外れの花園、通称「秘密の花園」で行われた。

ラフィーナが招待した者のみ入ることを許されているといわれるその場所に、ミーアははじめて足を踏み入れた。

前の時間軸からずっと来たいと望んでいたミーアは、入った途端に漂ってきた花の香りに一瞬、陶然としてしまう。

――素晴らしいところですわ、こんな場所、帝都の白月宮殿にだってございませんでしたわ。

そこは、一面を薄紅色の花に囲まれた場所。

強く高貴な香りを放つその花は、姫君の紅頬という希少な花で、育てるのが大変難しいことで知ら

れている。

「どうかしら？　気に入っていただけて？」

花園の中央にしつらえたテーブルのところで、嫣然と笑みを浮かべるラフィーナ。

ミーアは改めて、彼女に視線を向け、スカートの裾をちょっこりと持ち上げる。

「ラフィーナさま、この度はお招きにあずかり、大変光栄にございますわ」

可愛らしく笑みを浮かべるミーア、であったが、その笑みが途中で固まる。

「……あら？　本日のお茶会のほかのお客さまは……」

「今日はあなただけですよ、ミーアさん」

「……へ？」

固まった笑みが、ひくっとひきつる。

ミーアの背中に冷たい冷ぁい……、冷や汗がつつぅっと流れ落ちる。

「わっ、わたくしだけ、ですの？」

「そう。ほら、私たち、先日お友達になったでしょう？　だから、ゆっくりお話がしたいなって思って、今日はお呼びしたのよ」

にっこり微笑むラフィーナ。

それを見て、ミーアの小心者の心臓は震え上がった。

恐る恐るミーアがテーブルにつくと、すぐにお茶を持ったメイドがやってきた。

「今日はアンヌさんはご一緒ではないのかしら？」

「えっ、ええ、ほかの方もいらっしゃるのかと思ってましたから」

基本的に、お茶会にはアンヌは連れて行かないことにしている。以前、お茶会に同席させた際に、場違いなものを見るかのような目で主催者の貴族の娘に見られたことがあったからだ。

それを察したのか、ラフィーナは神妙な顔で頷いた。

「それは申し訳ないことをしたわ。確かに自分の腹心を無下に扱われるのは不愉快なことですものね」

それから、ラフィーナは改めて笑みを浮かべ、歌うように言った。

「でも、そのおかげで、ミーアさんと二人きりでお話ができるのね。うふふ、楽しみだわ」

――ささささ、最悪ですわ！　ラフィーナさまと二人きりなんて、どこでギロチンが降ってくるかわかったものではありませんわ！

などという湧き上がる心の声を何とか飲み込んで、ミーアは、おほほ、と誤魔化しの笑みを浮かべた。

それから、目の前に出されたティーカップに視線を落とす。

――ふむ、カップは、公国製のもの。かなりお金がかかっておりますわね。

ミーアの観察眼が光る。

次にミーアはカップに注がれた紅茶に目を向けた。

目を向けて……、ちょっとだけ首を傾げた。

――お茶の色が、ピンク？

「お口に合うと、よろしいのですけど……」

そう言うラフィーナに促されるようにして、ミーアはお茶を口に含んだ。

口内に広がる心地よい熱さ、鼻を抜けていく華やかな風味には、爽やかなハーブの香りと、甘い花の香りが混じりあっていた。

「これは……、とても美味しいですわ」

お世辞抜きで、自然と感想が零れ落ちる。

それを聞いて、ラフィーナが嬉しそうに顔をほころばせた。

「そう、それはよかった」

「香りがすごく変わってますわね。これは、どこの茶葉を使われましたの？」

そう尋ねると、ラフィーナはまるでイタズラをたくらむ子どものような、無邪気な笑みを浮かべた。

「それはいくつかの香草とお花をブレンドして作ったオリジナルのハーブティーなのだけど……、記憶にある香りが混じっていなかったかしら？」

そうして、あたりを見回した。

ラフィーナの視線を追ったミーアは、ふと気づく。

「花の香……、もしかして、こちらの花園の？」

「正解。さすがはミーアさん、香りに敏感ね」

くすくすと笑うと、ラフィーナは愛しげに、近くの花に手を伸ばした。

「実はね、このお花、私が育てているのよ」

「あら、そうなんですの。ラフィーナさまは園芸がご趣味なんですのね」

「ええ、お花だけじゃなくって、いろいろな香草も、果物も育ててるわ。それで、お客さまをお呼びしては、お茶会でお出ししているのよ」

「ラフィーナさまが育てたものを……」

その時……、ミーアの脳裏に天啓が閃いた。

――そうですわ！　ラフィーナさまのように、わたくしも園芸を趣味にすればよろしいんですわ。

自分が育てた花の紅茶を招待客に出す。

それは考えようによっては、趣味の押しつけだ。

ラフィーナのように、出しても恥ずかしくない品質のものができるならばともかく、出来の悪い香草で作った紅茶に、形の悪い果物で作ったケーキを出されでもしたら、招待されるほうとしてはたまったものではない。

しかしながら……、その傲慢さは、ティアムーン帝国の威信を傷つけるものではない。

むしろ、帝国皇女に相応しい行いとすら言える。

――わがままとは思われるでしょうけれど、少なくともケチとは思われないはず。我ながら、天才的な閃きですわ！

「果物は砂糖漬けにしてケーキに使ったり、果汁を絞って固めたものを出したこともあったわね。植物を育てるのが好きなのよ」

「それは、とてもいいご趣味ですわね」

話を合わせつつも、ミーアはにっこにこ笑みを浮かべるのだった。


次の日、ミーアは早速、香草類について調べ始めた。

幸い、セントノエル学園は、大陸最高峰の〝知識の集まる場所〟である。植物学の書物も豊富に取り揃えてあるため、欲しい情報はすぐに手に入った。

ミーアは、それらの本をじっくり読み漁った。

お茶に使える香草や花、ケーキに使える果物、のみならず、食べられる野草類やキノコ類に至るまで。本には様々なものが載っていた。

「これは、なかなかに奥が深いですわ……」

ミーアは思わず唸った。

革命軍から逃げる際、ずいぶんと空腹に悩まされたものだったから、森の中で食べ物が探せるのであれば、願ったりかなったりだ。

「魚をとったり、ウサギを捕まえて食べたり、というのは、難しいかと思ってましたが、野草とは盲点でしたわ」

ふと、ミーアの脳裏に帝都にいる料理長の顔が思い浮かんだ。

「夏休みに帰った時に、聞いてみようかしら……。黄月トマトの調理方法にも詳しかったですし、野草を美味しく食べる方法も知っているのではないかしら」

さらに、最もミーアを感心させたもの、それは……。

「三日月大根の永久増殖法⁉　こんなことが可能ならば、飢饉は一気に解決ではございませんの？　これはぜひ調べなければいけませんわっ！」

「えーっと、こっち、だったよね？」

三日後、アンヌは、ミーアの命を受けて、島にある街に出ていた。

この島は、セントノエル学園を中心とした学園都市だ。人々の生活はあるものの、それらはすべて学園を中心として回っているといっても過言ではない。

商店に並ぶのは学園の生徒たちが必要とするものであり、その次に商店を営む者、学園で働く職員のためのものとなっている。

この島の産業構造の中心には、常に学園があるのだ。

さて、そんな島だから、いわゆる農民と呼ばれる種類の人々は存在していなかった。野菜や果物などはすべて島外から運ばれてくるので、わざわざ島の中でする理由がないのだ。

しかしながら、園芸を趣味とする貴族は意外と多い。学園内には園芸クラブも存在しているし、花を愛でたい貴族の令嬢というのは、少なくはないのだ。

そんなわけで、アンヌは園芸用品の多くがそろう西街区に足を運んだ。

「ミーアさま、園芸（ガーデニング）を趣味になさるのね」

指示されたものを思い浮かべて、アンヌはつぶやく。

そういえば、先日、ラフィーナのお茶会に招待された際、

『とても素晴らしい花園でしたの。あなたにも、ぜひ、とおっしゃっていたから、今度は一緒に行きましょう！』

「なんて、ニコニコしながら言っていたっけ。ラフィーナさまの影響を受けたのね。うふふ」

いつもは帝国の叡智の名に相応しく大人顔負け……、いや、並みの大人なんか決して及ばないほどの知恵の冴えを見せるミーアだが、こうして年相応に、年上の素敵なお姉さんの影響を受けているのを見ると、なんだかちょっぴり微笑ましくなってしまうアンヌである。

「ふむふむ、姫君の紅頬（プリンセス・ローズ）に、こっちは香草、かな。それと……えっ？」

ミーアから渡されたメモを見て、小さく首を傾げた。

「えっと、これって……、うちのお母さんも育ててるやつ、だよね。あの食べられるっていう……」

アンヌの想像する貴族の園芸というのは、美しい花だったり、良い香りのする香草であったりを育てる雅(みやび)な趣味だ。イメージすると芳しい香りがしそうな、高尚な趣味なのだ。

けれど、ミーアのメモには、それだけではなく、どちらかというと土っぽい匂いのするもの、野菜の類もふんだんに入っていた。しかも、農民が作るような本格的なものだ。

需要的に考えて、手に入るだろうか？　といささか不安になってしまう。

「それに、三日月大根、を一本？　それに、この陶器の深皿はいったい……」

一瞬、アンヌの脳裏に、大根の葉っぱがついたほうを切り落として水につけておいて、伸びてきた葉っぱを料理に使っていた母親の姿がよぎった。

それはアンヌの祖母から学んだ生活の知恵である。

「うふふ、まさかね。それじゃあ帝国の叡智がおばあちゃんの知恵袋になっちゃう」

実に勘が鋭いアンヌである。

「きっとミーアさまのことだから、なにかお考えがあるんだろうなぁ」

まさか、そのミーアさまが、おばあちゃんの知恵袋的に、帝国の存亡がかかった大問題の解決策を見出しているとは……、夢にも思わないアンヌであった。

「ミーアさま、お荷物届いたみたいですよ」

「ありがとう、アンヌ。では行きましょう」

セントノエル学園には、園芸を趣味にした生徒たちが使えるように、各人に花壇が用意されている。中庭の一角にあるそこは、日当たりの良い心地よい場所だ。

園芸用に、汚れてもいい半そでのブラウスと半ズボンに着替えて、意気揚々とミーアは外に出た。

すでに、アンヌが手配した荷物は用意されていた。

真新しいスコップ、植物用の水差し、剪定用のハサミ、それに各種の種だ。

「申し訳ありません。野菜類の種は島内では手に入りませんでした。入手しようとすると、お金がかかるようです」

「ああ、やっぱりそうなんですのね」

ミーアは、ふむ、と頷いた。

野菜類も自分で作れれば、お茶会だけでなく、昼食会などの時にも使うことができたのに、とちょっぴり残念なミーアである。

ともあれ、さすがのミーアも野菜を簡単に育てられるなどとは思っていない。むしろ本命は……、

「ところで、アンヌ、三日月大根は手に入りましたの？」

「あ、はい。そっちは大丈夫なんですけど……、ふふふ」

小さく笑い声をあげたアンヌに、ミーアはきょとんと首を傾げた。

「あら、どうかしましたの？　なにか楽しいことでもございまして？」

「あっ、いえ、実は昔、うちのおばあちゃんが、大根の葉っぱのほうって普通は刻んで食べるんですけど、この部分を水につけておくと葉っぱが伸びてきてですね……」

アンヌはおばあちゃんの知恵袋を披露する。

「おばあちゃんの知恵袋だー、なんて言って笑ってたのを思い出してしまって。すみません、一緒にしたらとっても失礼だと思うんですけど、つい」

「そっ、そうなんですのね」

ミーアは若干ひきつった顔で、それを聞いていた。

帝国を救う大発見が「庶民に広く知られたおばあちゃんの知恵袋である！」と聞かされた衝撃は、なかなかに大きかった。

「それで、何に使うんですか？　三日月大根なんか……」

「うえっ？　えぁ、そ、そうですわね。えーっと……、あ、そう、ハチミツにつけておくんですわ！」

先日読んだ本、大根の葉の無限増殖のすぐ隣に書いてあった記述をミーアは思い出した。

「ハチミツに、ですか？　それって美味しいんですか？」

「美味しいかはわかりませんが、月光蜂の集めてくるムーンハニーに大根をつけておくと風邪薬になるらしいんですの。だから試しに作ってみようかなって……」

大根のハチミツ漬け……、それもどちらかというとおばあちゃんの生活の知恵袋といえるのだが……、

「ミーアさま……」

アンヌはジィッとミーアを見つめた後、

「さすがミーアさま！　とっても博識ですね」

尊敬のまなざしを向けた。

どうやら、アンヌのおばあちゃんは、そこまで知恵袋に詳しくないハイカラなおばあちゃんだった

らしい。

そんなわけで、窮地を脱したミーアは改めて花壇のほうを見た。

「それで、この種を植えるんですけれど……、アンヌ、やり方はご存じですの？」

「えっと、確かこうやって指で土に穴を開けて……」

花壇にしゃがみ込み、ぷすぷす土に穴を開けては、そこに種を落としていくアンヌ。

その隣に行き、ミーアも土に指をさした。普通の貴族の令嬢であれば、抵抗がありそうなものだが、地下牢での生活を経験しているミーアは余裕である。

やってみると、土の感覚が微妙に気持ちよくって、なんだか癖になってしまいそうなミーアである。

「なんだか、これ、ちょっぴり楽しいですわ。おじいさまが庭いじりに没頭されていたと聞いた時に、何が楽しいのかって思ってましたけど……」

ミーアの祖父、先代皇帝の趣味は姫君の紅頬の育成だった。奇しくもラフィーナと同じ趣味を持っていたわけだ。ちなみに、花の剪定と、種から植物を育てることとは、微妙に違う。ミーアの祖父は土に指をさして喜ぶような、〝高尚〟な趣味を持っていたわけでは決してないのだが……。

そんなこととはつゆ知らず、血は争えませんわ！　などと祖父に親しみを感じてしまうミーアであった。

楽しい種蒔きを終えた後、ミーアはふと首を傾げた。

「そういえばアンヌ、姫君の紅頬は、どこにありますの？　今までの種は全部香草ですわよね？」

「あっ、はい。実はあの花は種から育てるのがとても難しいとのことですので、とりあえず、これを……」

そう言うと、アンヌは花壇の端に置かれていた植木鉢を持って戻ってきた。

「とりあえず、これに花を咲かせるところから始めたらどうか、とのことでした」

それは、いまだ花がついていない苗だった。つやつやとした葉っぱがつき、青々とした茎はもう花をつけてもおかしくないぐらいには太い。

「一年ぐらい、丁寧にお世話をしたら花がつくそうですよ」

「なるほど、そうなんですのね。どのようにすればいいんですの？」

「お水を丁寧にやることと、あとは虫がつきやすいのでよく見てあげることが必要みたいです」

「なんだ、そんなこと。ちょろいですわ！」

毎日、水をやるのなんてごくごく簡単だし、虫が食べにやってくるというのなら、部屋の中に置いておけばいい。そうすれば入ってこられないではないか。

「じゃあ、お水を汲んできますね」

そう言って、小走りに水くみ場へと向かうアンヌを見送ってから、ミーアは姫君の紅頬（プリンセス・ローズ）の植木鉢を持ち上げた。

「ふっふっふ、これでお茶会の問題は一気に解決……。ちょろいもんですわ」

ミーアは、まるで宝物でも見つめるかのように、その苗を見つめて……、そのつやつやとした葉っぱを見つめて……。葉っぱの先っちょが欠けていることに気づいて……。

「あら？　これは……」

誤解していたのだ。アンヌの言った言葉の意味を。

虫がつきやすいというのを、てっきり蝶が飛んできて蜜を吸うことだと思い込んでいたのだ。

知らなかったのだ。こういう脂っぽい葉っぱには、その蝶や蛾の幼虫である……、イモムシがつきやすいということを。

何気なく葉っぱをめくったミーアは、そこにくっついていた、丸々と太ったイモムシを見て、かちん、と固まった。

うねうね動くそれは、この世のものとは思えないほどに気味の悪い姿をしていて……。

何を思ったのか、それが、ミーアの細い指を伝い手のほうへ。うにうに、うにうに、上がってきて……。

「ひぃっ！」

ミーアの珠のお肌に、ぞわぞわぞわっと鳥肌が立った。

「ひぃいいいいいいっ！　やあああああああっ！　あっ、ああ、だっ、だれかっ！　あっ、ああ、そうですわ、アンヌっ！　今こそあなたの忠義の見せ所ですわよっ！　こっ、こっ、この虫、とっとっ、取って！　ひぃいいいいいっ！　あ、上がってきたっ！　上がってきましたわぁっ！　アンヌ、助けて、アンヌぅっ！」

涙目になりつつ、懸命に忠義のメイドを呼ぶミーア。けれど、いつまでたっても、アンヌは現れない。

と、そこで、ミーアは気がついた。

アンヌはついさっき、水を汲みに行ってしまったということにっ！

水汲み場は、建物の陰だから、声は届かなくって……。

「ひぃいいいいっ！　アンヌ、アンヌぅっ！」

のんきそうに、にょろんにょろん、と腕に這うイモムシに、ミーアの意識は、ふぅっと遠くなっていくのだった。

「聞いたところによると、虫を食べる花というのがあるそうですわ」

花壇で気絶した数日後、おもむろにミーアは言った。

「え？　そうなんですか？」

「ええ、なんでも、蜜を吸いにきた虫を、こう、ぱくっとやるそうですわよ。それを姫君の紅頬（プリンセス・ローズ）のすぐ隣に植えれば、勝手に虫を食べてくれるのではないかしら？」

「でも、ミーアさま、虫でしたら私が……」

「いいえ、アンヌに、あんなつらいことをさせるわけにはいきませんわ！」

「ミーアさま……」

自分のことを気遣ってくれる優しい主人に、感動のまなざしを向けるアンヌ。

――アンヌに気持ちの悪い思いをさせたくはありませんし、それに、あんな気味の悪い虫を触った手でお世話をされるのは、ちょっと……。こっそり服についてたりなんかして、それがベッドに張りついてたりしたら……ひぃいいいいっ！

恐ろしい妄想を爆発させてしまうミーアだった。

そんなわけで、ミーアは早速、学園の図書館を使って、食虫植物なるものを発見。

少しばかりお金を使って、その珍しい種を手に入れた……、まではよかったのだが。

「ミーア姫殿下の育ててるお花、見た？」

「知ってる！　あの不気味なお花よね。近づく虫を食べてしまうっていう……恐ろしいわ」

などと、すっかり有名になってしまい……、さらに、試しに作った大根のハチミツ漬けが、風邪薬としてすこぶる効果があったこともあって、ミーア姫は魔女なのではないか⁉　などという噂が立ちかけた。

危うく異端審問ルートを開いてしまいそうになるミーアだったが、そんな疑いもラフィーナの一声によって一瞬で消えてしまう。

「食虫植物は南のほうの国では有名ね。三日月大根のハチミツ漬けは古くから伝わる民間療法ですよ。さすがはミーアさん、とっても博識ね」

それにより、今度は「帝国の叡智」って「おばあちゃんの叡智」ということなのでは？　という別の疑いが生まれたとか生まれなかったとか。

なにはともあれミーアの薬草学の知識は1上がったのだった！　よかったね！

Collection of short stories

聖夜祭

〜聖なる夜に感謝の言葉を〜

HOLY NIGHT FESTIVAL

WORDS OF GRATITUDE ON THIS HOLY NIGHT

書籍2巻TOブックス
オンラインストア特典SS

【聖夜祭当日　八つ鐘（AM8:00）の刻】

「ん……うーん……」

その日、ミーア・ルーナ・ティアムーンは寮の自室で心地よい目覚めを迎えていた。

ベッドの上、丸まったふかふかの毛布に顔をすりすりこすりつけつつ、ふわあっと大きなあくびを一つ。

それから、ミーアはゆっくりと体を起こした。

「あっ、おはようございます。ミーアさま」

傍らに控えていたアンヌに声をかけられて、ミーアは、もう一度、ふわわっとあくびをこぼす。

「おはよう、アンヌ。良い朝ですわね」

うーんっと伸びをしてから、ミーアは外を見た。

綺麗に晴れ渡った青空には、雲一つなかった。

「晴れてよかったですね、ミーアさま。今夜、私、すごく楽しみです」

ニコニコ笑うアンヌにミーアは苦笑した。

「そうですわね。わたくしも楽しみですわ」


一年の最後の月。すなわち第十二の月の最初の一日は、中央正教会の最も重要なお祭り、『聖夜祭』の日である。

遥かな昔、唯一神がこの地上へと降り立ち、人々に希望の灯を与えたという伝承。そのことを記念するこのお祭りは、中央正教会の築いた宗教圏内にあっては、どこであれ、盛大に祝われるものだった。

そして、聖女ラフィーナのおわす場所、セントノエル島でも、当然のことながら、この日を祝う準備が進められていた。活気を増す町、露店の準備をする商人たちを目にすると、どうしても、うきうき心が弾んでしまうもの。

ここ数日、どこかソワソワしているアンヌを見て、ミーアは微笑ましい気持ちになってしまう。

——まぁ、慣れていないと、この雰囲気は確かに落ち着かないですわよね。

ちなみにミーアに関していえば、まったくもって落ち着いたものだった。

なにしろ、すでに聖夜祭を何度も経験しているミーアである。

その落ち着きは、ベテランの境地に至っていた。

なるほど、確かに祭りの雰囲気は楽しいし、学園の聖堂で行われるミサは幻想的な雰囲気である。けれど、慣れてしまえばどうということもない。

——別に具体的に楽しいことがあるわけでもございませんしね……。

【聖夜祭当日　九つ鐘(AM9:00)】

ドレスに着替えを済ませたミーアは、食堂に顔を出した。朝、昼、夜と三食きっちり食べ、お昼寝(シエスタ)の前にはおやつもたっぷり食べる。健康優良児なミーアである。

「ふむ……」

食堂の雰囲気を見たミーアは、どこか落ち着かない空気を感じて、再び苦笑する。

――みなさん落ち着かない様子ですわね。ふふ、案外、お子さまですわ。

空いているテーブルに行き、腰を下ろすと、すぐそばの女子たちの会話が耳に入ってきた。

「ねぇねぇ、今夜、どうしますの？　よろしければ、私たちと一緒にお話ししませんこと？」

「あら、ごめんなさい。実は、今夜は、その……彼とお外で語り合おうって誘われてて……」

「まぁ！　なんて破廉恥な！」

などと、浮ついた会話が……。

今夜は、聖堂でのミサに続いて夜を徹しての宴会が開かれる予定になっている。

宴会は大ホールで開かれるが、庭に出てもよし、町に繰り出してもよし、寮の部屋に戻って寝てもよし。

この島にいる限りは、かなりの自由が保障されていた。

むろん、不埒な行いにふけることは許されないし、治安を維持するための警備兵はいつもどおりに島内を循環、警備しているが……、それでも普段に比べれば、校則がかなり緩められる日ではあった。

生徒たちが浮かれるのもわからないではないのだが……。

――ふふ、はたして、そんなに素敵な夜になるかしら？

そんな様子をミーアは、やっぱり冷めた目で見つめていた。

そう、なにを隠そうミーアは、この聖夜祭について、あまりいい思い出がないのだ。

それは前の時間軸。誰にも語られることのない、ちょっぴり寂しい物語だった。

「今日は、聖夜祭ですわ！」

セントノエル学園、冬の一大行事、聖夜祭を前に、ミーアは燃えていた。燃え盛っていた！

盛大な祭りが催されるこの日を、ミーアは眠らずに遊べる日として認識していた。

ゆえに……、

「今日こそは、シオン王子と夜を徹してイチャイチャしてやりますわ。今までは上手くタイミングが合いませんでしたけれど、今日は特別な日。今日こそは！」

鼻息荒く張り切っていた。

そうして、ミーアは、宴会の席を早めに立って、自室に戻ってきた。

席を立つ際に、しきりにシオンにアイコンタクトを送って、である。

——さて、シオン王子はいつ来るかしら？　女子寮に忍び込んでくるのは無理でも、誰かに頼んで声をかけるぐらいはできるはずですわ。いえ、シオン王子ならば、忍び込んでくることもできるかしら？

友人と約束があるというミーアのメイドは出かけていって、いなかった。

実に好都合である。

——うふふ、早く来ないかしら？

そうしてミーアは待った。待って、待って、待ち続けた……。

結局、シオンはおろか、ミーアを迎えに来る者は一人もいなかった。

いや、正確に言えば、いないわけではなかったが、ミーアがすべて追い返してしまったのだ。出かけている間にシオンが来たら大変だから、と。

翌朝……いつの間にかベッドの上で眠ってしまっていたミーアは、ちゅんちゅゅん鳴く鳥の声で目覚めた。

ちょっぴり寂しい目覚めに、しょんぼりしてしまうミーアであった。

……まぁ、自業自得といえば自業自得のことではあるのだが……。

そんな思い出が頭を過(よぎ)り、どうしても聖夜祭に対して、乗り気になれないミーアである。

――ふふん、まぁ、特別な日といっても、普段とそんなに変わりませんし……。期待して裏切られるなんて、おバカさんのやることですわ。

過剰な期待はせず、ごく普通の一日として今日を過ごす。

悟りの境地に至ってしまったミーアなのであった。

【聖夜祭　第二　三つ鐘(PM3:00)】

すでに授業期間は終わっていたため、午前中は部屋でゴロゴロしていたミーアだったが、昼食後にようやく動き出す。

「うーん、少し小腹が空いたかしら……？」

部屋の掃除をしていたアンヌに話しかけるミーア。

「あ、では、なにか買ってきます」

学園の厨房は、今夜の祝宴の料理を作るので大忙しだ。なにかおやつを……、などと言える空気ではない。ゆえに、アンヌは町までお菓子を買いに出かけよう、と立ち上がったのだが……。

「あ、外に行くならば、わたくしも行きますわ」

ウキウキした顔で、ミーアも起き上がる。

悟りの境地に至っているミーアではあるのだが、それはそれ。

三時のおやつに心がときめくのは、普段と変わらぬことなのだ。

そうして、アンヌと連れ立って自室を出たミーア。ふいに、その鼻が、なんとも言えない美味しそうな匂いを嗅ぎ取った。

「あら……？　この匂いは……？」

「え？　あ、ミーアさま？」

ふらふらーっとよろめくようにして食堂に向かうミーア。

ドアを開けた先、広い食堂は大変な賑わいだった。

中央に置かれた長机の上には、出来上がった各種の料理が並べられていた。

その中の、焼きたてで、大変いい匂いを漂わせている焼き菓子（マカロン）をミーアは、おもむろにつまみあげ、ひょい、っと口の中に放り込んだ！

「あっ、ミーアさま！　もう、つまみ食いしないでください。お腹が空いたのでしたら、なにか作りますから」

それを目ざとく見つけたのか、食堂の給仕担当のお姉さんが飛んできた。

「あら？　つまみ食いなんて人聞きが悪い。ただの毒見ですわ、毒見」

ミーアはすまし顔で、お姉さんに言った。

「ティアムーン帝国の皇女殿下に毒見とか、ありえませんから！　というか、セントノエル学園では毒が混入すること自体、ありえません」

「あら？　そうなんですの？　でも、ほら、わたくしがやろうと思えば、ちょろっと毒を入れたりとか……」

「ここに入ることができるのは信用できる方だけですよ。ミーアさま」

　呆れ顔で、お姉さんは言った。

　ちなみに、ここでのミーアの評判は悪くない。ことあるごとに、ミーアからの差し入れが届くため、気前の良い皇女殿下、下々の者への気遣いができる人と思われている。

　だから、このぐらいのやんちゃであれば、笑って許されてしまう。

　ミーアからお小遣いを渡されるたび、人脈（コネ）作りに励んでいたアンヌの功績だった。

「それに、今作ってるのは、従者のみなさまにお食べいただく料理ですから。生徒の方への料理は、もっと厳しく管理されています」

「あら、そうなんですの？」

　ミーアは小さく首を傾げる。

　――ふむ……、となると、わたくしが、こっそり料理の中に、お手製のキノコ料理などを混ぜたり、ということは難しそうですわね……。まぁ、やりませんけど……。

「もっとも、そもそも、セントノエル島に毒物を持ち込むなんて、とてもじゃないけど無理ですよ」

「へー、そうなんですの？」

「あ、そういえばそんなことを商人さんが言ってました」

この島の警備状況など関心がないミーアに代わり、アンヌが言った。

街の商人たちとも、交流を深めているアンヌである。

すっかりおろそかになっているミーアのコネづくりとは違い、アンヌは緊密に島の商人や学園職員らと連絡を取り合っている。

ミーアの右腕の本領発揮である。

「ふむふむ、なるほど……」

などと、納得したふりをしつつ、ミーアは再び、そぉっとお皿に手を伸ばす。が、

「ありがとうございます、ミーア姫殿下。熱心に毒見をお手伝いいただいたこと、ラフィーナさまにご報告させていただきますね」

にっこりと笑う食堂のお姉さん。ミーアは誤魔化すように笑みを浮かべて、

「お、おほほ、大したことはしてませんから、報告など無用ですわ」

などと言いつつ、手を引っ込める。

「うむ、毒もなさそうですから、そろそろ行きますわね。夜の宴会料理、楽しみにしておりますわ」

そそくさと、逃げるようにして食堂を後にするミーアであった。

【聖夜祭当日　第二　五つ鐘(PM5:00)】

「そろそろ時間ですわね……」

制服への着替えを終えたミーアは、自室を後にした。

夕方からの燭火(しょっか)ミサのために聖堂に向かうのだ。

その途中の廊下にて……。

「あっ、ミーアさま」

同じく聖堂に向かっていたクロエが声をかけてきた。

「あら、クロエ、あなたも今から行くところですの？」

「はい。本を読んでいたら、すっかり遅くなってしまって……」

「うふふ、相変わらずですわね。では、一緒に行きましょうか」

「え？　でも、いいんですか？　ミーアさま、どなたかと一緒に座る約束とか……」

「特にしてないですわね。まぁ、ミサの最中はお話なんかもできませんし。でも、せっかくですし、ミサが始まるまで、あなたが夢中になって読んでいた本のお話とか聞きたいですわ」

聖堂にやってきたミーアは、入り口のところで、木製の簡易なランプを手渡される。

中に入れた油が尽きると、ランプ自体も燃えてしまう作りのそれは、ミサが終わった後、外に組み上げられた焚き火に投げ入れることになっている。

神の希望が地上を照らすことを象徴的に表現した儀式の一環である。

ぼんやりと闇を照らす赤い炎、各生徒が持つそれが、ゆらゆらと揺れる様は、どこか幻想的で、はかなげで……。

「すごく綺麗、ですね……。ミーアさま」

ふと、隣に座っていたクロエが、そっと耳元で囁(ささや)いた。

ミーアは小さく頷きつつ、その光景に見入っていた。

――不思議ですわね……。前は特になにも思わなかったのに、今はすごく幻想的な光景に見えてきますわ。

ギロチンで処刑され、こうして過去に戻るという不可思議な体験をしたミーアには、その光景は、どこか特別なものに見えた。

以前までは、神という存在がいるらしい、という教えをぼんやり聞いていたミーアである。このお祭りも、せいぜいが、火が綺麗とか、ロマンチックな雰囲気……ぐらいにしか思っていなかった。

けれど、あの不可思議な体験……、神が直接、自らの人生に影響を与えたのだと、実感を持った今となっては、その儀式も厳粛で、神聖なものに見えてきてしまうのだ。

やがて、聖堂の中央に据えられたパイプオルガンから荘厳な音が鳴り響く。

その前に立つ聖歌隊の美しい歌声を合図として、燭火ミサは厳かに始まった。

【聖夜祭当日　第二　九つ鐘(PM9:00)】

燭火ミサの後には盛大な宴の席が用意されていた。

生徒会長ラフィーナの挨拶(あいさつ)や、各種の表彰などを終えてひと段落したところで、会場である大ホールには穏やかかな、少し弛緩した空気が流れていた。

周辺国の王侯貴族の子弟が集まるこのセントノエルにおいて、お茶会やパーティーは、外交のための人脈(コネ)作りの場所である。

誰と話すか？　あるいは、ダンスパートナーに誰を選ぶのか？

それら一つ一つを、計算しながら行動しなければならない。

けれど、この日だけは、例外だった。

この聖夜祭には感謝祭の側面がある。それは神に対する感謝であると同時に、周りの人に対する感謝の意味も含んでいる。

一切の打算なく、ただ一年の感謝を互いに言い表す日。

それが、この日の暗黙の了解になっているのだ。

それは統一の宗教圏を持つ国々ならではのことといえるかもしれない。すべての国の大切な行事である以上、外交的な策謀はすべきではないという合意がなされたのだ。

そして、いかに将来は国家の運営を担う者たちとはいっても、その実は、十代の若者たちである。

この日だけは肩の力を抜き、自由に振る舞っていいといわれれば、それに逆らうことはない。

結果として、宴会場には、普段とは違う和やかな空気が流れていた。

思い思いの場所に陣取り、若者らしく歓談を楽しむ者、きらびやかなパーティーメニューに舌鼓を打つ者、宴会場を飛び出して町の露店巡りに繰り出す者、中庭の大焚き火の周りで語り合う者などなど。

そんな中、ミーアは、ふぁっと眠そうにあくびをしていた。

すでに、ミーアの中では就寝時間は過ぎていた。前の時間軸であれば、自室に戻って、シオンの到来を待ちながら、寝ているころだ。

「そろそろ、部屋に戻ろうかしら……？」

そうつぶやき、立ち上がったミーアであったが、

「あの、ミーアさま……」

　クロエが声をかけてきた。

「あら、クロエ、どうかなさいましたの？」

「実は、これから少しティオーナさんたちとお話ししようって約束したんですけど、もしもよろしければ、ミーアさまもいらっしゃいませんか？」

「まぁ、わたくしも？」

「あ、えと……、ほかにお約束があればもちろんいいんですけど……」

「いえ、なにもございませんわ……。うーん、そうですわね……。せっかくですし、行こうかしら？」

　などと、なんでもない風を装いつつも、ちょっぴりワクワクしてしまうミーアである。

　なにせ、夜を徹して友人と語り合うなどという経験は、前の時間軸ではなかったのだ。

「なにか、みんなでおしゃべりしながらつまめるものをもらっていきましょうか。アンヌ、手伝ってちょうだい」

　そうして、パジャマパーティーの準備を整えて、ミーアたちはクロエの部屋に向かった。

【聖夜祭　第二　十の鐘(PM10:00)】

　クロエの部屋に集まったのは、クロエとミーアとアンヌ、それにティオーナとリオラの五人だった。

　みんなで絨毯(じゅうたん)の敷かれた床に座り、円になる。

円の中心に、ミーアセレクトのおやつを置いて、パジャマパーティーは始まった。

話題はもちろん……。

「なるほど、ティオーナさんは、頼りがいのある殿方が好み、と」

「はい。それに正しいことをする時に躊躇(ためら)いがない人が好きです」

「あー……なるほど」

ミーアは、ティオーナのほうを見て、乾いた笑みを浮かべた。

――なるほど、それでシオンと手を結んで、革命軍を率いたりしたんですのね？

ティオーナの理想像とシオンとを頭の中で結び合わせてしまうミーアである。

正直、ギロチンの原因になったティオーナには、いささか複雑な想いを抱いてしまうミーアであったが……。

――まぁ……、めでたくギロチンの運命は回避できたわけですし……。今夜は聖夜祭、大目に見て差し上げますわ。

「私は、キースウッドさん、好きです」

「あら、リオラさん、意外に面食いですわね！」

意外なカミングアウトに、ミーアは目を見張った。

――まぁ、キースウッドさんは、モテそうではありますわね。端整(たんせい)な顔立ちをしておられますし……。

「強い人、好きです。あの百人隊の隊長さんも、好き」

「でぃ、ディオンさんが……？　それは、さすがにやめておいたほうがいいんじゃないかしら……？」

などと言いつつ、ミーアは首を傾げる。

——あのディオンさんと恋に落ちるなんて命知らずがいるとは思えませんでしたけど……。リオラさんみたいな特殊な感覚を持っている方もいるのですわね……。

それからミーアは、先ほどから黙り込んでいたクロエのほうを見た。

「クロエは、どうなんですの？」

「へっ？　あ、わ、わ、私……は、えっと、や、優しい人が、いいです」

「ふむ、なるほど……。ちなみに、うちのクラスですと誰かしら？」

「そ、そんな、誰とか、そういうのはないんですけど……。あ、あと、本が好きな人がいいです。一緒の本を読んで、話とかしたいです」

「ああ、わかりますわ。読み友と小説のお話とか、楽しいですものね。わたくしも、クロエとお友達になれてよかったですわ」

にっこり笑みを浮かべるミーア。と、クロエがじっと見つめてきてから、小さな声で言った。

「あの、ミーアさま……」

「ん？　どうかなさいましたの？」

なんだか、ものすごーく真剣な顔をするクロエに、ミーアはわずかに姿勢を正す。

クロエは、なにやら言いづらいことでもあるのか、しばし黙り込み……、小さく息を吸って、吐いてから、静かに頭を下げた。

「ミーアさま、ありがとうございました」

「へ？　急にどうかしましたの？　クロエ」

きょとりん、と首を傾げるミーアに、クロエは小さく笑みを浮かべた。

「今日は聖夜祭ですから……」

聖夜祭——それは一年の感謝を神にささげる、ある種の感謝祭だ。それと同時に、自分の大切な人たちに感謝を伝える日でもある。

前時間軸において、そのようなことにまったく無縁だったミーアは、言われてはじめて思い出した。

——そういえば、そうでしたわね……。

「ミーアさま……、私は、ミーアさまがいらっしゃらなければ、きっと今日も一人でいたと思います。こうやって、お礼をお伝えする相手もいないまま、一年間を終えていたと思います。あの時、私に声をかけてくれて、本当にありがとうございました」

その言葉を継ぐように、ティオーナが口を開いた。

「私も、ミーアさまがいなければ、きっとクラスで孤立していたと思います。それだけじゃありません。帝国貴族のこと、きっと嫌いになってたと思います。ミーアさまに救っていただきました……。本当に、ありがとうございました」

「ティオーナさんまで……」

「私も……です。ミーアさま、助けてくれなかったら、ルールー族のみんな、殺されてた、です。ありがとうございました、です……」

ティオーナとリオラが揃って頭を下げる。

「ま……まぁ……、もしかして、あなたたち……、このために、わたくしを？」

ここで、ようやくミーアは気がついた。

もしかして、この三人は自分にお礼を言うために、こうして誘ってくれたのではないか？　と。

「はい。ミーアさまに、どうしてもお礼を伝えたいと思いましたから……」

恥ずかしそうに、だけど、にっこりと笑みを浮かべるクロエ。それを見て、ミーアは小さくため息を吐いた。

「それは……ですけど、お互いさま、ですわね」

それから、そっと姿勢を正すと、クロエのほうを向く。

「クロエ、いつもわたくしと物語のことをお話ししてくれてありがとう。とても楽しい時間を過ごすことができておりますわ。お父さまにも、良い取引ができたとお礼を言っておいていただきたいですわ」

次に、ミーアはリオラのほうを見た。

「リオラさん、いつぞやの静海(セイレント)の森ではお世話になりましたわ。味方のいない状況で、あなたの存在は、とても心強かったですわ」

そして……最後に……。

ミーアは、ティオーナのほうを見た。

それは……、聖夜の奇跡だろうか……。それとも、すでに寝ているはずの時間だったから、テンションがおかしくなっていただけだろうか……。

ミーアは、ティオーナを見て、

「ありがとう、ティオーナさん。レムノ王国に行く時、危険を顧みないで、わたくしについてきてくれたこと……、わたくし、忘れませんわ」

ごく自然な口調で言えたのが、なんだか自分でも意外で……。

ミーアは照れ臭そうに、頬を赤くするのだった。

「さて、少し、喉が渇きましたわね。ちょっと飲み物をいただきに宴会場に行ってきますわね」

ちょうど話が途切れたところで、ミーアは立ち上がった。

「ミーアさま、お飲み物でしたら、私が……」

慌てて言うアンヌに、ミーアは小さく首を振った。

「少しだけ眠くなってきてしまいましたわ。でも、寝るのは少しもったいないので、眠気覚ましですわ」

「では、お供いたします」

そう言うと、アンヌはそっとミーアに肩掛けをかけると、静かにミーアに付き従った。

「ねぇ、アンヌ、今日は、自由にしてくださってても構いませんわよ」

少しだけ気になって、ミーアは言った。

聖夜祭は、生徒の従者たちに休暇が与えられる日でもある。ゆっくり羽を伸ばしたり、使用人の仲間との付き合いもあるのではないか？

確か、生徒の従者たちには、特製の料理が振る舞われているはずだし……、などと気を遣うミーアであったが。

「もしもお邪魔じゃなかったら、おそばにいさせてください、ミーアさま」

アンヌは穏やかな笑みを浮かべて言った。

「わたくしのそばにいたら、休めないでしょうに」

「いえ、ミーアさまのおそばが、私の居場所ですから」

静かに瞳を閉じて、アンヌは言った。

「まぁ、あなたがそう言うのであれば、わたくしとしては嬉しいですけれど……」

その時、不意に、外で歓声が上がるのが聞こえてきた。

「今のは……」

中庭では、ミサの際に点火された大焚き火が、一晩中、燃え続けることになっていた。

それを見に行っている生徒たちもいるのだろう。

というか、前時間軸のミーアは、それを見るためにシオンが誘ってこないかしら？　などと、ずっと部屋で待っていたりしたのだ。

なので、ミーアは、その焚き火のことをじっくり見たことはなかった。

「ねぇ、アンヌ、少し歩きませんこと？」

ふと、思いついて言ってみる。

「ですが、みなさま、待っておられるのでは？」

「少しだけですわ。外の空気が吸いたいですわ」

そうして、ミーアはアンヌの手を取り、寮の外に出た。


「少し、冷えますわね……」

そうつぶやいたミーアの息は、白く色がついていた。

見上げれば、きらめく満天の星……、そして、色とりどりの星々を従えるように、美しい月が輝いていた。

「今夜は、星が綺麗ですね、ミーアさま」

そう微笑みかけたアンヌに、ミーアは唐突に言った。

「ねぇ、アンヌ、今まで本当にありがとう」

「……え？」

「わたくしが、ここまで無事に来られたのは、あなたのおかげですわ」

「そっ、そんな、ミーアさま……。私は……」

咄嗟のことに、アンヌは慌てる。

自分はそんなふうにお礼を言われるような者ではないとか、やめてほしいとか、ただ恩を返しているだけだとか……。いろいろな言葉が頭を過る。

けれど、アンヌは思い出した。

先ほどのミーアと友人たちとのやり取りを。

今日は、なんの日か？　そう、今日は聖夜祭だ。

大切な人への感謝を言葉にする日なのだ。

だから……、言うべき言葉は……、

「ミーアさま……、それは、私のセリフです」

アンヌは深々と頭を下げて、言った。

「ありがとうございます。ミーアさまは、たくさんたくさん、私に、私の家族に、よくしてくださいました。本当に、ありがとうございました」

「アンヌ……」

と、その時だった。

ひときわ大きな歓声が焚き火のほうで響いた。周りで騒いでいる男子たちをミーアは、呆れ顔で見た。

「男子たち、元気ですわね」

「うふふ、うちの弟たちも、火を見ると興奮しますね。男の子ってそういうものなのかもしれません。あっ、ミーアさま、あそこに……」

と、アンヌが指さした先にいたのは、二人の王子たちだった。

クラスメイトの男子たちに囲まれて楽しげに談笑する、アベルとシオン。

普段、見せないような無邪気な、少年のような笑顔に、ミーアは思わず微笑ましい気持ちになってしまう。

「あら、あの二人もやっぱり、今夜は少し特別って思ってるみたいですわね……」

ふと、このままアベルのところに行って、楽しいおしゃべりをしようかしら……？　などと思いかけるミーアであったが……。

——でも、まぁ、今は……。

ミーアは、そっと踵を返して、部屋に向かって歩き出した。大切な友達の待つ部屋に向かって。

「いいんですか？　ミーアさま」

「ええ。今日はクロエたちと一緒に、お話しすることにいたしますわ。日を改めて、アベルとは甘々デートを堪能させていただきますわ」

ミーアはそう言って、帰りを急いだ。

部屋に戻ったミーアは、徹夜でパジャマパーティーを完遂した。朝までかしましくおしゃべりに興じた少女たちは、それから就寝。昼までゆっくりと惰眠(だみん)をむさぼるのだった。

その二日後、有言実行とばかり、ミーアはアベルと街に繰り出した。

……のだが、出かけた先でシオンと、さらにラフィーナと出会ってしまい……、なぜか一緒にスイーツ屋巡りをすることになってしまった。

……なぜ、こんなことに？　などとつぶやきつつ、スイーツに舌鼓を打つミーアだった。

思いっきり甘々デートを堪能するつもりが、思いっきり甘々スイーツを堪能してしまったわけである。

それはさておき、そんなこんなで、ミーアの思い出深い聖夜祭は過ぎていったのだった。

Collection of short stories

ミーアの美味しい お礼参り

Mia's delicious visit to give her thanks

書籍2巻
電子書籍特典SS

ミーア鍋と呼ばれるものがある。

レムノ王国の国境のほど近く、森の奥にある辺境の村、ドニ村。

そこに住む猟師の家に古くから伝わるその鍋は奇跡を呼ぶ鍋といわれ、いくつもの逸話が残されている。

最も有名なものは、この近隣に住む人々を、残虐な領主から救ったというものである。

その領主はもともと温厚な人だった。けれど、ある時、家族に毒殺されそうになったことで心を閉ざしてしまい、以来、残虐な振る舞いをするようになった。誰も信用せず、領民たちに重い税を課し、払えない者は牢にとらえて、鞭（むち）打ったという。

そんなある時、彼は一人で森に狩猟に出た。誰一人として信じられないから、従者も連れずにたった一人で……。

けれど、運命の悪戯（いたずら）か、彼は森で迷ってしまう。そんな彼が辿り着いた村こそ、ドニ村だった。

そこで振る舞われた絶品のウサギ鍋は、領主の凍っていた心を溶かした。心を入れ替えた領主は、それ以降、善政を敷（し）いたといわれている。

その時に使われた鍋こそが、件（くだん）のミーア鍋なのである。

極めて高価で、レムノ王国では使われていない技術で作られたその鍋は、ティアムーン帝国の皇女、ミーア・ルーナ・ティアムーンから贈られたものだった。

かつて、レムノ王国で起きた革命未遂事件の際、ミーア皇女自らが革命軍へと乗り込んで、一滴の血も流すことなく解決してしまったというエピソードは、ある種の伝説としてレムノ王国に伝わっていた。

そして、その際に、世話になった猟師のところに、お礼代わりに鍋を送ったというエピソードもまた有名なものだった。

なぜ、鍋を？　と首を傾げる者もいたが、贈り主たるミーアのことを知っている者たちは、一様に彼女の行動に理解を示した。

お礼としてお金を渡すのではなく、相手にとって最も良いものを選んで贈る。帝国の叡智は相手の心情をきちんと慮(おもんばか)れる人だから、と。

これは、ミーアと、彼女がお礼代わりとして贈った高級鍋の物語である。

ティアムーン帝国、白月宮殿、白夜の食堂にて……。

その日も、ミーアは料理長の特製料理に舌鼓を打っていた。

「本日のメインディッシュは、黄月トマトのシチューでございます」

ことり、と目の前に置かれた深皿。ふわり、と立ち上る湯気、同時に匂い立つのは、新鮮な野菜の香り。黄月トマトの酸味と焼いた地野芽(じゃが)イモのコクのある香り、ペルージャンニンジンの甘い香り、そこに加えられた香辛料が、様々な香りを結び合わせ、なんとも美味しそうな香りを作り出していた。

「あら、うふふ。わたくしの大好物ですわね。これ、食べたかったんですの」

上機嫌に笑うと、ミーアは早速、シチューを口に運んだ。

ほくほくと、熱々のイモを口の中で転がす。それから、濃厚なシチューを絡めたニンジンを口に入れて……、ミーアはカッと瞳を見開いた！

「これは……、なんだか、以前よりも美味しくなっているような……？」

「おお！　お気づきいただけましたか」

ミーアの指摘に、料理長は嬉しそうに微笑んだ。それから、一度、厨房のほうに引っ込み、大きな鍋を乗せたワゴンを押して戻ってきた。

「実は、鍋を新しい物に変えたのです」

「あら？　お鍋を……、ですの？」

不思議そうに首を傾げるミーアに、料理長は穏やかな笑みを浮かべる。

「はい。やはり鍋料理は鍋が命ですから。鍋の出来次第では、味が大きく異なるのです」

それから料理長は、まるで新しいオモチャをもらった子どものように、鼻歌交じりに新品の鍋を説明してくれた。

「こちらが、最新の技術で造られた鍋です。ほら、この表面の凹みが、実によい仕事をしていてですね……。それに、この素材は、満遍なく熱を伝える高級な素材を用いておりまして……」

「ふむふむ、なるほど。そのようなことが、味に影響を与えますのね……。ちなみに、そのお鍋、おいくらでしたの？」

「はい。三日月金貨一枚ほどで……」

料理長から値段を聞いたミーアは、快哉を叫んだ。

「まぁ！　そんなに……。ああ、なるほど、これは、良いことを聞きましたわ！」

ミーアは意気揚々と、ルードヴィッヒを呼び出した。

実は最近、ミーアには悩んでいることがあった。

先日の、レムノ王国の騒乱の際、世話になったドニ村のムジクにお礼を送らなければ、と思っていたのだ。

川から落ち、なんのアテもなかったミーアたちにとって、ムジクはまさに命の恩人といえた。

当然、相応のお礼をしなければならないのだが……。

「さて、何を送ろうかしら……？」

頭を悩ませるのは、そのことだった。

一番簡単なのは、お金だ。価値のあるものとしてわかりやすいし、手っ取り早く済ますのであれば、謝礼金としていくらかを贈れば良いのである。

けれど、問題があった。お金は、あからさまに金額で価値が表れてしまうことだ。

例えば、金貨一枚を送った場合、それは金貨一枚分の謝意ということになる。

命の恩人に対して、帝国の姫が送るのに、それでは安すぎるかもしれない。どこかから情報が洩れでもしたら、帝国が侮られることになるし、仮にシオンが金貨十枚を謝礼金として送っていれば、ミーアのケチさが際立ってしまうかもしれない。

かといって、多めに支払えばいいのか、というとそういうわけにもいかない。

ギロチンの運命は消えたとはいえ、未だにティアムーン帝国の財政は厳しい。無駄遣いはもっての外である。

要するに、謝礼金では、余計なお金がかかる可能性が非常に高いのである。

ゆえに、本命となるのは、なにがしかの物品だ。

武勲を立てた騎士に宝剣を贈るように、あるいは、いい仕事をした商人に王服を贈るように……。

高級な物品をお礼の品として贈ることは普通にあることだ。

……けれど、この場合もやはり問題となるのはコストだ。

宝石なり、高価な服なり、宝剣なり……、物を送るにしても、やはりそれなりのコストは覚悟しなければならない。変な品質の物を贈りでもしたら、それこそ物笑いの種になってしまう。

それをいかにして抑えていくか……、問題はそこである。

「いかにして、価格を抑えつつ、高級品を用意できるか……。問題は、そこですわ」

この矛盾に取り組むこと三日。

ついに、ミーアは料理長の鍋に答えを得たのだ！　すなわち!!

「本来、安いものを、高価な値段で用意すれば良いのですわ！」

例えば、それなりの値段のドレスがあったとしよう。それなりの値段なのだから、当然、品質もそれなりのドレスということになる。そんなものをプレゼントすれば、侮られることになるだろう。

けれど……、そのドレスに使った〝それなりの値段〟のハンカチを買えばどうだろう？　それは高品質のハンカチにならないだろうか？

プレゼントされたほうも、「こんなに高いハンカチを」「こんなに品質の良いハンカチを」と言って喜んでくれるに違いない。

すなわち、平均的な値段が安い物品を、高品質で用意すれば高級感も出るし、お値段もそこそこに抑えられるということなのだ。

ミーアは、先ほどの鍋の値段を聞いた時、正直思ってしまったのだ。

「まぁ、そんなに安い値段で、こんな味が出せるんですの？」

と。

なるほど、確かに金貨は、庶民にしては大金だ。

けれど、宝石や、良質のドレスなどに比べれば、その値段は、それほどではない。

ここ数日、褒美の品を何にしようか、いろいろと値段を調べていたミーアは、そのことがよくわかっていた。

にもかかわらず、料理長は嬉しそうに言ったのだ。

「最新技術を使った、高級鍋」と。

「しかも、鍋であれば、あの方にプレゼントする意味もあるというものですわ」

むしろ、彼に宝石類を贈るほうが、この場合には不見識を疑われるだろう。鍋であれば、猟師をしている彼としても、よく使うのではないだろうか。

ここに、ミーアは探していたものをついに発見したのだ。

「早速、ルードヴィッヒにお願いして、届けていただきましょう」

上機嫌に鼻歌など歌いつつ、ミーアはドニ村のことを思い出した。

「うふふ、喜んでいただけるとよろしいのですけれど……。それにしても、懐かしいですわ。あのウサギ鍋……、絶品でしたわね……。高級鍋で作ったら、きっと、もっと美味しいのでしょうね……ふむ」

じゅるり、とよだれを拭いつつ、ミーアは、

「ふーむ……」

何事か、悪だくみを始めた。

「おお、これは、遠いところをよくぞ参られた」

レムノ王国宰相、ドノヴァン伯はニコやかな笑みを浮かべつつ、客人を迎えた。

門を潜り抜けてきた一行、それを前に、彼は多少の緊張を禁じえなかった。

彼の館は、レムノ王国の貴族の邸宅としては、一定水準を超えたものではあったが、それでも、失礼はなかっただろうか、と不安を覚えるほど、その相手の持つ権勢は絶対的なものだった。

大陸の二大強国が一角、ティアムーン帝国。その最高権力者たる皇帝の一人娘、ミーア・ルーナ・ティアムーンは、傲慢さの一切ない微笑みを浮かべて、スカートの裾をちょこんと持ち上げた。

「この度は、急なお願いをお聞きいただき感謝いたしますわ。ダサエフ・ドノヴァン卿」

――なるほど、これが、かの帝国の叡智……。アベル殿下を変えた皇女殿下か……。

その可憐な姿を見て、ダサエフは、思わず感嘆のため息を吐く。

「どうぞ、なにもございませんが、お入りください。なにか、甘いものでも召し上がられますかな?」

「まぁ！　お心遣いに感謝いたしますわ、ドノヴァン卿」

春に咲く花のように、顔をほころばせるミーア。

甘いものなど方々(ほうぼう)で食べ飽きているだろうに、しっかりと相手の心遣いに、喜びの表情を見せられる少女に、ダサエフは好印象を抱く。

さらに、出されたケーキを残さずに平らげて、美味しそうにお茶を飲む姿に、評価を高める。

「慎み深さ」や「遠慮」というのが美徳とされるかどうかは、場合によりけりなところがある。

例えば、ここで「遠慮」して、出されたものに手をつけないというのは、毒を仕込まれていないかと疑っているように見えなくもない。

つまり、この場合、相手への信用を表明するためにも、最低でも一口は食べる必要があるのだ。

それをしっかり理解していたのだろう、ミーアはすべてを残さず平らげてみせた。

出されたものすべてを食べたことをどう評価するかは、個人的な好みに左右されることではあるが、ダサエフからすると、出したものすべてを食べてもらったほうが気分が良かった。

――私に孫娘がいれば、こんな感じだろうか……。

などと、微笑ましくなってしまったほどである。

――なるほど、この方がアベル殿下を変えた方であったか……。

彼は、改めてミーアを見つめた。

ダサエフ・ドノヴァンとアベル・レムノは、別に知らない仲ではない。

宰相の地位にあるダサエフは、アベルと顔を合わす機会も多くあったし、それ以上に、国王の息子であるアベルのことは、注意深く見守っていた。

横暴さが見える第一王子のゲイル殿下よりはマシだが、優柔不断で、この国を率いていくには、いささかの不安がある。

それがダサエフの見立てだった。

彼の目には、アベルは国を率いていくには、リーダーシップ、決断力、武力、すべての面で兄に劣っているように見えたのだ。が……。

――アベル殿下は変わられた。戦場でのあの振る舞い、私を救出してから、町の混乱を収めるまでの手腕……。以前までは弱々しい子どもであったのに、今では若獅子のような雄々しさをまとっておられる……。

セントノエル学園でどのようなことがあったのか、ダサエフは知らない。けれど、どうやら、目の前の少女が、その成長に関係しているであろうことは想像できた。

——さて……、そのような人物が果たして何をしにいらっしゃったのか？

小さく深呼吸して、気持ちを切り替えてから、ダサエフは顔を上げた。

「遅ればせながら、その節は、大変お世話になりました。この老骨の命を救っていただいたこと、それ以上に、民の血が不必要に流れるのを止めていただいたこと……感謝の念に堪えません」

真剣そのものといった様子で、お礼を口にするダサエフ。

ミーアは、小さく笑みを浮かべて首を振った。

「あら、あれは、わたくしだけの力ではございませんわ。みなの協力があってのこと。ドノヴァン卿ご自身も、後処理にご尽力なさったと聞いておりますわ」

「遠慮」や「慎み」はとても大切なこと……、とミーアは考えている。

目の前の老人、ダサエフ・ドノヴァンはレムノ王国の宰相にして、聖女ラフィーナも人柄を認める好人物である。仲良くしておいて損はない。

——アベルのお兄さまからは、なんだか恨まれてしまっているみたいですし、妹君やご両親と上手くやっていけるかも未知数。となれば、アベルとの幸せな結婚生活を確保するために、レムノ王国内に味方を作っておくべきですわ！

相も変わらず〝自分ファーストな打算〟から、ミーアはアピールする。

自らの慎み深さ、奥ゆかしさを前面に押してアピールするのである！

自らの功績を褒め称えられるようなことがあっても、ともかく謙遜、謙遜である！

……奥ゆかしくも、遠慮深いミーアの目には、自らの前に置かれた空のケーキ皿は映らないのだ！

「今回、レムノ王国に来させていただいたのも、そうして力を貸してくださった方にお礼がしたかったからですの。ある方に、ぜひ、直接お渡ししたいものがございまして」

「お礼の品を、姫殿下が直接お持ちくださったのですか？」

驚愕に目を見開くダサエフに、ミーアは深々と頷いた。

「もちろんですわ。相手は、わたくしの命の恩人ですから」


ダサエフと会話するミーアを見て、ルードヴィッヒは思わず感嘆のため息を吐いた。

――さすがは、ミーアさまだ。

自らお礼の品を携えて、レムノ王国にやってきたミーア。そのやり方に、ルードヴィッヒは、感心を新たにする。

本来であれば、皇女である彼女は適当な使者を立てて、その者にお礼の品を持って行かせてもよかったはずなのだ。けれど、ミーアはそれをしなかった。

――帝国皇女たるミーアさまが、礼を尽くすために自ら足をお運びになった。それだけで、ドノヴアン卿が受ける印象は全く違うはずだ。

それは、言ってしまえば些細なこと。気持ちの問題に過ぎないのかもしれない。

政治というのは感情でやるものではない。国と国との関係に私情を持ち込むのは禁物。

判断は常にドライに、合理的に行われなければならない。

だから、他国の宰相にどう思われようが関係ない。

国と国とが冷静な合理的判断に基づいてやり取りするものであるならば、相手の気持ちや感情など無意味……。そう断ずる合理主義者がいるかもしれない。

けれど、違うのだ。

理(ことわり)を重んじる政治であったとしても、それを行うのは心に支配された人間なのだ。

相手が好きか、嫌いか……。それは明確に、政治家の判断に影響を与える。

確かに、それは些細な影響かもしれない。

好意を持つ姫の国が滅亡の危機にあるからといって、何の得もなく援軍は出さないし、飢餓(きが)に瀕(ひん)したからといって、感情の赴(おもむ)くままに、無償で食料を援助したりはしない。

されど、それでも違いはあるのだ。

例えばそれは、同じ値段、同じ品質の物品であれば、自分が懇意にしている商人から買おうとするのに似ている。あるいは、多少高くとも、好意を持つ相手から買おうという判断に……。

そういう些細な違いが、積もり積もって大きな違いを生むことがあるのだ。

――さすがはミーアさまだ。世話になった相手にお礼をするのはもちろん、それだけでなく、後々のティアムーンとレムノ王国との関係のために、しっかりと人脈を築いておくとは！

相も変わらず〝国のために惜しみなく発揮される叡智〟に、ルードヴィッヒはただただ感動していた。

そんな風に妄想をたくましくするルードヴィッヒを尻目に、ミーアは話を続けていた。

「それで、ドニ村というところのムジクという猟師さんに、ぜひお礼の品を持っていきたいんですけれど……。どなたか案内の方をお願いできないかと思いまして……」

「ドニ村……。聞いたことがない村ですな……」

「あなたを救出した町からほど近い位置にある村ですわ。森の中にある猟師の村といった場所でしたけれど……」

「なるほど……。あの辺りですと……ふむ。土地勘のあるセニア守備隊の者が良いだろうか……」

ダサエフは、立ち上がると、一枚の羊皮紙を手に戻ってきた。

「少々お待ちいただきたい。今、あちらの都市長への紹介状をお書きしましょう。それと、我がドノヴァン家からも、セニアへの案内をつけましょう」

「感謝いたしますわ」

ミーアはにっこり、上機嫌な笑みを浮かべるのだった。

その後も、滞りなく状況は進んでいき、しばしの後、ミーアは宰相ダサエフ・ドノヴァンからの紹介状を手に、セニアに向けての馬車に揺られていた。

——やはり、宰相閣下にお願いして正解だったな……。レムノ国王はミーアさまに、あまり好意的ではない様子だったから、こう簡単にはいかなかっただろう。

そんなことを思いつつ、ルードヴィッヒは、ミーアのほうを見つめた。

嬉しそうにニコニコ、外の様子を眺めているミーア。その顔を見て、ルードヴィッヒもまた、ついつい嬉しくなってしまう。

——よほど、気がかりだったのだろうな。受けた恩義に報いることができずに、気に病んでおられたのだろう。一国の皇女であれば、一平民から受けた恩など、忘れてしまっても不思議ではないというのに……。この方は、まことに仁君（じんくん）の器を持った方なのだろうな。

じんわり感動すら覚えてしまうルードヴィッヒ。

……………もはや、何も言うまい。

やがて、ようやく辿り着いたドニ村に、護衛として随伴していた皇女専属近衛隊（プリンセスガード）の兵は言葉を失っていた。

「ここに、シオン王子と泊まられたのですか？」

唖然とした様子で、兵がつぶやいたのも、無理はないことだった。

ドニ村は、およそ王侯貴族とはかかわりがなさそうな、極めて小さな集落だったのだ。

ミーアの人柄を知るアンヌやルードヴィッヒならばまだしも、近衛（このえ）たちが驚くのは当然のことといえるだろう。

そんな中、ミーアは上機嫌に笑う。

「ふふふ、小さいけれどなかなか良い村ですわよ。森の恵みを受けた素晴らしい村ですわ」

森の恵み……具体的にはウサギとか……である。

ミーアは勇んで、ムジクの小屋を目指した。

もしかすると、狩猟に出ていていないかも？　などと懸念していたものの、幸いなことに、声をかけるとすぐにムジクは現れた。

「あれま。お嬢ちゃんは、確か……」

突然の再会にムジクは顔中を笑みに変えた。

「無事にお仲間には会えたみたいで、よかったねぇ」

「ええ、おかげさまで。あの時は、とっても助かりましたわ。あなたは、本当に命の恩人ですわ。改めてお礼を言わせていただきますわ」

ミーアも朗らかな笑みを浮かべて、ムジクに頭を下げた。それから、

「実は、わたくしは……」

と、自らの身分を明かす。

「ああ、そうなんだってなぁ。嬢ちゃんと一緒にいた子からも連絡もらったよ。お姫さまと王子さまだったとはねぇ」

どうやら、すでにシオンのほうは使いの者を送っていたらしい。

――さすがに、そつないですわね、シオン。後れをとりましたわ。

感心しつつも、ミーアは早速、お礼の品を渡そうとする。

「それで、実はお礼の品をお持ちしたのですけれど……」

そう言うと、一転、ムジクは両手を振った。

「いんや、いらねぇよ。おらぁ、別に、お礼がもらいたくってやったわけでねーかんなぁ。あの王子殿下からの贈り物も断らせてもらったんだ」

その行動に、随伴（ずいはん）したレムノ王国の案内人は息を呑（の）んだ。

それも無理からぬ話ではあった。

大国の皇女がわざわざ足を運び、褒美を取らせようというのに、それを拒否する。

それは、普通であれば考えられないほどの無礼だ。

目の前の無礼者の首を落とすように、ミーアが命令してもおかしくはない状況である。

されど、ミーアはそのことに対して怒るようなことはしなかった。むしろ、ミーアが浮かべるのは困ったような表情だ。

「あら、それは困りましたわ……。わたくし、ぜひに、このお鍋で、あのウサギ鍋を食べたいと思っておりましたのに」

そう言って、しょんぼりと肩を落としてみせる。

ウサギ鍋、なんだそれは……？　その場の全員が首を傾げる中、それを聞いたムジクが、おかしそうに笑った。

「なんね？　あのウサギ鍋を食べるために、ここまで来たんかい？」

「ええ。そうですわ。このお鍋で食べるととっても美味しくなるって聞いたものですから、それを楽しみに、ここまで来たんですのよ」

そう言って、ミーアは自然な仕草で、その鍋を取り出した。

「おお、こりゃまた立派な鍋だ」

「ええ、我が帝国の最新技術によって作り出した鍋ですの。なんでも、熱がすごく通りやすいとかで、お肉なんかもとっても美味しく煮えるんだそうですわ」

ミーアは、まるで自分が開発したかのように、鍋自慢をした。

「お願いできないかしら？　あっ、もちろん、ご馳走になった分のお金は払いますわ。だから、ぜひ、あのウサギ鍋を……、あ、それと、できれば、なにか食べられるキノコの料理も一緒に添えていただけると……。簡単に作れるものがいいですわね……キノコ鍋とかは、アリなんですの？」

「確かに、キノコなんかも鍋に入れることはあっけど……、キノコはやめといたほうがいいべ、って言わなかったかい？」

ミーアとムジクのやり取りを見ていたルードヴィッヒは……、

――さすがは、ミーア姫殿下だ。

やっぱり感心していた。この旅で、何度〝さすミア〟したかわからないぐらいに、彼の中でのミーアの評価は高値安定していた。

――褒賞の受け取りを拒否する相手に、あそこまで自然にお礼の品を差し出すとは……。しかも遠慮する相手に対して、自分が食べてみたいから、という自分勝手を理由に渡そうとするとは……。

お礼の品を期待しての行動ではない、という相手に対して、自分が食べたいからこの鍋を使って料理をしてほしい、という理由を咄嗟につけるその機転。

それも、ミーアが求めるのは、一食分の食事だ。

遠くから客人がやってきたら、当然、供すべきものであり、飢饉の最中などでない限り、過度な負担とはなり得ない。

そのような計算のもとに行われたミーアの行動に、ルードヴィッヒは感嘆を禁じ得なかった。

さて……、言うまでもないことだが……、ミーアが言ったことは、心からの本音であった。それはもう、一切のウソ偽りのない、誠心誠意の本音である。

そこには、ルードヴィッヒが思うような計算など一切なく、ただただ食欲があるのみであったのだが……。

まぁ、それもいいのかもしれない。美味しいものは、人を幸せにするものだから。

実際ミーアに付き添ってきたルードヴィッヒもアンヌも、皇女専属近衛部隊（プリンセスガード）の面々も、レムノ王国の案内人も……。その絶品ウサギ鍋を食した者たちはみな、何とも言えない、幸せそうな笑みを浮かべていた。

美味しい鍋料理をつつけば、みなが幸せになり、笑顔が弾けるのだから、些細なことなど気にするだけ野暮（やぼ）というものだろう。

「その鍋は、ムジクさんにお預けしていきますわ。いつか、またわたくしがこの村を訪れることがあったら、それでご馳走してくださいませね」

別れ際、手をぶんぶん振りながら、ミーアは言った。

見送るムジクは、

「おーう。またいつでもおいでー。そん時は、また美味しい鍋をご馳走すっかんなー」

まるで、孫を見送る祖父のように、笑顔で見送るのだった。

いつかまた、この村を訪れる機会があるかどうか……、今のミーアにはわからない。

彼女の未来は不確定で、だから、どのようなことがこの先に待ち構えているのか、未来は霧の中にあるのだ。

だから、ミーアは種を蒔く。

いつか自分が、良い実りを得るために。

──帝国での革命はなくなりましたけれど……、それでも、何かあった時の備えは必要ですわね。ドニ村は森の中の小さな村ですすし、隠れ住むには良い場所ですわ。それに、あのお鍋さえあれば、美味しいものが食べ放題ですし、ひもじい思いをしなくて済みますわね。

小心者は、いつだって逃げ場を用意する。

まだ、日記が消えてから間もないこの時期のミーアは、こうして油断なく戦略を立てていたのだ。

まぁ……恐らくは、長続きはせずに、じきにサボり始めるとは思うのだが……。

かくて、ミーアのお礼参りは、みんなを幸せにして無事に終わるのだった。

……もっとも、唯一、食されるウサギたちにとっては不幸な出来事ではあったかもしれないが。

幕間　祖母と孫の寝物話Ⅰ

さて、次はなんの話をしてあげようかしら……などと考えている時だった。

ミーアは、ふと気がついた。

ベルが、いつの間にか黙り込んでいるということに。

「あら……ベル、もしかして、もう寝てしま……」

言いつつ、ベルの顔を覗き込む……っと！　ベルは寝るどころか、目をらんらんと輝かせていた！

「ミーアお祖母さま、お話、すっごく面白いです！」

そうなのだ。ベルは、尊敬するミーアお祖母さまのお話が、とっても、とってーも大好きなのだ。

「そのシュークリームというもの、わたくしも食べてみたいです」

「ああ、そうですわね。あれは、なかなかに美味ですわ。日持ちがしないから、セントノエル島でしか食べられませんけれど……うふふ。あのサックリした皮の中の、トローリとしたクリームが、たまりませんのよ」

言いつつ、ミーアはふと思う。

——ふむ、話したら、ひさしぶりに食べたくなってきましたわね。近々、ヴェールガに行く予定はあったかしら……。あるいは、ウロス・ランジェス男爵が、もしかしたら、似たような物を作ってるかもしれませんわね。それか、料理長にお願いすれば、似たような物を作っていただけるかもしれませんけれど……しかし、それは、不義理というものかしら……。やはり、きちんとセントノエル島のお店を訪ねて食べるのが筋というもの……。

「それに、秘密の花園でのお茶会、すごく素敵です！」

「ああ、あの時いただいたジャムもなかなかのものでしたわ。ラフィーナさまに作り方を聞いて作ってはみましたけど、なかなか、あの水準にはいかないんですのよね」

そう……女帝ミーアは、かつてのミーアではない。なんと、ジャムを自作できるほどの腕前を身につけているのだ！

ちなみに、キノコでジャムを作ろうとした結果、料理長にちょっぴり厳しめの諫言（かんげん）をいただいてしまったのはナイショである。

「聖夜祭も素敵ですね。こうして、夜を徹してお友達とお話しする……すごく素敵」

両手を組んで、うっとりした顔をするベル。幼い瞳に映るのは、幻想的な聖夜祭の聖なる火だろうか。

「そうですわね。夜を徹してのイベントで、とても楽しかったですわ。それに、寒い中では、鍋料理がとても美味しくって……。そうそう、鍋料理といえば、ウサギ鍋が絶品でしたわね。あのレムノ王国の猟師さんの村でいただいたものは、言葉にならないお味でしたわ」

「森の中の村でのお料理……それもいいですね。とっても冒険みがあります」

幼い冒険魂を刺激されたのか、ベルはニコニコ微笑んで。

「やっぱり、ミーアお祖母さまのお話は、どれもとっても楽しいです！」

「そう。それは良かったですわ」

ミーアは、孫娘の称賛を、ちょっぴりくすぐったく感じつつも……。

――しかし、これ、あんまり楽しい話をしてしまうと、いつまでも寝てくれなくなるんじゃ……。

なぁんて、心配にもなってきて……。

いつも早寝早起きのミーアである。あまり、夜遅くまで起きているというのは、少し辛いかもしれない。

「ところで、あの……お祖母さま、質問があります」

ベルは、一転、ちょっぴり不安げな顔をした。

「あら、なにかしら、ベル……」

視線を向けると、ベルは上目遣いに見つめてきて……。

「わたくしも、セントノエルに行けるのは、とっても嬉しいんですけど、その……お勉強もしなきゃダメなんですか？」

「ええ、そのとおりですわ。帝位を継ぐ者としてしっかりとお勉強をしなければなりませんわ……ベル？」

ベルは、ぷくーっと頬を膨らませて言った。

「ミーアお祖母さま、わたくし、あまり、お勉強好きじゃありません」

「まぁ……！」

驚いたふりをしつつ、そんなこたぁ、百も承知よ！　と、ミーアは微笑んだ。

「そんなことを言うものじゃありませんわ。そもそも、教育係のルードヴィッヒは、優しく教えてくれているのでしょう？」

「ルードヴィッヒ先生は、とっても厳しいと思います」

むぅっとした顔をするベルに、ミーアは苦笑いを浮かべて……。

──あれで厳しいと言うとは……。というか、他の子どもたちに対してもそうですけど、ルードヴィッヒ、わたくしに教えていた時と、扱いに差があるのが、若干、納得がいかないのですわよね……。

わたくしの時はもっと……。

Collection of short stories

その種、なんの種？

What kind of species is that ?

舞台第1弾
DVD特典SS

これは、ミーアが断頭台にかけられる前のこと。

革命軍の手に堕ちる前の物語。


「ああ、まったく、嫌なことばかりありますわね……」

ティアムーン帝国、白月宮殿に鬱々(うつうつ)としたため息が響いた。

帝国皇女、ミーア・ルーナ・ティアムーンは、景気の悪い顔で、広い廊下を歩いていた。

がらんとした城内、かつては人であふれていたホールも、今では人影はまばらで。この国が斜陽に差しかかっていることが、嫌でも実感できてしまう。

「まぁ、お給金も出せていないようですし、人が寄りつかなくなっても不思議はないのかもしれませんけれど……」

と、その時だった。

くぅっと、ミーアのお腹が鳴った。

「うう。人の出入りはともかくとして、わたくしのオヤツまで減らされるのはいかがなものかしら……。今日もオヤツはなかったですし、寂しい限りですわ。あー、どこかから、お菓子でも降ってこないものかしら……あら？」

中庭のあたりを通りかかった時だった。ミーアは顔見知りの男を見つけた。

「珍しいですわね……。中庭なんかに、なんの用かしら？」

気になったミーアは、どうせ暇だし……、ということで、そちらに足を向けてみることにした。

手入れをする者がいなくなって久しい中庭は、すっかり荒れて、雑草が生え放題になっていた。

うげー、と思いつつも、ミーアは恐る恐る草木を踏み倒しながら進んだ。

各地を飛び回っているとはいえ、帝室の姫は、このような荒れ地を歩いたりはしないのだ。草の下にどんな虫がいるかもしれないし、蛇でも潜んでいたら、と思うと、ぞぞぞぉっと背筋に冷たいものが走る。

――しかし……、まるで廃墟の庭のようですわね。かつての美しかった白月宮殿が……このようになるなんて……。

ため息交じりに、一歩一歩、雑草を踏み分けて進む、と……、途中から地面の色が変わったのに気がついた。

雑草の濃い緑から茶色へ。靴の下に感じるのも、フカフカした土の感触へと変わっていた。

――ふむ、畑のようですわね……。

靴に泥がつくのは、ちょっと嫌だなぁ、と思いつつ、我慢して進んでいくと、その畑の中心に、男が立っていた。

ほかならぬ、クソメガネこと、ルードヴィッヒ・ヒューイットである。

鍬を片手に、一心に地面を耕しているルードヴィッヒ。いつもはきちっと官吏の服を着こなしているのに、今日は、上は白いシャツで、腕まくりをしている。ちょっぴりラフな格好だ。

「珍しいですわね、あなたがこんなところで、土いじりをしているなんて」

そう声をかけると、ルードヴィッヒは驚いた様子で動きを止める。どうやら、気づいていなかったらしい。

ミーアのほうを見た彼は、ばつが悪そうな顔で首を振った。

「そうですね。私も農作業というのは初めてですよ」

ふぅ、っとため息を吐いて、ルードヴィッヒは額の汗をぬぐう。その際、泥が顔についたのだが……、もちろん、ミーアは教えてあげたりはしない。

いつもガミガミお小言を言われることへの、ちょっとした意趣返しである。

「それで、いったいなにを植えましたの？」

クソメガネが農作業というだけで、レアなことなのだ。いったいなにを植えたのか、俄然、気になってしまうミーアである。けれど……。

ミーアの問いかけに、ルードヴィッヒは、なぜだか、悪戯っぽい笑みを浮かべて。

「そうですね……、花、でしょうか」

「花……？」

これまた、らしくもない答えに、ミーアは目を白黒させる。

「あなたが花だなんて、意外にもほどがございますわね……驚きすぎて、一瞬、息が止まってしまいましたわ」

「……相変わらず、口が悪いですね」

ルードヴィッヒは嫌そうに顔をしかめてから、

「しかし、多分、この花は、ミーア姫殿下に喜んでいただけるのではないかと思っているのですがね……」

「あら？　わたくしのために花を？」

「ええ、ちょっとしたプレゼントですよ」

「まぁ、プレゼント⁉」

ひさしく聞かなかった言葉に、ミーアは小さく首を傾げた。

なにしろ、大飢饉がこの帝国を襲ってからこの方、ミーアにかけられるのは恨みつらみの言葉ばかり。かつてのような、おべっかを言う者もない。

まして、花など、ここしばらくはもらったことがなかった。そうなると、なんだか、急に嬉しくなってしまうミーアである。単純な人なのである。

「楽しみですわね。どんなものが出てくるのかしら？　待ち遠しいですわ！」

ミーアは、ルードヴィッヒが種を植えるのを、ウキウキしながら眺めていた。


……けれど、残念ながら、その種の芽吹きをミーアが見ることはなかった。

その種が芽吹くころには、すでにミーアは捕らえられ、二度と、白月宮殿に戻ることはなかったからだ。

かくて、時は流転して。


「ふぁ、ああ、平和ですわね……」

セントノエル学園から一時帰国していたミーアは、その日、ポケーッと中庭を眺めていた。

血まみれの日記帳が消えてから、すでに一年近い時間が経過していた。

あれからも、いろいろと忙しい日々を送っていたミーアの、ちょっとした休息の時間。

そんな折、ミーアは、中庭に立つルードヴィッヒを見つけた。

瞬間……、

「あれは……」

あの日の記憶が、甦ってきた。

気づけば、ミーアは走り出していた。

階段を降り、中庭に出て……、かつて、ルードヴィッヒが作っていた畑へと急ぐ。緑色の雑草を踏み越え、豊かな茶色を誇る、その、不器用な畑に足を踏み入れて……、

「あっ…………」

でも、そこに畑はなかった。

幻視した茶色は、一歩踏み入った瞬間に霧散して、そこにあるのは手入れの行き届いた芝生の緑のみ。見たかったものは……、そこにはなかったのだ。

「まあ……、そうですわよね……」

歴史は変わった。もう、あの日のクソメガネも、彼が作った畑も、存在しないのだ。

それに、そもそも、ルードヴィッヒがそこに種を蒔くのは、もう少し先のこと。なにも見つかるわけもなく……。

「おや？　どうかしましたか？　ミーア姫殿下？」

振り返ると、そこには、怪訝(けげん)そうな顔をするルードヴィッヒの姿があった。

あの日の、少しくたびれた、皮肉げな笑みを浮かべる彼ではない。その頬は……、なんというか

…………、こう……、ツヤツヤしていた！

毎日、仕事で忙しいけれど、その仕事にやりがいを感じているような、満足感に満ちあふれた男の

顔が、そこにあった。

しかも、ミーアの姿を見つけて、優しく微笑んでいたりもする。

本当に、クソメガネとは大違いだった。

「いえ……、別に、なんでもありませんわ」

ミーアは、ふーっと息を吐いて首を振った。

——今のルードヴィッヒに、あの種のことを聞いても、答えは返ってはこないでしょうね。

ミーアは気になっていた。あの日、ルードヴィッヒがなにを植えていたのか？

どんな花を自分にプレゼントしようとしていたのか？

けれど、それを問う相手は、もういないのだ。

漠然としたモヤモヤを胸の内に抱えつつ、部屋に戻ったミーアは、ベッドにぴょーんと寝転がると、ぐーぬぬ、と唸り始めた。

「うう、気になりますわ。気になりすぎますわ……。なにしろ、あのクソメガネが、わたくしのために、わざわざ植えてくれたものですもの。いったいなにを植えたのか……」

あの時の彼の顔が、瞼の裏に甦る。あの、ちょっとした悪戯を仕込んだ、と言わんばかりの、あの顔が……。

「うぐぐ、き、気になりますわ。けれど、うーん、どうしたものかしら……」

とりあえず、と、ミーアは、あの日、彼が植えていた種を思い出して絵に描いてみた。

幸い、種は特徴的な楕円形をしていて、しかも表面に模様のような筋が入っていたため、描くこと自体は難しくはなかったが……。

「問題は、ルードヴィッヒが知っているかどうかですわね……。まぁ、知っていてもおかしくはない気もしますけれど……」

そう思いつつ、ミーアは改めてルードヴィッヒのところを訪れる。

ミーアが差し出した絵を見ると、ルードヴィッヒはすぐに頷いてみせた。

「ああ、これですか。これは、向満月菫(ツキマワリ)と呼ばれる花の種ですね」

「ほう……花」

ミーアは、内心でニンマリとほくそ笑む。

そう、苦労の末、ついに、ミーアは答えに辿り着いたのだ！

もっとも、苦労の末、とはいっても、ミーアは、種の絵を描いてルードヴィッヒに見せただけなのだが……。

「それは、どんな花なんですの？」

「はい。満月の夜に、月に向かって咲く、という特徴を持った花ですね」

「あら、変わった花ですのね。そんな花があるんですのね？」

などと感心したミーアであったが、疑問は解消されなかった。いったい、なぜ、ルードヴィッヒはそれを植えようと思ったのか……。

――それに、わたくしが喜ぶ花というのもよくわかりませんわね……。

首を傾げるミーアであったが、とりあえず、その種を取り寄せて植えてみることにした。

中庭の端の花壇に、指でずぼずぼと穴をあけ、種を蒔いていく。それから、水をやり、様子を観察する。

セントノエルに行っている間は、ルードヴィッヒに任せたが、城にいる間は、できるだけ、毎日見守るようにした。

はたして、クソメガネはどんな花を自分にプレゼントしようとしていたのか……。それを見るのを楽しみにしながら……。


やがて、季節は廻りゆく。

セントノエルの夏休み、白月宮殿に帰ってきたミーアは、自分が植えた種がどうなっているのか……、とウキウキしながら、花壇に向かい……。それを見上げて驚愕した。

「これは、また、ずいぶんと大きいですわね……」

ミーアが見たのは、自身の背丈よりも高い茎だった。そのつぼみも、なんというか、とげとげした、あまり可愛くはないものだった。

——なんだか、失敗したパイのような見た目をしておりますわね……。

「ちょうど、今夜が満月ですから、咲くのではないかと思いますよ。実際には満月の夜だけでなく、前後の二、三日が開花期間なのですが……」

「まぁ、そうなんですのね」

ということで、ミーアはワクワクしつつ、昼寝しつつ、その夜に備えていた。

そうして……、その時がやってきた。

「ミーアさま、お花、開いたみたいですよ」

呼びに来たアンヌとともに、ミーアはいそいそと中庭に向かい……、そして、

「これはまた……、ずいぶんと……」

その花を見て、思わず言葉を失った。

それは、とても大きな花だった。ミーアの頭よりも、さらに二回りぐらい大きな花だ。

「しかし、なんとも、派手な花ですわね……」

月光に照らされた花の色は、夜の静けさに不似合いな、目の覚めるようなオレンジ色だった。その巨大さと相まって、なんだか、ちょっとバカっぽい見た目の花だった。

少なくとも、女性にプレゼントするような花ではない。

「このお花を、あのクソメガネが……ふふふ、まぁ、失礼な態度が多いヤツでしたから、きっと女性の扱いも上手くはなかったんでしょうね……」

ミーアは、そのバカみたいに大きな花を見上げて、思わず笑ってしまった。

あの気難しげな男が、自分を喜ばすために、こんな花を咲かせようとしていたことが、なんだかおかしくってしょうがなかった。

「しかし、見れば見るほど派手なお花ですわ。こんなの持ってこられても、きっと笑ってしまいましたわね」

あるいは、それもまた彼の気遣いであったかもしれない。

あの当時は、ミーアもすっかり笑うことがなくなっていた。

場違いな花で笑わせようとしていたとしたら、なるほど、クソメガネらしい不器用な優しさだと思ってしまって。

「あいつには、最後にお礼を言えませんでしたわね……」

なんだか、しみじみしてしまうミーアである。

もちろん、ルードヴィッヒに会うことはできる。けれど、それはもう、あの日の彼ではないのだ。

そんな風に、ちょっぴりセンチメンタルになっているミーアに、アンヌが明るい声で話しかけた。

「うふふ、楽しみですね、ミーアさま」

「……ん？　なにがですの？」

きょとりん、と首を傾げるミーアに、アンヌは言った。

「このお花の種って、食べられるんです。香ばしくって美味しいんですよ」

ニコニコしながら、そんなことを言った。

「あ、もしかして、ご存じなかったですか？　お酒のおつまみにも良いんだって、うちの父もすごくお気に入りで……」

「おつまみ……」

そこでミーアは……ピンときた。

もしや、ルードヴィッヒは……、あのクソメガネは……、花ではなく、その後にできた、美味しい種のほうを献上しようとしていたのではないか……？

この食いしん坊なお姫さまは、花よりお菓子のほうが喜ぶだろう、と……、そう思われていたのではないだろうか⁉

あの時の、彼の、悪戯っぽい笑みは、そういうことなのではないか？　と。

「ぐっ、ぐぬぬ、クソメガネっ！　あっ、あいつ、わたくしのことを、いったいなんだと思っておりますの⁉　わたくし、そこまで、食いしん坊ではございませんのにっ！」

ぎりぎりぎりっと歯ぎしりをするミーア。であるが、直後、ふぅっとため息を吐いて……、それから、再び苦笑いを浮かべた。

「まぁ、でも、風情とかなーんにもないのが、あいつらしいといえば、らしいんですけど……」

懐かしくも小憎らしい横顔を思い出し、ミーアはやれやれ、と首を振った。


やがて花が散り、残った種をミーアは試食してみた。

その種は、なるほど、とても香ばしくって美味しかった。

「そういえば、ルードヴィッヒはお酒とか飲むんだったかしら……？」

などと思いつつ、その種を差し入れに届けさせるミーアなのだった。


皇女ミーアは花を愛でる姫君として知られる。

なかでもお気に入りの花は、満月に向かって咲く大輪の花、向満月菫(フルムーンフラワー)であったといわれている。やがて、その花はティアムーン帝国の国花に指定されることになるのだが。

それは、また別の話である。

Collection of short stories

ミーアと
不思議の移動劇団

MIA AND MYSTERIOUS MOBILE TROUPE

舞台第1弾
パンフレット特典SS

冬休み……。

レムノ王国での革命事件を無事に解決し、帝都に戻ったミーアはダラけていた。

なにせ、破滅の運命を回避したばかりなのである。

気も抜けようというものであった。

さて、そんな油断し、ダラけきったミーアは、今まさに至福の時を過ごしていた。

至福の時、すなわち午後のティータイムである。

高貴なる香りを漂わせる紅茶、口に含んだ瞬間に広がるのは、上品な酸味と、ほんのり渋い後味だ。

その渋みが消えないうちに、ミーアは切り分けたケーキを口に入れる。ふんわりとしたスポンジ生地をゆっくりと噛むと、じゅわっと、生地が吸い込んでいた蜜があふれ出した。

月光蜂が集める上質な蜜は、春の野を駆け抜ける風のように、さわやかな甘さの花を、ミーアの口に咲かせる。

素晴らしく上質な甘みに、ミーアがほわぁ、っとため息を吐いていると、

「ミーアさま、このようなお手紙が届いていたんですけど……」

「手紙……？　はて……はむ」

ぱくり、と大きめに切ったケーキを口に入れて、もう一度、ほわぁ、っと息を吐いて。それから、ミーアはアンヌから手紙を受け取る。差出人の名前は書かれていなかったが……、手紙の文字は、どこか見覚えがあるものだった。

見覚えのある、どこか懐かしくも、妙に腹が立つ、そんなような筆跡で……、まるでお説教を聞かされているような、そんな印象で……。

「いや、そんなはずはありませんわね。ふむ、これは……演劇の招待状かしら……？　華幻の月劇団……？　はて……聞いたことがありませんわね……」

「あっ、この劇団、知ってます！　近隣諸国を巡りながら、公演している劇団なんだそうです。すごく面白い劇をするとかで……。帝都でも公演予定になってるんだって、妹が言ってました」

「まぁ、そうなんですのね……そのような劇団が……。これは研究がてら、エリスが行けるようにしてあげたほうが良いですわね」

エリス・リトシュタインは、アンヌの妹にして、ミーアのお抱え芸術家であった。作家を志すエリスにとって、話題の劇団を観劇に行くのは良い刺激になるだろう。

「ふむ、せっかくの招待ですし、わたくしも一緒に行こうかしら……」

ミーアは演劇をはじめとした物語全般が好きだった。前の時間軸における長い地下牢での生活、無限に続くかと思われた退屈を和らげたのは、アンヌから聞いた物語だった。

それ以来、ミーアはいろいろな小説を読み漁っているのだ。

――話題の劇団……うふふ、楽しみですわ！

というわけで、急遽、ミーアの観劇が決まったのである。

数日後、ミーアは帝都ルナティアの大劇場へとやってきた。

大劇場は、帝城にも劣らない大きさがあった。白い石を用いて作られた外観は、さながら第二の白月宮殿といったところだろうか。

「いつ来ても圧倒される建物ですわね……」

巨大な柱を見上げながら、ミーアは会場へと向かう。皇女たるミーアが観劇に使うのは、二階にある貴賓室だった。ふかふかの座り心地の良い椅子、壁際にはバーカウンターがあり、自由に飲み物を持ってくることができた。

「……ふむ、ケーキはないのかしら……？」

などと、ミーアが物色していると……、

「本日は、ようこそ、大劇場へ……。劇場の者一同、ミーア姫殿下のお越しを、心より歓迎いたします」

やや緊張に強張った顔をしている支配人に、ミーアは朗らかに笑みを浮かべた。

「今日は楽しませていただきますわ、支配人。あ、この子は、わたくしのお抱え芸術家のエリスですわ。それから、専属メイドのアンヌも一緒に観劇させていただきますわ」

優雅に挨拶をするミーア……。であったが、ふと、服が引っ張られるのを感じる。

「あの、み、ミーアさま、本当にいいんでしょうか？」

そう尋ねてきたのは、アンヌの妹エリスだった。ズレかけた眼鏡の位置を直しながら、ミーアを見つめてくる。

「こんな豪勢なところに……」

「なにを言っておりますの。あなたはわたくしのお抱え芸術家なのですから、当然、ここで見る権利がございますわ。なんでしたら、わたくしと一緒でなくても構わないんですわよ。ねぇ、支配人？」

「はい。ミーア姫殿下のお抱えの方でしたら、いつもいらしていただいても構いません。最高のお席をご用意させていただきます」

「そっ、そそ、そんな……こんなすごい席で、ただで劇が見られるなんて……」

頬を上気させ、興奮した声を上げるエリスに、ミーアは優しい笑みを浮かべる。

「もちろんただではありませんわよ？　きちんと面白い物語をたっくさん書いて、そして、将来、この劇場を儲けさせるような舞台脚本を書き上げること。いいですわね？」

「はい！　わかりました！」

その返事に満足げに頷いて、それから、ミーアは一般座席のほうに目をやった。

「しかし……、さすがは、流行りの劇団ですわ。大人気ですわね」

客席は、すでに八割近くが埋まっていて、大変な熱気だった。

「まだ始まってないのに、みなさん、すごく興奮してますわ」

「この劇団は、国ごとに異なる演目を演じているのが特徴なのです。一度も見逃すわけにはいかない、と、国外からもお客さまが集まっているのです」

「まぁ！　そうなんですのね。国ごとに違う演目を……。それは、その国にちなんだお話をやる、ということなのかしら？」

「いえ、それがそうでもないようで。おお、どうやら、始まるようです」

支配人の言葉の直後、静かで荘厳な音が鳴り響き……、そして、舞台の幕が上がった。

「それでは、どうぞ、お楽しみください」

そんな言葉を残して、支配人は去っていった。

「ふわぁ……」

横でエリスのため息が聞こえる。

それも無理のないことであった。舞台上で繰り広げられたのは、なんとも華やかな劇だった。

それは、とある架空の王国の物語だった。

わがままに、好き放題に振る舞った姫が、断頭台で処刑されるところから劇は始まる。

迫力ある悲劇の場面から一転、目を覚ました姫は、十二歳のころに戻っており、そこから、彼女のやり直しの人生が始まるのだ。

姫役の女優のコミカルな演技に、観客の間に笑いが広がる。かと思えば、一転、伸びやかな美しい歌声に、うっとりとした表情を浮かべている。

相手の王子役の男優も、実に気品あふれる演技だった。劇団員ということは、恐らくは平民の出身なのだろうけれど、ミーアの目から見ても、その身にまとう風格は、本物の王族と変わりないもののように思えた。

なるほど、人々が熱狂しても不思議ではない、素晴らしい舞台……、ではあったのだが……、それを見てミーアは…………、戦慄(せんりつ)していた!

――こっ、これは……どうなっておりますの?

わなわなと唇を震わせつつ、舞台に目が釘づけになる。なぜなら……、

――まっ、まるで、わたくしの今の状況を劇にしたかのようですわ。あのシャロン王子というのが、シオンですし、あのナーベル王子というのは、アベルのことですわ。そして、あのお姫さま、リーシャ姫というのは……、わたくしですわ!

カラカラになった喉(のど)を潤(うるお)すため、手元の果実水(かじつすい)をこくり、と飲んで、小さく一息。

改めて、ミーアは舞台に目を戻す。

――ところどころは違っておりますけれど……あの日記帳のことといい、間違いありませんわ。わたくしの秘密を、誰か知ってる方がいるに違いありませんわ！

それが、どういうことなのか……、どれほどまずいことなのかはわからない。

正直、バレたところで誰も信じないだろう、と思わないでもない。が……、

――と、ともかく、劇を見終わったら聞きに行くしかありませんわ！

そう心に決めるミーアであった。

劇が終わり、支配人の案内で、ミーアは舞台裏の楽屋を訪れた。

広い部屋には、未だ、興奮冷めやらぬ様子の役者たちが集まっていた。

「みなさん、少しよろしいでしょうか？」

支配人の声に視線が集まる。

「本日の公演、お疲れさまでした。実は、先ほどの公演をご覧になられたミーア姫殿下から、一言お言葉をいただけるとのことでしたので、こうしてご案内させていただきました」

紹介を受けて、ミーアが一歩前に出る。スカートの裾をちょこんと持ち上げて、

「はじめまして、みなさま。ミーア・ルーナ・ティアムーンですわ。今日は素晴らしい舞台を感謝いたします。楽しませていただきましたわ」

完全無欠な笑みを浮かべて、ミーアは言った。

そんなミーアに、最初に声をかけてきたのは、劇の中でミーア……ではなく、リーシャ姫を演じた主演女優だった。肩のあたりで切り揃えたサラサラの髪、ぱっちりと大きな瞳が愛らしい印象の女性

だった。

「本日は、私たちの舞台を見に来ていただいて、感謝いたします。リーシャ姫を演じました、カナンと申します」

ふわり、と微笑んで、カナンは言った。その美しい声に、ミーアはうっとりしそうになる。

「素晴らしい演技でしたわ。姫の愛らしいところとか、可愛いところとか、美しいところが、とても良かったと思いますわ」

そう言って、満足げな表情を浮かべてから……、

「でも……、あの、ちょっぴりお調子者のところはいまいちですわね。もっと可憐で、儚(はかな)くて、繊細な感じで、こう……」

「え……?」

きょとん、と瞳を瞬かせるカナンに、ミーアは慌てて首を振った。

「なんでもありませんわ。おほほ……、ええ、素晴らしい演技をありがとうございました」

誤魔化すように笑って、次に、そのすぐそばにいた、王子役の二人に目を移す。

「シャロン王子役のヨウスキーと申します。ミーア姫殿下、以後、お見知りおきを」

口を開いたのは、黒髪短髪の青年だった。爽やかな笑みを浮かべる彼に、ミーアはおや、と首を傾げる。

「あら、髪が黒いですわね……。確か、先ほどは……」

「ああ、これですね」

ヨウスキーは、机の上に置いてあった銀髪のウィッグをかぶって見せた。

「なるほど。そうなっておりますのね。舞台の上ではまったく違和感がありませんでしたわね。さすがですわ！」

感心した様子のミーアに、ヨウスキーはおずおずと尋ねる。

「ところで、私の演技はいかがでしたか？」

「ああ、そうですわね。シャロン王子は、少し華やかすぎましたわ。あいつはもっと格好悪く演じても良いのではないかしら？　それにもっと意地悪な感じで、こう……」

などと、演技指導を始めそうになるも、すんでのところで立ち止まる。

それから、咳ばらいを一つ。

「ええ、なかなかの演技でしたわ。わたくし、見惚れてしまいましたわ」

「はい！　私もです。すごく格好良かったです！」

ミーアの後ろに立っていたエリスが、目をキラッキラさせながら言った。どうやら、すっかり劇に魅了されてしまったらしい。そう言えば、エリスは王子さまとか好きだったっけ……などと思っていると……。

「お目にかかれて光栄です、ミーア姫殿下。オリトと申します」

もう一人の王子役の青年が、タイミングよく話しかけてきた。サラサラの髪を揺らし、涼やかな笑みを浮かべる彼に、ミーアは、思わず唸ってしまう。

――先ほどのヨースキーさんもそうですけど……、このオリトさんという方もものすごく格好いいですわね……。これは、エメラルダさんが見たら、夢中になってしまいそうですわ。

面食いの知人の顔を思い出しつつも、ミーアはにっこりと笑みを浮かべる。

「よろしくお願いいたしますわ。オリトさん。素晴らしい演技をありがとうございました。ナーベル王子は、ええ、あのぐらい素敵でも大丈夫ですわ。なんの問題もございませんわね！」

アベルに関して言えば、どれだけ美しく、華麗に、格好よく演じてもらっても文句はないミーアである。恋する乙女なのである。

それから、ミーアは、ほかの役者たちを見回して、愛想よく言った。

「みなさま、堪能させていただきましたわ。本当に素晴らしい劇でした」

「ふふ、そう言っていただけて、安心いたしました。ミーア姫殿下」

「んっ？」

ふいに声をかけられて、そちらに目をやると……、そこに一人の女性が立っていた。

丸い眼鏡をかけた、知性的な瞳が印象的な女性だった。ミーアの記憶が確かならば、劇には出ていなかったように思うが……。

「この度は、帝都で演じる機会をいただき、ありがとうございました、ミーア姫殿下。私が、今回の劇のシナリオを書かせていただきました、スィーカです」

「ああ！　あなたが、脚本を……」

ミーアは、警戒心に、スゥッと瞳を細くして、スィーカと名乗った女性を見つめる。

「素晴らしいシナリオでしたわ、それはもう！　見ていて、鳥肌が立ちましたわ！」

鳥肌……というか、冷や汗が流れたというほうが正しいわけだが……。

なにしろ、劇のあらすじは、ほとんどミーアの今の状況と同じだった。ところどころに、演劇ならではの演出が凝らしてあるものの、大筋のところではまるっきり同じなのである。

明らかに、自分の秘密が知られているとしか思えないのだ。

——だとしても、狙いはなにかしら？　わたくしを脅すつもりかしら？　でも、これって、脅しになるのかしら？

思案しつつ、探りを入れていく！

「とても面白い物語でしたけど、あれは、スィーカさんが一から考えたものなんですの？」

「はい。そうですね。お話が天から降ってくる、というのでしょうか。その国に足を踏み入れてしばらくすると、突然、物語が思い浮かぶのです」

スィーカは、穏やかな笑みを浮かべたまま言った。ミーアはじっとその顔を見つめる。

じぃぃっと見つめ、見つめ……見つめ続ける！

けれど、その顔に、含むようなところは見られなかった。

——では、偶然ということなのかしら……？　うーむ……そもそも、あの招待状の文字は……。

腕組みしつつ、ミーアは考え込む。頭に浮かぶのは、もう二度と会うことのできない、口うるさい眼鏡の忠臣の顔だ。

「まさか、あのクソメガネが、わたくしに注意するために仕組んだ、などということはありえませんし……」

心の中に、モヤモヤは残しつつも、ミーアは楽屋を辞することにした。

別に、そろそろ甘いものが食べたくなってきた、というわけではない。考え事をしたせいで、スイーツ分が不足してきただなんて、それは大きな誤解というものである。

「それでは、わたくしはそろそろ帰らせていただきますわね。みなさん、お元気で」

「ミーア姫殿下」

立ち去ろうとするミーアに、スィーカが不思議な笑みを浮かべて言った。

「あなたの人生がハッピーエンドを迎えられるように、お祈りしています」

その言葉に、ミーアは小さく笑みを返す。

「ええ。もちろんですわ。わたくし、バッドエンドは好きではありませんのよ」

頷きつつも、ミーアは思う。

──そうですわ。この演劇のようなハッピーエンドを迎えられるように、頑張らねばなりませんわ

……甘いケーキを食べてから！

帝国皇女ミーア・ルーナ・ティアムーン。

ちょっぴりサボり癖のある、このお調子者のお姫さまが、これからどんな運命を辿るのか……。

その筋書きを知る者は一人もいなかった。

Collection of short stories

ミーアと、怖い怖い迷信の話

Mia and story about scary superstitions

書籍4巻TOブックス
オンラインストア＆応援書店特典SS

それは、第六の月の半ばが過ぎたころのことだった。

権謀術数を用いて、賢者ガルヴを籠絡したミーアは、セントノエル学園に帰還。その後、ダラダラと平和な日々を過ごしていた。

その日も、授業を終えたミーアは、自らの取り巻きとともに、中庭でお茶を楽しんでいた。

「うふふ、やっぱりお紅茶ですわね。甘いジャムを入れた紅茶は言うに及ばず、ミルクに砂糖をたっぷり入れたものもまた美味し。そこにクッキーがそろっていれば、もう、たまりませんわ」

紅茶はあけぼの〜なことを口ずさみつつ、なんとも幸せそうな顔をするミーア。それを、周囲の取り巻きたちが、楽しげに見守っていた。

なにしろ、今のミーアの取り巻きは、ミーアが平民の従者を重んじていても一向に気にしない、ミーアが貴族の常識から外れたことをしていても、それでもなおミーアと一緒にいたいと願う者たち。ミーア大好き集団である、ミーアエリートなのである。

そんな彼女たちにとって、敬愛するミーアがニッコニコとお菓子を頬張る様は、なんとも微笑ましい光景で、だから、その場には穏やかな空気が流れていた。

それゆえ……、ミーアは油断していた。完全に油断しきっていた。

「……そういえば、お聞きになりまして？　ミーアさま、あの噂のこと……」

友人の発したその一言……そこに含まれた危険な兆候をとらえ損ねたミーアは、なんの気なしに……なんの準備もなしに……、

「はて？　なんのことですの？」

その会話に乗ってしまった。

対して、言葉を発した友人……、ドーラ・グライリッヒは、嬉々とした声で言った。

「真夜中に徘徊する幽霊の噂です」

「ゆっ、幽霊、ですの……？」

ミーアは、まじまじと友人の顔を見つめた。

「ええ、実はこんな噂を聞きまして……」

楽しげに話しだすドーラを見て、ミーアは、思わず舌打ちしそうになった。

ティアムーン帝国、グライリッヒ伯爵家の次女、ドーラは、前時間軸からのミーアの友人だ。

そういう例は、実は割と珍しい。なにしろ、前時間軸のミーアの友人といえば、大抵がミーアの権力目当てで寄ってくる者ばかり。そういう者たちは大体において、平民の従者であるアンヌのことを軽視して、ミーアのそばにいられなくなっている。

けれど、ドーラは一味違う。彼女は基本的に権力や貴族社会というものに無頓着だった。というよりは、そんなものより大切なものが、彼女にはあったのだ。

それこそが怪異譚の収集である。

ドーラ・グライリッヒは……、怖い話が大好きな少女なのだ。

——これがなければ、いい人ですのに……。いえ、でも、これがなかったら、ドーラさんじゃありませんわね……。

などとミーアが思っている間にも、ドーラの話は進んでいく。

それは、セントノエル学園の何代目かの生徒会長の幽霊が出るという噂話だった。

なんでも、その生徒会長は真面目な人で、夜寝る前に校舎の見回りをしていたらしい。けれど、その途中、聖堂で、倒れてきた祭具の下敷きになり、息絶えたのだという。

「ゆらゆらと揺れる灯……、その光に照らし出されるのは、赤く血に染まった聖堂の床。そして、祭具によって切り離された生首の目が、ぎょろっとこっちを向いて……お前だっ！　と」

突然の大声に、ミーアは思わず飛び上がる。けれど、すぐに取り繕って、笑みを浮かべた。

「ほ、ほほほ、もう、ドーラさん、急に大声を出しては、びっくりしてしまいますわ。別に怖くはないですけれど……、驚いてしまいますわ。怖くはないけれど……」

震える声でそう言うミーアに、ドーラはにこりと悪戯っぽい笑みを浮かべた。

「もちろん、怖くはないでしょう。だって、お話はこれからが本番ですから……」

「……はぇ？」

「実は、このお話には続きがあってですね……」

声を潜めて、ドーラは言った。

「このお話……、聞いてしまった者のところには、やってくるのだそうです……」

「なっ、なにがですの……？」

「その、死んだ生徒会長の、生首が…………、ごろんごろんって！」

――ひっ、ひぃいいいいっ！　ちょっ、なっ、なんてもの聞かせてくれますのっ⁉

思わず悲鳴を上げそうになるのを、ぐっと呑みこみ、ミーアは余裕の表情を作って……、

「へ、へー、そうなんですのね。それじゃ、もしかして、今夜あたり来るのかしら？　楽しみですわ」

「いえ、来るのは、七日後みたいです」

――いっそ今日来てほしかったですわ！

基本的に、この手の話は信じていないミーアである。なので、来ないということがはっきりするのは早いほうがありがたい。もしかして……、万が一にも、来るかもしれない……などと、ドキドキしながら七日も待っているのは、心臓に悪いのだ。

「それでですね、生首が来てしまうと、その後、とっても不幸な目に遭うらしくって……」

――ほんっと！　なんてもの聞かせてくれやがりますのっ！

〝不幸な目に遭う〟のレベルが、ギロチンにかけられるレベルのミーアは、内心で抗議の声を上げる。けれど、ドーラはそんなことにまったく気づいていないかのように、話を続ける。

「でも、ご安心ください。それを防ぐための方法というのもきちんとあります」

「そんなものまであるんですの……？」

早くもげんなりしてきたミーアであるが、ドーラは気づいていないのか、上機嫌に続ける。

「ええ。真夜中の日付が変わる時に、聖堂に行き、祈りを捧げればあらゆる呪いは浄化されると、セントノエルでは言い伝えられております。だから、この生首の呪いもそれで解けます」

「……ふむ、なるほど……。でも、ドーラさんは、そんなの信じてるんですの？　そんなの迷信ですわ、迷信」

ミーアは、あえて鼻で笑って見せる。そんなのぜーんぜん信じてませんよー、という態度をとりつつ……、

「ちなみに、念のために聞きますけど、ドーラさんは、それ、やってみたんですの？」

一応、聞いておく。念のためである。もしかしたら、ドーラが不幸な目に遭っていないのは、そのためかもしれない。

怖い話とか全然信じていないが、あくまでも念のためだ。

すると……、ドーラは意味深な笑みを浮かべて、

「実は……、それ、やってみたんです」

「真夜中に、聖堂に行ったんですの？」

「ええ、一人で、こっそりと」

「……まぁ、一人で……」

一人で、真夜中に女子寮を抜け出して……暗い廊下を歩いて、聖堂に行く……。

——この人……、大丈夫かしら……？

ミーアは友人のことが、真剣に心配になった。

夜に一人で女子寮を出るなど、ありえぬ暴挙。蛮勇というのもおこがましいほどの向こう見ず……。そんな恐ろしいことを平然とやってのける友人の姿が、なんだか得体の知れないモノのように見えてくるミーアである。

そんなミーアに構わず、ドーラは言った。

「それで、聖堂に行ったんですけれど……、そこで、見てしまったんです」

「……見た……とは？」

ドーラは、きょろきょろ、と左右を見まわしてから……、

「夜の聖堂……、灯の揺れる明かりの中を踊る……、少女の幽霊をっ！」

「ひぃいっ！」

っと、思わず息を呑んだミーア。だが、すぐに、あたりを見回して、んっ、んんっ！　と咳払いする。

「……それは、なにかの見間違いではないかしら？」

すぐにミーアは思い出したのだ。

以前も、たっぷりとドーラの怪談でビビらされたものの、蓋(ふた)を開けてみればその正体は愉快な孫娘、ミーアベルだったわけで……。きっと今回も、そんなもんだろうと思ったのだ。

——幽霊などというものは、臆病な人間が、なにか別のものを見間違えたのか、あるいは、そういうものが好きすぎる人間がなにか別のものを見間違えたのか、どちらかに決まっておりますわ！

そう思うのだけれど……でも、同時に、生首ゴロリンの経験者でもあるミーアは、こうも思うのだ。

——わたくしには、処刑されるまでに、覚悟を決める時間がありましたわ。だから、特に慌てることなく、平然と首を落とされることができましたけれど……。

そう……だっただろうか？

——もしも、それが突然に首を落とされることになったとしたら……、きっと驚いてパニックになってしまったはず。そして、この世を恨み、呪いを残したとしても、不思議はございませんわ……。

ということで、ドーラの話に一定の信憑性(しんぴょうせい)を認めてしまうミーアである。

「絶対に見間違えではありません。確実に見ましたから」

そのように、ドーラに豪語されてしまうと、ミーアとしても、どうにもならないわけで……。

「ということで、ミーアさまも、真夜中に聖堂に行ってみたほうがいいですよ」

「……いえ、わたくし、そういう迷信は信じませんから……」

「えー。でも、せっかくホンモノが見られるのにもったいないと思いませんか？」

「そっちですのっ!?　いや、というか、わたくし、ホンモノにも興味がありませんし……」

「でも、生首来ちゃいますよ？　ゴロゴロですよ？」

――誰のせいですのっ！　誰のっ！

思わず、心の中でツッコミを入れるミーアであった。

さて……、その日の午後。授業が終わった後……、ミーアは物思いにふけっていた。

いや、物思い……というか、

――あんなの迷信ですわ。迷信に決まってますわ。あるいは、ドーラさんが、わたくしを怖がらせようとして作った悪質な創作物に決まってますわ。

懸命に自分に言い聞かせていた。

けれどそれを、いまいち自分では信じきれないミーアである。なぜなら、ミーアは知っている。ドーラは……、決して他人を怖がらせて楽しみを得るような、悪質な人間ではない。あれは……、怖い話を心底から楽しむ、屈指の変態なのだ！

――自分で作った嘘の噂話で他人を怖がらせる類の方ならば、まだ理解はできるのですけど……。あんな怖い話を楽しめるなんて理解に苦しみますわ……。ま、まぁ、わたくしは、別に、そこまで怖くはなかったですけど……？　アンヌが聞いたらきっと怖がってしまうに違いませんわ。そうしたら、また、わたくしのベッドで一緒に寝ることになりますわね…………ふむ。それならいっそ……。

などと、現実逃避にふけることしばし。

ミーアは、認めざるを得ないことにぶつかった。それは……。

「ああ……やはり夜の聖堂に行っておかないと、眠れなくなりそうですわ！」

これである。

むろんミーアは、本当に幽霊が訪ねてくるなどと信じていない。まったく信じていない。本当に信じていないのだが、それでも、万が一ということがある。

その可能性を考えてしまうと……たぶん眠れなくなる、と……。ミーアの本能が叫んでいた。

ゆえに、ミーアは行かざるを得なかった。真夜中の、聖堂に。

「となると……人選が肝となりますわね……」

別に、幽霊なんか信じていないミーアなので、夜の聖堂に行くことなど、わけないことなのだが……。

「夜のうちに部屋を抜け出したりしたら、アンヌが心配するでしょうし……。アンヌには一緒に来てもらおうかしら……。それにベル……。あの子も同じ部屋ですし、置いていったら寂しがるでしょう。というかむしろ、ついてきたいって言うに決まっておりますわ。やれやれ、仕方ありませんわね。そういうことであれば……」

これで二名は確定である。あとは……。

考え事をしつつ歩いていたミーアは、気づけば聖堂の前に来ていた。

「ふむ……、とりあえず、下見をしておくのがよろしいかしら……」

そんなことをつぶやきつつ、ミーアが扉に手をかけた時だった。

「あら？　ミーアさん、聖堂になにかご用かしら？」

声をかけられた瞬間、ミーアは思わず飛び上がった。それから、恐る恐る振り返ると……、そこには、穏やかな笑みを浮かべたラフィーナが立っていた。

「ああ、ラフィーナさま……。いえ、ちょうど通りかかったので、少し中を覗いていこうかな、と思っただけですわ」

それから、ミーアはラフィーナを見つめて……、小さく首を傾げる。

「ラフィーナさまは、これから、なにかの儀式ですの？」

ラフィーナは、儀式に使うような聖衣を身にまとっていた。肩の出た衣装は純白のサラサラの布地で、ラフィーナの動きに合わせてシャラリ、シュルリと雅な音を立てていた。

見た目の優雅さに加え、音すらも計算された見事な服である。

「いえ、儀式そのものではなく、その練習かしら。夏至祭で舞をしなければならないから」

「まぁ、舞の練習……。それは、ダンスの練習のようなものかしら……」

「基本的にはそうね。でも、もう少し細かいの。儀式での動きには、一つ一つの所作に意味が込められているから、きちんと型を覚えておかないといけないのよ。例えば……」

そう言って、ラフィーナは両手を天高く伸ばす。シュッと伸びた腕は細くしなやかで……、まったく、どこかのミーアとは大違いである。

「これは、天からの恵みの雨を受ける型……」

と、両手を天に掲げたまま、その場でくるりと一回転。衣装がシャランと音を立て、神秘的な空気が香り立つ。そのまま両手を大きく広げて、もう一回転。

「これが、その雨を振り撒くことで、土地を祝福することを表現する動き」

指先の動きにまで気を使っているような、繊細な動きに、ミーアは思わず拍手する。

――ふーむ、さすがはラフィーナさま。儀式もお手の物ですわね……。あ、そうですわ……、ラフィーナさまをお連れするというのも、一案かもしれませんわね……。

ミーアは、ふと思った。

なにしろラフィーナは聖女である。それもミーアのようなではなく、本物の聖女だ。魔を祓う儀式なども、きっとお手の物だろう。幽霊だの呪いだのであっても、なんとかしてくれるのではないか……。なんというか、幽霊なんて一睨みで逃げていくような……、そんな迫力がラフィーナにはあるのだ。

──ふむ、しかし、頼りにはなりそうですけれど、その反面、不安もありますわね。

なにしろラフィーナは本物である。下手をすると……、

「幽霊？　ああ、もちろんいますよ。ほら。ミーアさんの後ろに」

などとあっさりと言われてしまいそうでもあるのだ。しかも、それが冗談かどうか、判断がつかなそうなのが厄介である。

──ラフィーナさまも、意外と茶目っ気がありますし……、そんな冗談も言いかねませんわ。

そして、そんなこと言われたりしたら、きっと眠れなくなる。ミーアには確固たる自信があるのだ。

「あら？　どうかしたの？　ミーアさん」

「あ……ああ、えーっとですわね……、ラフィーナさま……その……」

咄嗟のことに答えあぐねたミーアは、

「今夜のご予定は……？」

ラフィーナの答えに委ねることにした。すなわち、ラフィーナの予定が空いているようならばついてきてもらい、空いていなければ諦めることにしたのだ。

「今夜……？　どうしてかしら？」

「ああ、いえ……その、よろしければ寝る前のお茶会のお誘いを、と思いまして……」

「そう……。でも、ごめんなさい。さっきも言ったとおり、夏至祭の準備で、少し忙しくて」

ラフィーナは、ちょっぴり残念そうな顔で首を振った。

「そう……なんですのね……では、仕方ありませんわ。またの機会に、お誘いいたしますわね」

ホッとしたような、そうでもないような……、なんとも複雑な気持ちになるミーアであった。


さて、その日の夜のこと……。

「ベル、アンヌ、少しよろしいかしら？」

結局、ミーアは、アンヌとベルを連れていくことにした。

よくよく考えれば、ベルはしばらくの間、この学園に一人で潜んでいたのだ。夜の学園でも、お手の物だろう。

――ふむ、この陣容ならば、考えうる限り完璧ですわ。

「どうかしましたか？　ミーアさま」

すでに、寝間着に着替えて寝るばかりとなっていたアンヌが首を傾げる。

「ええ。実は、今夜十二時に行きたい場所がございまして……」

ミーアは、少しばかり声を潜めて言った。

「今夜十二時に、聖堂に行きたいんですの」

「聖堂に……。どうして…………あっ！」

アンヌは、ハッとした顔で、手を打って、

「もしかして、アベル殿下と逢引きですか？」

「なっ、ちっ、違いますわっ！　アベルと逢引きなんて……、まぁ、やってみたいですけど……でも、聖堂で殿方と逢引きなんて、ラフィーナさまにバレたら叱られてしまいますわ」

「え？　それじゃあ、いったいなんのために……」

「それは……その……実は、ドーラさんが言っていたのですけど……」

そう前置きしてから、ミーアは話し出した。

ドーラから聞いた怪談話を。

「実は、こんな噂話がありますの……」

「もちろん、わたくしは、どちらもくだらない噂話だと、単なる迷信の類だと言いましたわ。でも、ほら、はっきりしないと怖がる人もいるでしょうし？　ドーラさんから話を聞いたわたくし以外の生徒が怖がったらかわいそうですし。だから、生徒会長であるわたくしが、その真相を明らかにしなければと思いまして……」

「なるほど、わかりました！　お供いたします」

アンヌは大きく頷いて、力強く胸を叩いた。実に頼りがいのある態度である。

ミーアは一つ頷いて、それから、ベルのほうに目を向けた。

「助かりますわ。あ、もちろん、ベルも行きますわよね？」

子どもはこういう冒険とか好きなはず。夜に女子寮の部屋を抜け出すなんて、わくわくすることに、ベルがついてこないはずがない……と、そう信じていたミーアだったのだが……。

「うーん、ボクは眠いから、遠慮します」

「……はぇ？」

ベル、意外にも乗ってこない！

ミーアと同室で生活しているベルは、基本的に早寝早起きの極めて健康的な生活を送っている。しかも、ミーアと同じで、睡眠に至上の喜びを感じるタイプでもある。

今も、寝間着のモコモコパジャマに着替えたベルは、目元をコシコシこすっている。今にも寝てしまいそうなぐらいに眠そうだ。ミーア、痛恨の計算ミスである！

――こっ、これは、まずいですわ。

確かに頼りになる腹心、アンヌはついてきてくれるわけで……それはとても心強いことではあるのだが……、けれど、それでも夜の学園に詳しいベルがいないのは心細い。

ミーアは、しばし黙り込んでから……、

「そう、それは残念ですわね……。一緒に来たら、どこかで甘いココアでも、と思っておりますのに……」

「……え？」

「生徒会長の義務をわたくしが果たそうというのに協力していただくのですから、お礼をするのは当然のことですわ。ああ、残念ですわね、寝る前に甘いものを飲むというのは、とっても素敵なことだと思いますけれど……、まぁ、眠たいならば仕方ありませんわね」

「ひゃっほい！　もちろんボクも行きます。ホットココアを飲みに！」

瞳をパッチリ開いて、ベルが拳を振り上げる。

「……別に、ホットココアを飲みに行くわけではありませんけれど……」

相も変わらず大変チョロイ孫娘に、ちょっぴり不安を感じるミーアであった。


真夜中になるまで仮眠をとったミーアは、アンヌに起こしてもらってベッドを抜け出した。ぽやーっとした頭を振り振り、廊下を歩くミーア。一方、隣を行くベルは元気いっぱいだった。

「こっこあ、こっこあー」

などと、楽しそうに弾んでいる。

ベルの寝起きはすこぶる良いのだ。若さだろうか……？

「ふぁ……。それにしましても、やっぱり夜のセントノエルは雰囲気が違いますわね」

基本的に、ミーアは夜更かししない。たまたま、目が覚めてしまうか、あるいは聖夜祭の時ぐらいで、この時間に部屋の外に出ることはほぼない。

薄暗い廊下は、なんだか不気味で……ついつい暗がりから得体の知れないモノが、ひょいっと姿を現しそうな気がしてしまって……。

――部屋の前まで生首が転がってくるということは、こういう暗い廊下をゴロゴロ転がってくるんですのね……。あっ、ダメですわ、考えてたらめまいが……。

などとやっている間にも一行は聖堂の前までやってきた。

幸い、ミーアが想像したような生首と遭遇することはなかった。なかったのだが……。

ふと、足を止めたベルが、声を潜める。

「妙です、ミーアお姉さま。前は、聖堂の明かりは落とされていたはずです」

「へ……？」

言われて初めて気がついた。

ドアが薄く開いているのだろうか……、聖堂の入口からは、薄っすら明かりがこぼれていた。そして、明かりは、ゆらゆらと不気味に揺れていて……。

——おっ、おお、落ち着きなさい、わたくし！　そもそも、松明（たいまつ）の明かりというのは揺れるものですわ！

ミーアは大きく息を吸って、吐いて、吸ってから止める。

万が一、呼吸の音を……得体の知れないナニカに聞かれないためだ！

そうして、ドアの隙間から恐る恐る中を覗く。っと……、

「ひぃっ！」

かすれた悲鳴を、ミーアはなんとか呑み込んだ。

聖堂の中に、不気味にうごめく白い人影が見えたからだ！

——ゆっ、ゆゆ、幽霊？　いえ、違う、そんなはずありませんわ！

大丈夫、大丈夫……と、懸命にミーアは自分を励ます。

「あっ、ああ、あの時と同じですわ。きっとベルがなにかやったに決まってますわ。あの時だってベルが……」

「へ？　あの、ミーアお姉さま、ボクのこと、呼びましたか？」

かたわらで、きょとんと首を傾げるベル……。犯人はベルじゃなかった！

——ということは……あれは……？　あの、聖堂の中に見えた影は……、まさかっ、本当に、ゆ、

ミーアがふらふらーっとしそうになったところで、

「あれは……、ラフィーナさまですね。なにをされているんでしょうか？」

アンヌの冷静な指摘が聞こえた。

改めて、聖堂の中に目を向けると、なるほど、確かにアンヌの言うとおり、それはラフィーナだった。

「ほ、本当ですわ……ラフィーナさまですわ」

ミーアは、安堵のあまり、その場に座り込みそうになる。

「それにしても、こんな時間になにを……」

「あら？　ミーアさん？」

と、ミーアたちの姿に気づいたのか、ラフィーナが近づいてきた。

「こんな夜中にどうして……ああ、そうか。やっぱり、心配させてしまったのね……」

「昼間に、私が忙しいって言っていたから、心配して見に来てくれたのよね？」

ラフィーナは苦笑しつつ、続ける。

「え？　あ、ええ、まぁ、そんな感じですわ。ところで、もしかして、あれからずっと儀式の舞の練習を？」

「いえ、一度、食事のための休憩をとって、それからずっとかしら」

「それは、大変なんですのね……」

「ふふ……。大丈夫、これでもずいぶん楽になったのよ？　ミーアさんが生徒会長の仕事をしてくれるから、その分、気楽になったわ」

そんなことを言われると若干、良心が痛んでくる……。なにせ、ミーアは、たいして仕事をしていないわけで……。

微妙に、謝りたくなってしまうミーアである。

「あ、あの、ラフィーナさま、昼間は断られてしまいましたけれど、どうでしょう？　一休み、と言いますか、寝る前に一杯甘いココアでも。落ち着きますわよ」

「え……？　でも……」

「頑張りすぎて体でも壊したら意味がありませんわ。休むことも必要ですわ」

サボり……もとい、休憩のスペシャリスト、ミーアは語る。同意するように、ベルがふんふん、と頷いていた……早く、ココアが飲みたいようだ。

「そう……ね」

ラフィーナは、ちょっぴり、考え込んでから、軽くお腹をさすった。

「あら？　どうかしましたの？」

「実は、夜に甘いものを飲んだり食べたりすると、太るという話を聞いたことがあるのだけど……」

「まぁ……。ラフィーナさまらしくもない。そんな迷信を信じてるんですの？」

ミーアは、クスクスと口元を押さえて笑った。それから、

「大丈夫ですわよ。太らないと信じて食べれば、太らないとも聞きますわ。だから、信じて飲めば、なんの問題もございませんわ」

迷信には、迷信で返すミーアである。

そんなミーアにラフィーナは、困ったような笑みを浮かべて、

「そうね……せっかく、ミーアさんが心配して用意してきてくれたのだし……。たまにはいいかもしれないわね。それじゃあ、ご一緒させていただこうかしら……」

それから、そっと肩の力を抜くのだった。

とまぁ、そんな感じで深夜の十二時にとーっても甘いココアを飲んだミーアであったのだが……。

「……迷信、ですわよね?」

夜に甘い物を飲むと、どういうことになるのか……。ミーアが痛いほど思い知るのは、夏休み前のことだった。

Collection of short stories

料理長と野菜ケーキ

MASTER CHEF AND VEGETABLE CAKE

書籍4巻
電子書籍特典SS

ある〝後悔〟にまつわる話をしよう。

初めに語るは、ありふれた平凡なる人生の話。ガヌドス港湾国の一角に建つ、小さな酒場の店主の物語だ。

店主の名前はムスタ・ワッグマン。クマのような愛嬌を持つ腕の良い料理人だった。

彼の店は海の幸を使った絶品の料理と、穏やかなムスタの人柄も相まって、地元ではちょっとした人気店になっていた。

その日、昼時を過ぎて、少しばかり暇になった店に、一人の客が訪れた。

どうやら行商人らしい。町で暮らすには、いささか分厚すぎる外套を身にまとった男は、カウンターの端に腰を下ろすや否や、深々とため息を吐いた。

「いやぁ、まいった……」

「おや、どうかなさいましたか？」

注文を取りに来たムスタが気遣わしげな声をかける。

「なにかお困りのことでも？」

「なにって、帝国だよ、帝国。まったく、革命軍の新政権だかなんだか知らないが、国土の荒れ具合がひどいもんだ。なにか商売でも立ち上げられればと思って行ってはみたものの、ありゃあだめだ。一回、本格的に滅びちまわないと、どうにもならん。中途半端にいろいろ残っちまってるもんだから……」

再び盛大にため息。それから、気を取り直したように男は店内に目をやった。壁にかけられた木の札、そこに書かれたメニューに目をやって……。

「おや、このメニューは……もしかして、あんた、ティアムーン帝国の出身かい？」

男は人懐っこい笑みを浮かべた。

「ええ……よくおわかりになりましたね」

「おお、そうなのか。実は俺もなんだ。どこの出身だい？」

「帝都育ちです。ずっと帝都に生まれ、帝都で育った、生粋の帝都っ子です」

「あー、そりゃあ、大変だっただろう？　飢饉に内戦に……。帝都は酷い状況だったと聞いたが……」

「ふふ、実は革命が起きる前に、こちらに来てしまっていたので、それほど悲惨なことは、目にしていないんです」

穏やかに笑みを浮かべるムスタに、男は首を振って見せた。

「そいつは、幸運だったな。まぁ、俺も田舎の出身で、大した被害は受けてないんだが。帝都にも何度か行ったことがあるんだが、帝都ではやっぱり料理屋をやってたのかい？」

行ったことがある店かなぁ、などとつぶやく男に、ムスタは困ったような笑みを浮かべた。

「いいえ、実は、白月宮殿で働いておりました」

「白月宮殿？　ってことは、もしかして、皇帝陛下に料理を献上したことがあるのかい？」

「ええ……。もっとも、数年でクビになってしまいましたが……」

「いやぁ、それでもすごいじゃないか。ということは、もしかして、宮廷料理なんかも作れるのかい？」

「さすがに、準備をせずには無理ですが……。ご注文いただければ作れないこともありません。もっともお値段は、それなりにかかりますが……」

商人の男は、一瞬、考え込むような顔をした。

宮廷料理など、そう滅多に食べられるものではない。この機会に体験してみるのも……、などと考えていたのかもしれないが、すぐに首を振って、

「いやぁ、一発当てて一儲けできたら、お願いさせてもらおうか。今は……、そうだな、この黄月トマトのシチューにしようか……」

それを聞いたムスタは、わずかに目を見開いて……、

「かしこまりました。少々、お待ちください」

厨房のほうに下がっていった。

ほどなくして出てきた料理は、実に美味そうなシチューだった。

とろり、と溶けたトマトと、じっくり煮込まれた野菜。そこにぶつ切りの魚介類が入っているのは、ここが港湾国だからだろうか……。

商人は料理を口に入れた瞬間、思わずといった様子でつぶやく。

「いやぁ、美味い……。美味いなぁ。さすがは、宮廷料理人だ」

ひとしきり、それを食べてから、ふと、彼は首を傾げた。

「しかし、どうして、これほどの腕前があったのに、クビになったんだい？　これだけの料理を作る人材なんて、そうはいないだろうに……」

「……実は、その黄月トマトのシチューが原因だったのです」

ムスタは、普段はあまり過去の話をしない。過ぎたことだし、あまり楽しい思い出ではないからだ。

けれど……、久しぶりに同郷の人間に会ったこと、そして、その男が黄月トマトのシチューを注文したことが、ムスタには不思議な縁に感じられたのだ。

「ある時、私は、黄月トマトのシチューを姫殿下にお出ししたのです」

あの日のことを、今でもたまに思い出すことがある。

ムスタは、その日、皇女ミーアのために黄月トマトのシチューを作った。黄月トマトは調理に手間がかかるものの、滋養強壮のために良いといわれた食材だからだ。

もちろん、彼女がそれを嫌っていることは知っていた。ムスタの前の料理長が上手く調理できず……その時の味を刷り込まれた幼い姫は、黄月トマトを嫌っていたのだ。

けれど、ムスタはミーアの偏食を危惧していた。

甘い菓子ばかり食べていては体を壊してしまう。だから、折々を見て、野菜もメニューの中に混ぜ込んでいったのだが……。ミーアはことごとく、それらを残した。

「へー、こんなに美味しいものを食べないとはねぇ。噂に勝るわがまま姫だったわけだ」

呆れたような男の言葉に、ムスタは苦笑をこぼした。それから、懐かしげに目を細める。

「そうですね。姫殿下は好き嫌いのはっきりした方でしたから……、それなりに苦労はありました」

「だろうなぁ。あの大帝国を傾けたわがまま姫だっていうし、さぞや苦労があっただろう。離れられてせいせいしてるんじゃないか？」

その言葉に、けれど、ムスタはゆっくりと首を振った。

「いえ、心残りがないわけでもないのです」

ムスタは、寂しげな笑みを浮かべて言った。

「結局、私の料理を姫殿下は、一度も美味しいとは言ってくださいませんでしたから……料理人としては、それがとても残念です」

「そりゃあ、しょうがないんじゃないか？　なにしろ、あのわがまま姫殿下が相手じゃあ……」

「確かに、食べろと言って素直に食べてくださる方ではありませんでした。しかし……、私の務めは、帝室の方々のお体に良いものを食べていただくことだった。だから、なにか方法があったのではないか……、と今にして思うのです」

今となっては、無意味な仮定なのかもしれない。そんなものは存在しない可能性だってあるのだから。

でも、それは紛れもない、ムスタの後悔だった。

「私は、頑なだったのかもしれない。野菜を食べていただくために、もっと……、姫殿下がお喜びになるものを作れなかっただろうか、と、つい思ってしまうのです」

作った料理の味に自信はあった。けれど、それはどこか、自分の我を押し通すようなやり方ではなかったか……、と。

いつも料理に口をつけようとしなかったあの小さな姫殿下は……、革命軍に処刑されたという。

ギロチンにかけられる時には、頬もこけ、やせ細っていたと噂には聞くが……。

「なにか、最後に美味しいものを作って差し上げられれば良かったのですが……」

ムスタは、別にミーアに好意を持ってはいなかった。

ただ……哀れだとは思う。

牢につながれたミーアは、きっと、味気ないものを食べさせられていたのではないか。

自分であれば、もしかしたら、少しはマシなものを作れたかもしれない。

そんな感慨を振り払い、ムスタは笑った。

「しかし思い出すと、なんだか夢のようですよ。まさか、私があの帝国の宮殿で、料理長を務めていたとは……。しかも、あの帝国が、もうないだなんて……。ふふふ、人生はどんなことが起こるか、わからないものですね」

二人は、そう笑いあい……そして別れた。その後、二人が再会することはなかった。

それは、どこにでもある普通の男の、人生の物語。

こうして、ティアムーン帝国の宮廷料理長の地位まで上り詰めた男は、小国の酒場の店主として、その生涯を終えることになった。

それは、決して不幸な人生ではなかった。それなりに充実した……普通の人生だった。

その心に刺さった、小さなトゲのような後悔も含めて……、それは、どこにでもある、平凡な男の人生だった。


かくて、時間は流転して……。

次に語るは、とある偉人の物語。

大陸の料理史に多大なる影響を与えた料理人、そして、胸に刺さった小さな後悔を、己(おの)が努力によって抜き取った一人の男の人生の物語である。

「料理長、あの……、本当によろしいのですか？」

その日、若手の料理人に言われて、宮廷料理長ムスタ・ワッグマンは首を傾げた。

「いい、とはどういう意味かな？」

「いえ、その……、先日も野菜の入った料理をお出しして、姫殿下に器をひっくり返されたではありませんか？」

「我らは、帝室の方々の健康に責任がある。少しでも食べていただけるならば、作り続ける意味があるというものだ」

今日も、昼時は食事を拒否して部屋に戻ってしまったミーア姫だったが、さすがに空腹に耐えかねたのか、再び食堂に顔を出した。

「ムーンベリーのパイが食べたい」

などと言っていたが、当然、昼食を食べずにお菓子を食べるなど、許されることではない。厳然と断るムスタに折れて、ミーアは昼の残りでいいから持ってくるように、と言ったのだ。

「こうして、少しでも食べてもらえるならば作る意味がある……」

ムスタは繰り返し、頑なにそう言った。建前は、あくまでもそうなのだが……。

偉そうに言いつつも実際のところは、ムスタも半ば諦めている部分があった。どこか投げやりな思いが心の中にあることを、否定できなかった。

心を込めた料理を幾度もひっくり返されては、それも仕方のないことなのかもしれない。

そうして、彼は料理を持っていき……、意外な言葉をかけられた。

ミーアは、ムスタの作った料理を食べて「美味しい」と言ったのだ。

パンとシチューを食べ、あろうことか、涙まで流して……。

そんな予想外の反応が嬉しくて……ついついムスタも饒舌になってしまった。いい気になって調理法を話すと、これまた予想外なことに、ミーアは興味深そうに聞いていた。

「なぜ、そんな手間のかかることを？」

姫の口をついたその質問に、ムスタは深々と頭を下げて答える。

「帝室の皆さまの健康を守るのも、臣下たる我らの務めゆえ」

すでに建前となりかけていた、その言葉を……。

「それは、ご苦労でした。堪能いたしましたわ」

返ってきたのは、やはり、いつもの姫からはかけ離れた言葉。素直な、心からの労いの言葉だった。

それを聞いた時……、不意に彼の心に小さな痛みが走った。

小さなトゲが刺さり、うずいているような……そんな痛みが……。


その日を境にして、ミーア姫は食事を残さなくなった。というか……、堪能するようになった。

「美味しいですわ。このお野菜、とろけますわね！　味つけもお見事。酸味と甘みの絶妙なる調和！　素晴らしい腕前ですわ！」

などと、ムスタの作る料理に日々舌鼓を打ち、その腕前を誉め、労い……、さらには料理それ自体に興味を持つようになった。

特にキノコ料理に興味があるらしく、ムスタはいくつかの料理をミーアに教えた。

そうして親しく話すようになり……、ムスタは、ミーアのことを娘のように思うようになった。

そして、そのたびに……、心にジクリ、と痛みが走った。

料理に手を抜いたことなどない。それは断言できる。

ミーアのために体に良いものを厳選して出したことに偽りなどないし、そのための料理を作り続けたことにも自信があった。

……でも、思うのだ。そこに工夫はあっただろうか？　と。

幼き姫に食べやすいように野菜を調理する……、そのような配慮のもと、最善の努力を尽くしていただろうか……？

ミーアに、無邪気な称賛の言葉をかけられるたび、わずかばかりに湧き上がる罪悪感……。それに駆り立てられるように、彼は料理の研究を始めた。

それまでの彼は、一流の料理人だった。知識も腕前も、まずもって、白月宮殿の料理長に相応しいものを持っていた。

けれど……、それだけでもあった。

彼は、師匠に教わった調理法を疑うことなく、その常識の中で料理を作り続けていたのだ。

食べる相手のために、そこから足を踏み出すこともなく、その必要すらも覚えず……、一流の腕前を維持することのみに腐心し……、その場に居続けることのみを考える。

そのような生き方をする者だった。

でも……ミーアのために料理を研究するようになってから、彼の料理は大きく変わった。一度も教わったことのないような調理法を試し、使ったことのないような調理器具や、最新式の鍋を導入してみたりもした。

そうして、研鑽を重ねる日々を経て……、ついにその日が訪れた。

それは、ミーアがセントノエルに通うようになって二年目の出来事だった。

「ミーアさまが、お疲れになっている？」

白月宮殿の調理場にて、ムスタはそのような噂を耳にした。

「はい。静海の森にある小部族の村で数日間を過ごされたとのことですから、やはり、慣れない生活で、お疲れになったのではないかと……」

「そうか……。それは心配だな」

ミーアは姫の中の姫だ。森に暮らす部族とは生活がまるで違う。きっと慣れない環境で眠れなかっただろうし、食事もあまり食べられなかったのではないか……？

ムスタは、深く同情する。

……実際のところは、ルールー族のおもてなしに大満足、連夜のご馳走をたらふく平らげ、夜は夜でぐっすり眠っていたミーアなのであるが……、それはそれ。

――まだ幼き身なれど、自らの義務を果たそうとする……。ご立派な方だ……。なにか、私にできることがあれば良いのだが……。

そんなことを考えながら、彼は食堂に向かった。

食堂には、あくびをかみ殺すミーアの姿があった。目尻に浮かんだ涙をこするミーアに、ムスタは声をかけた。

「だいぶお疲れのご様子ですね」

それを聞いたミーアは、困ったような笑みを浮かべた。

「そうですわね。皇女の町に視察に行ったり、いろいろ忙しかったので、少し疲れてしまいましたわ。

だから、今日はちょっとぐらいわたくしに優しくしてもバチは当たらないと思いますわよ？」

「優しく……、といいますと？」

首を傾げるムスタに、ミーアは冗談めかした口調で言った。

「そうですわね、朝食代わりにお菓子を出すとか……」

その瞬間……、ムスタは思った。

ああ、なるほど……。戦を前にした騎士の心持ちというのは、こういう感じなのかもしれない、と。

彼は無言で、厨房へと向かった。

それから、ほどなくして……、彼は持ってきた。

渾身の『野菜ケーキ』を！

それは、黄月キャロットを丁寧にペースト状にし、そこに、ミニカボチャと黄月トマトを混ぜ込んで味を調(ととの)えたもの。砂糖などの調味料はできるだけ入れない。元の野菜の持つ味を生かしつつの調理を心がける。

ムスタが研究に研究を重ねて編み出した、栄養と味を両立させた調和の究極。

研鑽の末にたどり着いた、一つの答えだった。

実は……、彼はひそかにそれを用意していた。

野菜ケーキは、すぐにできるものではない。焼きあがるのに時間がかかるのだ。だから、ミーアが来たらすぐに食べられるように用意だけはしていたのだ。

でも……、それを出す踏ん切りがつかなかったのだ。

なにしろ、今までは、しっかりした食事をするようにと口を酸っぱくして言ってきたのだ。甘いものばかり食べていては体を壊すからと、厳しいことを言ってきたのだ。

それが、今さらケーキを出すなど……、若干気まずいし、それ以上に照れ臭い。

しかし……、どこか疲れて、元気がない様子のミーアを見て、彼は覚悟を決めた。

「まぁっ！　こっ、これは……」

そのケーキを見た瞬間、ミーアはポカンと口を開けた。

「けっ、ケーキ？　こっ、こんな朝から、よろしいんですのっ？」

信じられない、といった表情で尋ねてくるミーアに、ムスタは深々と頷いてから、

「姫殿下がお疲れのご様子でしたから、作ってまいりました」

ちょっぴり嘘を吐く。なかなか決心がつかなくって出せなかった、とはさすがに言えない。格好悪いし。

「でも、確か以前に、お菓子ばかり食べていては体を壊すと、あなたは言ってなかったかしら？」

きょとん、と不思議そうに首を傾げるミーア。

自分がした進言を、きちんと覚えていてくれたことが嬉しくて、ムスタはわずかに頬をほころばせる。

そして、ほんのちょっぴりの誇らしさとともに、種明かしをした。

「新しいメニューに挑戦してみました。そのケーキは野菜でできているのです」

ミーアの顔に驚愕が浮かぶ。けれど、それはすぐに、なんとも言えない笑みに変わる。

嬉しそうにケーキを頬張ったミーアは、深々と満足げなため息を吐いた。

それを見た時……、ムスタの胸に訪れたもの……、心を満たしたのは、言葉にならない満足感だった。

自分は最善の真心をもって、この方に料理を作ることができたのだ、という実感。そして、目の前

の少女はそれをしっかりと受け取ってくれて……言ったのだ。

「あなたの腕前に敬意を表しますわ」

と。

――もしかしたら、初めてかもしれないな……。相手の食べたいものをここまで熱心に考え抜いたのは……。

料理人としてのやりがい、その奥深さに、彼が気づいたのは実にこの時だった。

それから、少しだけ時が流れて……。ミーアがセントノエル学園に帰ってからしばらくしてのことだった。

「ミーアさまから、私に……？」

ムスタのもとに、ミーアからの手紙が届いた。

今まで、ミーアから手紙をもらったことなどない。そもそも、皇女から手紙をもらうことができるのは、ごく限られた者だろう。自分がそうではないことを、ムスタは知っていた。

「いったい、なにが……？」

首を傾げつつも、手紙を読んだ彼は、思わず唸り声をあげる。

「どうかされたんですか？　料理長」

厨房の料理人に尋ねられたムスタは、ゆっくりとした口調で言った。

「私の料理を……、セントノエル学園の学食メニューに加えたい、と……」

「ええ？　本当ですか？」

厨房内に、大きな動揺が走った。

それはそうだろう。

大陸最高峰の学園、セントノエル。

聖ヴェールガ公国に建つそこには、近隣諸国から集められた、王侯貴族の子弟たちが通うという。

大陸で、最も舌の肥えた学生たちが集うその場所では、供される料理もまさに超一流。

そんな場所の学食に、自身の考えた料理が選ばれたという。それは、極めて名誉なことだった。

だが、そんなことよりも、ムスタが喜んだのは、自身のメニューをミーアが評価してくれたことだった。この料理ならば、セントノエルのメニューに推しても問題ない、と判断してくれたのだから、これほど嬉しいことはない。

――ミーア姫殿下には、しっかりと私の気持ちが届いていたのか……。

メニューに選ばれたということよりも、食べた人にそこまで気に入ってもらえたことに、なにより誇らしさを覚える。

「それで、どうされるんですか？　料理長」

「もちろん、断りはしないが……。少し工程で難しいところがある。レシピはできるだけわかりやすく書くつもりだが……、絵も入れたほうがいいかもしれないな。よし、誰か絵の描ける者を探して……」

引き受ける以上は、手を抜くことはない。

相手の舌を喜ばせること、相手の体を気遣うこと、その両立を目指した己が努力の結晶を、不足なく、誤解なく伝えるために、ムスタは丁寧にレシピを書いた。

ついでに、新メニューとして、別の野菜ケーキのレシピも添えておく。

セントノエルにいる腕の良い料理人であれば、恐らくこれで大丈夫だろう。

こうして、彼の野菜ケーキは一躍、大陸中に広がることになった。


再び、時は移ろいゆく。

ムスタ・ワッグマンの名が再び歴史の表舞台に登場したのは、彼が老年を迎えるころだった。

帝都ルナティアの中央広場にて……。その式典は厳かに行われていた。

美しい鎧に身を包んだ近衛兵が、壁のように立ち並ぶ。

音楽隊が華やかにファンファーレを奏で、そのめでたき日を祝っている。

その中心、緋色の布で飾った壇上には、一人の女性の姿があった。

背中の辺りまで伸ばしたサラサラの髪、日の光を受けて輝く、その色は白金色だった。

澄んだ瞳は青空のごとく、穏やかで、深い知的な輝きを放っていた。

帝国の叡智と称えられる女性が、今、静かにムスタのほうに目を向けた。

「宮廷料理長、ムスタ・ワッグマン、前に！」

女性の傍らに控えた宰相の高らかな呼び声とともに、ムスタは顔を上げて、前に進んだ。

そうして、膝をつき、臣下の礼をとる。

「この度は、このような場を設けていただきましたこと、身に余る光栄にございます。ミーア姫殿下……」

そう口にしてから、ムスタはハッとした顔で口を押さえた。

「失礼いたしました。つい、昔の癖で……」

ばつの悪そうな顔をする彼に、ミーアはクスクス笑ってみせた。

「あら、別に構いませんわ、姫殿下で」

それから、少しばかり遠い目をして続ける。

「思えば……、あなたとも長い付き合いですわね……。わたくしが、幼きころよりよく仕えてくださいました」

ミーアは、きりっと凛々しい表情を浮かべ、

「ムスタ・ワッグマン宮廷料理長、帝国の食文化に貢献することの大なるを評して……そして、わたくしに……、わたくしの子どもたちに、長きにわたり食事の楽しみを教え続けてくださったことに感謝を表すために……」

ミーアは、丸みを帯びたキノコ形の勲章を手に取った。日の光を受けて、満月のように輝くそれを、ミーアはムスタの左胸につける。

「ここに自由ミーア勲章を授与いたします」

「ありがたく、頂戴いたします」

ムスタは、深く頭を下げてから、一歩下がり、それから顔を上げる。誇らしさにあふれる胸を張り、その場に集う者たちに目を向ける。

謙遜はしなかった。なぜなら、彼には自負があったからだ。

自分は確かに、最善の努力をもって、ミーアに料理を作り続けた、と、一片の曇りもなく、胸を張ることができたからだ。

「それはそうと、シェフ。今日のお夕食は、甘いケーキがお腹一杯食べたいのですけれど……」

ミーアの声が後ろからかけられる。それに対して、

「なりません。お体に障りますさわ。しっかりとバランスよく食べていただかなければ……」

ムスタは厳然たる口調で言ってから、

「その後で、そうですね……。新しい野菜ケーキをお出しいたしましょう」

悪戯っぽい笑みを浮かべるのだった。


大陸の雄、ティアムーン帝国は豊かな食文化を誇る国として知られていた。

その中でも特にデザートの豊富さは、他に類を見ないほどで、かの聖ヴェールガ公国をも凌駕りょうがするほどの見事さを誇っていた。

それには、ある一人の男の功績が非常に大きく影響していた。

彼の名は、ムスタ・ワッグマン。

宮廷料理長として、長く、帝室の食を守り続けた人物である。

彼が考案した料理の中で、最も有名で、なおかつ異彩を放つものは、野菜スイーツであった。

様々な野菜を用いたデザート群は、その出来栄えの見事さから、大陸最高峰の学び舎、セントノエル学園の学食の正式なメニューに加えられたほどである。

そして、それはまた、帝国の叡知ミーア・ルーナ・ティアムーンの愛した料理としても知られている。

Collection of short stories

その想いは刺繍(ししゅう)のごとく……

THAT FEELING IS LIKE EMBROIDERY...

舞台第2弾
DVD特典SS

帝国の叡智、ミーア・ルーナ・ティアムーンは、たくさんの宝を持っている。

例えば、一角馬の角のかんざし。それは、静海の森に住まう少数部族、ルールー族の少年からプレゼントされたもの。ルールー族とミーアとの絆を表す大切な宝物。

あるいは、少し大きなブローチ。小さな宝石をふんだんに用いた手のひらほどの大きさのブローチは、ミーアの親友、エメラルダ・エトワ・グリーンムーンからプレゼントされたもの。千切れた絆が、再び繋がり、強く結び合わされたことを表す証の宝物。

そして……白く輝く一着のドレスもまた、ミーアが大切にしている宝物の一つだった。

月光絹（ムーンシルク）と呼ばれる高価な布で作られたそのドレスは、ミーアにとって大切な場面で、常に彼女の身を彩るものだった。

これは、そのドレスにまつわる物語。

ミーアの宝物に秘められた、大切な記憶の物語。

ミーアの手元から血まみれの日記帳が消えたのも今は昔。

大飢饉の影に怯えた夜も、断頭台から逃げ回った日々も思い出せば懐かしい。

日々続く平和な時をミーアは心安らかに……言い方を変えるならば、ちょっぴりダラダラと過ごしていた。

ミーアの心を騒がせるようなことなど、もはやなにもない。ゆえに、毎日、美味しいものを食べて、ゴロゴロしながら、のんびり過ごす……はずだったのだが……。

「ああ……！　なっ、なんということですの……」

その日、白月宮殿に、ミーアの悲痛な声が響いた。

皇女ミーアのドレスルーム、その真ん中で、ミーアは愕然とした顔で立ち尽くしていた。

わなわなと震える手、その手が握りしめているのは、あの白いドレスだった。

よく見ると、スカートの部分に施された刺繍が、わずかにほつれ、崩れてしまっていた。白い生地に、白い糸でなされた刺繍、それはよく見なければわからないほどつつましく、しかし、一切の手抜きのない丁寧なものだった。

「大変ですわ。すぐに直していただきませんと……」

ミーアは眉をひそめつつ言った。

彼女は、大帝国ティアムーンの皇女である。かつては、危機的状況にあった財政事情も、ミーア（の命を受けたルードヴィッヒ）の手によって、だいぶ持ち直しつつある。着古して、糸がほつれたドレスをわざわざ直して、着続ける必要は、本来ならばない。新しいものを買えばいいだけである。

にもかかわらず、ミーアがそのドレスにこだわるのは、それが特別なものであったからだ。

そのドレスは、ミーアの亡き母、アデライードの手で作られたドレスなのだ。

「お母さまの作ってくださったドレスですし、それに、これはわたくしのお気に入り。できれば、わたくしの子や孫に、大切に引き継いでいきたいですわ」

そんな願いを胸に、ミーアは早速、帝室御用達の仕立屋を呼んだ。

「これを直していただきたいんですの。この刺繍のところを……」

やってきた仕立屋の女性に、ミーアは早速ドレスを見せる。と、彼女はドレスのほつれをじっくりと眺めてから、眉間に皺を寄せて唸った。

「これは……コティヤール刺繍ですね」

「コティヤール刺繍？　はて……」

首を傾げるミーアに、彼女は難しい顔で頷く。

「はい。ミーア姫殿下のお母君、皇妃アデライードさまのご実家、コティヤール侯爵領に伝わる伝統的な刺繍です。無論、私でも直せないことはありませんが、少々、特殊な縫い方をしておりますから、念のために、専門の職人に依頼するのがよろしいかと存じます」

「そう。あなたでも難しいということは、コティヤール侯爵領から職人を呼ばねばなりませんわね……ふむ。でしたら……そうですわね」

とここで、ミーアは腕組みしながら、大きく頷いた。

「思えば……しばらく、お母さまのご実家に行っておりませんでしたわね。この機に一度、顔を出すのもよろしいかもしれませんわ。となると、護衛の手配が必要ですわね。誰か、ルードヴィッヒを呼んでいただけるかしら？」

そうして、急遽(きゅうきょ)、ミーアのコティヤール侯爵領への旅行が決まったのだった。


コティヤール侯爵領は、帝都の北東、馬車で三日ほどの距離に位置している。

古(いにしえ)の時代から絹織物が盛んで、そのつながりから、腕の良い服飾職人も集まる地域だった。幼き日のミーアも、足しげく通っては、上等なドレスを買い漁ったものだった。

「……今にして思えば、恐ろしいことをしておりましたわ。金貨の無駄遣いは、断頭台を引き寄せるというのに……」

一度か二度、袖を通しただけで着なくなってしまったドレスがたくさんあったが……なんという無駄遣いだったのだろう。

その危険性に気づいた今となっては、忙しさも手伝って、すっかり、足が遠のいてしまったのだ。

「ずいぶんと久しぶりになりますわね。叔父さまはご壮健かしら……？」

ミーアの母の弟、コティヤール侯爵の、線の細い顔を思い出す。幼いころは、ずいぶんとわがままを言って困らせてしまったものだが……。

などと感慨にふけっているうちに、馬車は領都に入った。

商人たちが活発に行き来する賑やかな市場に、ミーアは思わず顔をほころばせた。

「うふふ、変わりませんわね。ああ、あのお店、入ったことがありますわ」

「あ、そうなんですね。なるほど、あそこにミーアさま好みのお召し物が……」

すかさず、アンヌが、店の名前をメモしていく。そんな忠義の専属メイドを微笑ましげに眺めながら、ミーアはふと思いつく。

「ふむ、思えば、こうしてアンヌと二人で旅をするのも久しぶりかもしれませんわね」

そう言うと、アンヌはふんわり、柔らかな笑みを浮かべた。

「はい。セントノエルへの旅を除くと、もしかしたら、初めてかもしれません」

「ふふふ、そう言われてみればそうですわね。いろいろな場所に行きましたけれど、なんだかんだで誰かおりましたし。ちょっと新鮮ですわ。ああ、それならば、せっかくですし、少し町を歩きましょうか」

ポンッと手を叩くと、ミーアはすぐさま、随伴する護衛に声をかけた。まったく予定にはない行動ではあったが、皇女専属近衛隊(プリンセスガード)の腕利きたちは、即座に対応する。

さすがは、ルードヴィッヒが、ミーアの突然の無茶振りに即応できるよう選び抜いた精鋭であった。

「ほら、大きなお店も楽しいのですけど、通りに立ち並んだ小さいお店も魅力的ですわよ」

辺りをキョロキョロ見回しながら、ミーアはずんずん町を行く。その隣にはアンヌが、そして、その少し後ろを、軽装鎧で身を固めた護衛が続く。

さて、どこの貴族のお嬢さまだろう？　などと興味深げに視線を送ってくる者もいたが、大部分の者たちは無関心を貫いていた。

ここに、上等な生地を求めて貴族のご令嬢がやってくることは、そう珍しいことではない。

ということで、ミーアは誰にも邪魔されることなく、ショッピングを楽しむのだった。

「ほら、この織物なんか、ちょっと変わってて面白いですわ。せっかくですし、ご家族のお土産にしたらどうかしら？」

ミーアは、近くのお店の軒先に並ぶ生地を手に取った。

「なかなか、作りもしっかりしておりますわよ？」

「本当ですね。この布で作れば、長持ちしそうです。弟にいいかもしれません」

「うふふ。アンヌのところは弟妹(きょうだい)がたくさんいるから、選びがいがありますわね。他には……」

っと、その時だった。

店の番をしていた老婆が、ミーアの顔を見て、ハッとした様子で声を上げた。

「アデラお嬢さま……!?」

「……はぇ？」

きょとん、と瞳を瞬かせるミーア。そんなミーアをジッと見つめた老婆は、ああ……っと、気の抜けたような声を上げて……。

「……申し訳ありません。もしや、あなたさまは、ミーア姫殿下ではございませんか？」

「ええ。いかにも、わたくしは、ミーア・ルーナ・ティアムーンですけれど……」

と、首を傾げるミーアに、老婆は顔をくしゃくしゃにして笑みを浮かべた。

「ああ、やはり……お母君によく似ておいでです」

「まぁ、お母さまに会ったことがございますの？　ええと、あなたは……」

「私は、クララと申します。コティヤール侯爵家の仕立師として、長くお屋敷にお仕えさせていただきました。姫殿下のお母君、アデライードさまにも、とても良くしていただいて……」

「まぁ、それは奇遇ですわね。このようなところで、お母さまに縁のある方とお会いできるなんて……あ、そうですわ。もしや、クララさん、わたくしのお母さまに刺繍を教えたりは……」

その問いに、クララは不思議そうに瞳を瞬かせた後、

「はい。そのようなこともございましたね……。アデラお嬢さまは、たいそう器用な方でしたから、すぐに私が教えることなどなくなってしまいましたが……」

昔を懐かしがるような口調で、つぶやいた。

「なんと……。これは良いところで、良い方に出会えましたわ。では、当然、コティヤール刺繍というのもご存じですわよね？」

ずずい、っと乗り出してくるミーアに、気圧されるようにして頷くクララだった。

というこことで、場所をコティヤール侯爵邸へと移し、改めてミーアはクララと向き合った。

「実は、このドレスなのですけれど……」

ミーアから渡されたドレスを一目見て、クララは思わずといった様子で目を細めた。

「ああ……これは、お懐かしい」

そっと指先で縫い目を撫でながら、彼女は笑った。

「この、右側の縫い目をほんの少しだけずらすのがアデラお嬢さまの癖なのです。このほうが針の動きがスムーズにいくから、つい、ズレてしまうのだと、仰っておいででした。うふふ、結局、この癖は直らなかったのですね」

「まぁ……そうなんですのね。全然、気づきませんでしたわ」

示された場所に目を凝らすと、確かに少しばかり縫い目の右側が上がり気味……に見えなくもない。

「これは頼りになりそうですわ！」とニンマリしながら、ミーアは問題の刺繍を指で示した。

「実は、この部分の刺繍がほつれてしまいましたの。ほら、ここ、目立たないちょっとした刺繍なのですけど、わかるかしら？　修復することはできるかしら？」

恐る恐る尋ねてみると、

「はい、もちろんです」

クララは力強く頷いてから、ふと思いついた、という顔でミーアを見つめる。

「そういえば、ミーア姫殿下は、この縫い方の意味を、ご存じでしょうか？」

「はて……？　縫い方、ですの？　コティヤール刺繍というのは聞いておりますけれど、それ以外に何か意味がございますの？」

きょとりん、と首を傾げるミーアに深々と頷いてから、クララは言った。

「これは、母から子へ贈る晴れ着に施す、特別な刺繍なんです」

そうして、クララは指で刺繍を示しながら言った。

「この刺繍は、あまり目立たないようにするのがコツです。決して目立たず、場合によっては気づかれることすらなく……、けれど、あなたのことを愛している、と……。たとえ見えずとも、あなたのことを見守っている、と……。母から子への愛を伝える、そのような思いを込めて施す刺繍なのです」

それから、クララは、顔を上げた。懐かしげに目を細めて、

「アデラお嬢さまは、お体の弱い方でした。この刺繍をお教えした時にも『自分はきっと、子どもにこの刺繍をあげることはないだろう』と、仰っておいででした。今のミーア姫殿下よりも幼いころの話です。でも……」

小さく、深く……胸にこみあげた想いを吐き出すように息を吐いて……。

「そうですか……。アデラお嬢さまは……しっかりと、これを渡されたのですね……」

小さなつぶやきは静かに震えていた。抑えきれない感情の波に翻弄されているかのように。

そんなクララの話をジッと聞いていたミーアは、誰に言うでもなく……ぽつんと、

「やっぱりこのドレスを、わたくしの子どもにあげるのは、やめにしますわ」

「……ミーアさま？」

かたわらに控えていたアンヌが首を傾げる。ミーアは、ちょっぴり照れくさそうな顔をして、

「このドレスに込められたお母さまの愛は、わたくしだけのもの。だから、これはわたくしが独り占

めすることにしますわ」

ミーアは、そっとドレスを撫で、そうして……。

「わたくしの子どもには、わたくし自身の手でドレスを作ってあげることにしますわ。わたくしの、精一杯の愛を込めて……」

それから、ミーアはクララに目を向ける。

「ねぇ、クララさん、もしよろしければ、わたくしにもコティヤール刺繍を教えていただけないかしら？　ここにいる間だけですけれど、わたくし、あなたから……お母さまと同じように、あなたから、教わりたいですわ」

そのミーアのお願いに、クララは驚いた様子で瞳を瞬かせていたが、

「かしこまりました」

深々と頭を下げるのだった。


母から子へ、子から孫へ。

想いは繋がり、愛は紡がれていく。

それはさながら、糸のごとく、美しい模様を描く刺繍糸のごとく。

ミーアとその血族が描く歴史、それがどのような模様を描くのか……。

その刺繍が、人々を笑顔にする大輪の花になるのか、あるいは、人々を照らす月になるのか……。

それを知る者は、まだ誰もいなかった。

幕間　祖母と孫の寝物語Ⅱ

「なるほど、あのドレスにはミーアお祖母さまのお母さまの想いがこもっているのですね。いいなぁ」

しみじみとつぶやくベルの頭を、ミーアは優しく撫でる。

「そんなにうらやましそうな顔をしなくても平気ですわよ。ベルには、あなたのお母さまであるトリシャからドレスが送られることになりますし」

親から子へ、手作りのドレスを送る。それはミーアが始めた、帝室の決まり事だった。

「そして、あなたもまた、自分の子にドレスを送る。そうして、想いを繋いでいくのですわ」

「はい。ミーアお祖母さま。それにしても、ミーアお祖母さま、セントノエルには、そんな怖い噂話があるのですね」

「あら、ベル、怖くなってしまいましたの？　生首が転がるなんて、迷信もいいところですわ。怖がる必要なんかまるでありませんのに、迷信に過ぎないのですから……」

「いえ……。なぜでしょう。なんとなく、そのお話、聞いたことがあるような気がして……」

などと話している時だった！

コンコン……。

唐突に、ノックの音が響いた。

ビクッと硬直するミーア。であったのだが……。

「失礼いたします。ミーアさま。もう、お休みでしたか？」

控えめな声、その持ち主はミーアの一番の忠臣、アンヌだった。

「あら、アンヌ。いえ、まだ起きていますわ。入ってちょうだい」

ミーアの許可を受け、扉が開く。深々と頭を下げたアンヌは、直後、ベッドの上にちょこんと座ったベルに目を留め……。

「あっ！　ベルさま……もう、探したんですよ」

パタパタと歩み寄ってきた。

「ダメじゃないですか、寝室から勝手に抜け出しては……」

「ごめんなさい……」

しゅん、とうつむくベル。ミーアは優しくベルの頭を撫でて、

「わたくしが、お話に付き合わせてしまいましたの。余計な心配をかけてしまいましたわね」

そうして、謝罪するミーアの顔を見て、アンヌは……しょうがないなぁ、と困った顔で微笑んだ。

「それで、なんのお話をされていたんですか？　ミーアさま」

「いろいろですわ。華幻の月劇団の話とか……」

「ああ、ありましたね。みなさんで演劇を見に行ったこと。ふふふ、懐かしいです」

っと、アンヌの言葉を聞いたベルが、ぶんぶん、っと頷いて、

「わたくしも、帝都に来た時に見たことがあります。ミーアお祖母さまが若いころからあった劇団だなんて、びっくりしました」

ベルはニコニコしながら言った。

「あ、それに、野菜ケーキ。あの美味しいケーキが、実は料理長が考案したものだったなんて、びっくりしちゃいました」

目をキラキラさせながら、ベルは続ける。

「もう、帝室の伝統料理みたいな扱いになってますけど、あれは、料理長がミーアお祖母さまのために作ったんですね」

「ふふふ、料理長には、本当にお世話になりっぱなしですわ。その内、勲章でも作って送りたいと思っておりますのよ？」

ニコニコ笑うベルは、まだまだ寝そうにはなかった。その顔を見て、ミーアは、ふむ、と小さく頷いて……。

「どうかしら、アンヌ。あなたもここに座って、一緒にお話ししませんこと？」

「え？　でも……」

「ベルもまだ眠りそうにありませんし……。それに、たまにはこういう夜更かしもいいのではないかしら？」

悪戯っぽく笑みを浮かべるミーアに、アンヌはまたしても、しょうがないなぁ、という顔で微笑んでから……。

「それで、なんのお話をしますか？」

「そうですわね……。ふふふ、こんなふうに楽しくお話していると、あの時のことを思い出しますわね。華幻の月劇団を観劇した後、みなさんでカフェに行ったことがございましたわ。あの時は、エメラルダさんとベル…………は、いませんでしたけれど……ともかく、みんなで行きましたわ」

Collection of short stories

観劇
アフタヌーンティー

Afternoon tea after theatergoing

舞台第2弾
パンフレット特典SS

華幻の月劇団――それは、国々を巡る移動劇団の名だ。

いろいろな地を行き巡っては公演を行い、また別の国へと移動していく。巷で話題の劇団であった。

そんな移動劇団がセントノエル島で特別公演を行うということで、ミーアは令嬢仲間を伴って、観劇に行くことにした。

メンバーは、帝国四大公爵家の一角、グリーンムーン公爵家の令嬢エメラルダと、かつての仇敵ティオーナ・ルドルフォン、そして、孫娘ミーアベルも一緒である。

他にも何人か声をかけたのだが、都合がつかなかったのだ。二、三名のご令嬢は本気で悔しがっていたが……それはさておき。

そうして楽しい観劇タイムを終えた一行は、ミーアのひいきのスイーツ店でお茶をすることになったのだが……。

「さすがは一流の役者ですわ。あのシャロン王子役の役者さんの見事な王子っぷりといったら、もう。私の護衛団に引き抜きたいぐらいでしたわ！」

興奮した様子で声を上げたのは、面食いのエメラルダである。非常にイケメン好きな彼女は、自身の護衛にすら美貌を求める筋金入りである。

そんなエメラルダの声に応じて、ティオーナも上機嫌に頷いた。

「もうお一人のノエル王子役の方も、気品あふれる演技でしたね。それに、主人公のリーシャ姫役の女優さんも、とても愛らしくて……」

などと、かしましく劇の感想を話している。二人とも今回の公演には大満足の様子だった。それはいい、いいのだが……。

二人の話を聞きつつ、ミーアは一人、紅茶をすすっていた。

たっぷりお砂糖を入れた、大変スイートな紅茶だ。口の中を、爽やかな紅茶の風味と、たっぷりの甘味で満たして、程よく味わったところで、ごくり。ううん、もう一口！

……そうして、心を落ち着けてようやく一息。それから改めて思う。

――あっ、ぶなぁっ！


と。


実は、華幻の月劇団がやってくると聞いたミーアは、事前にこっそりと劇団付きの脚本家、スィーカと接触を図っていたのだ。

なにしろ前回公演では、ミーアが時間遡行（そこう）したことはおろか、ギロチンの運命を避けるために奮闘したこと、さらには、血まみれの日記帳に至るまで、事細かに再現した演劇をされてしまったのだ。

幸い、あれはただのお話だとみんなは思っているようだが、いつどのようにして真実が漏れるかわかったものではない。

ということで、ミーアは脚本を見せてもらったのだが……結果、戦慄（せんりつ）したっ！

なにしろ、そこに描かれていたのは、つい先日、サンクランドにおいてミーアたちが経験したことと、極めて似た事件だったからだ。

「こっ、これを、どこで……？」

などと声を震わせるミーアに、スィーカは事もなげに言った。

「ヴェールガに入った途端に、アイデアが降ってきまして……。いつもこうなんですよ」

などと、穏やかな笑みを浮かべられてしまう。

——こっ、これはまずいですわ。下手をするとベルやわたくしの秘密がバレてしまいますわ！

そう悟ったミーアは、一計を案じることにした。それは……、

「スィーカさん、この脚本、とてもよくできておりますわ。よくできすぎているぐらい素晴らしい出来ですわ」

っと、まずヨイショしたうえで……。

「けれど、少しまずいかもしれませんわ。というのは、わたくし、これによく似た事件を知っておりますの」

「えっと……それはどういうことでしょうか？」

眉をひそめるスィーカに、ミーアは神妙そうな顔で言う。

「さる国で、同じような事件が起きたことがあるという話ですわ。しかも、その事実は秘されている
……この意味がわからないなどとは言いませんわよね？」

「なるほど。もしも実際にあったとするならば大事件ですしね。国王を王子が暗殺しようとしたわけで。そんな醜聞を民に知られるわけにはいかない」

「そうでしょう？　もちろん偶然の一致によるものだということはわかっていますが、あちらがそれを信じてくれるかどうか……。秘密がバレるのを恐れて劇をするのを妨害してくるかもしれませんわ」

秘密がバレるのを恐れて、できれば劇を上演してほしくないミーアは、そう力説する！

「けれど、それはとても残念。だって、こんなに楽しい劇なんですもの。ですから……ね」

っと、ここで一転、ミーアは媚びるような笑みを浮かべて。

「劇の、メインのシナリオを変える必要はないと思いますの。もともと未来から孫がやってくるなどという荒唐無稽さがある劇ですし、本当のことなどとは決して思わないはずですわ。ですから、少しずつ設定を変えさえすれば……。特に、このリーシャ姫に同行する孫娘のリーシャノエル。この子はぜひ、男の子にして、それで、前回の劇で出てきた日記の妖精、ルージュをくっつけて……」

などと、アドバイスという名の変更を加えていく。

そうして、ミーアは見事、劇の特別監修の地位を得たのだった。

それはいいのだが……。

――それにしても、やっぱり、これ、どう見てもあの時のサンクランドでの事件をもとにした劇ですわよね？　前回の帝国での公演と同じですわ。

弟王子シャールと兄王子シャロンの確執。王である父親の暗殺未遂。解決に乗り出すリーシャ姫。

その構図は、ミーア自身がサンクランド王国で体験したことそのもので……。

なにより決定的なのは……。

「でも、さすがの脚本でしたわね。あの、未来からやってきた孫息子というのは、さすがに、私などでは思いつかない展開ですわ」

感心した様子で、エメラルダが言う。

そうなのだ。まるで、ミーアとベルの秘密を知っているかのように、劇の中にも時間移動してきた孫というのが存在するのだ。リーシャ姫とノエル王子の孫だから『リーノエルージュ』などという実に安直なネーミングの少年は、ミーアの目には、自身の孫娘ミーアベルのことにしか見えなくって……。

――こっ、こわぁっ！　こっわぁっ！

と、改めて震え上がったものである。

――いったい、なにがどうなっていますの？　どう考えても、わたくしの秘密がバレているようにしか思えませんけど……。

うむむ、っと真剣に悩むミーアの目の前で、エメラルダがケーキを食べ始めた。

ふわふわクリームのショートケーキ、それをフォークの横腹で上品に、一口大に切ってから、パクリ。それからエメラルダはニッコリ笑みを浮かべる。

「ああ、良い劇を見た後に、美味しいスイーツを食べられる。これほどの贅沢はなかなかございませんわ」

「ふむ……」

ミーアは一つ頷いて、自らのケーキにフォークを伸ばす。

まぁ……いろいろ考えなきゃいけないことはあるような気がするけど、とりあえずはケーキ。甘いケーキを目の前にして、難しいことを考えるのは、ケーキに対する冒瀆(ぼうとく)と言っても過言(かごん)ではないだろう。

いつでもどこでも、ケーキファーストを貫くミーアなのである。

口に入れた瞬間、ふわぁっと舌を刺激する柔らかなクリーム。甘くて濃厚な香りに、ミーアは思わず頬をほころばせる。そんなクリームの下から現れたのは、ふわっふわの生地だ。上等の小麦を使った生地もまた、極上の柔らかさでミーアの歯を受け止める。

その途中でわずかに硬い感触。歯を立てると、今度は口の中に爽やかな酸味が広がる。

生地に挟まれたイチゴだ！　生クリームの甘さに心地よい酸味と豊かなイチゴの風味が加わり、ミーアは、思わず、ほふうっとため息を吐く。

なるほど、エメラルダの言葉は至言だった。

良い劇を見た後、美味しいスイーツを食べる。それは考え得る限り、最高の贅沢なのだ。

そんな風に、ミーアが油断していたからだろうか。

満足げに、とっても甘いケーキの甘味を、甘い紅茶でリセットしていたミーアの目の前で、ティオーナが言った。

「そう言えば、今回のお話って、なんだか、あの時と似てますすね」

「はて……？　あの時というのは？」

首を傾げるエメラルダに、ティオーナは、

「エメラルダさまの婚約のことで、サンクランド王国に行った時のことです」

ズバリ、指摘する。

――くっ、やっぱり気づきますわよね。しかし、このケーキ、とても美味しいですわ。

鋭い指摘に舌打ちしつつも、ケーキに舌鼓を打つ。器用なミーアである。

「確かに似ている部分はございますけど、でも、あんなものではありませんこと？　兄と弟の確執というのは、王族ではよくある話ですし」

あっけらかんと、エメラルダは言う。

まぁ、確かに、よくある話と言えないこともない。ないのだが……。

――ベルのことまで当てたとなると、やはり偶然とは思えませんわ。前回の日記帳のこともありますし……。

などと再び悩みの沼に落ちつつ、ミーア、二個目のケーキに手を出した！

考え事をする際には、甘いものは必要不可欠なのである。仕方ないのである。

「それに、ミーアさまのそばにいる、その子が男の子だったじゃありませんの……ええと、ベルさんだったかしら？」

エメラルダは首を傾げつつ、ベルのほうに視線を転じた。

呼ばれたベルは、うん？　っと顔を上げる。その頬には、クリームがくっついていた。それを見つけたエメラルダは、小さくため息。それから、自らのハンカチでクリームを拭き取った。

「ベルさん、淑女が頬にクリームをつけていてはいけませんわ。気をつけたほうがいいですわよ？」

「えへへ。ありがとうございます。エメラルダさま」

ニッコリ、笑みを浮かべるベルである。

――ふむ、さすがはベルですわ。あのエメラルダさんを、もう手なずけてますわ。

などと感心して見ていると……、

「なぜかしら……。あなたのことを見ていると、他人のような気がまったくしないのですわよね。うふふ、あのお芝居のように、本当にミーアさまの孫みたいな感じですわ」

なんてことを言い出した！　これは危険だ！

ミーアは咄嗟に、おほほ、っと笑い声をあげた。

「まぁ、エメラルダさんは、ずいぶんと面白いことを言いますけれど、あれはしょせんお芝居。空想の産物ですわ。そもそも、リーノエルージュさんは、男の子とあなたが言ったのですわよ？　ベルとはまったく関係ありませんわ。おほほほほ」

ミーアは自らのファインプレーを、心の中で自画自賛する。孫娘を男の子の設定に変えたのは、ほかならぬミーアなのである！

「あれはあくまでも演劇。現実とはまるっきり、これっぽっちも関係ありませんわ。いえ、本当に」

ミーア、力強く強調する。そんなことが現実に起こるわきゃあない、っと強硬に主張する。その上で、

「ともあれ、どこの国でも起こりうることではあると思いますし、現実と似てしまうということも、あるのかもしれませんわね」

強く否定することで、却って怪しく思われる、などという事態も回避しておく。

あくまでもさりげなく、けれど、断固たる姿勢で……。

あれは、フィクションなのだ、と訴えかける。

そうじゃないと、自身の秘密が露見しかねないのだ。それだけは、避けたい。

「ですわよねぇ。そもそも、帝国が滅びるなどということは万に一つもあり得ませんわ」

──いや、実際には何回か滅んでますけど……。

などとは、思っても口にはしないミーアである。代わりといってはなんだが、新しいケーキにフォークを伸ばす。三個目である！　さすがに食べすぎだ！

っと、そのフォークの動きが唐突に止まる。

「あら……？　あれは……？」

店の外、知人の姿を見つけ、ミーアは急いで飛び出した。

「アベル！」

声をかけると、レムノ王国の第二王子、アベル・レムノはびっくりした顔で、振り向いた。

「やあ、ミーア。こんなところで奇遇だね。買い物かなにかかい？」

「みなで観劇に行った帰りですわ」

「ああ。あの話題の劇団か。ふふ、そういえば君はお抱えの作家を持つぐらい、作劇には興味があるんだったたね」

「ふふふ、そうですわ。よろしければ、今度、わたくしイチオシの本など紹介して差し上げますけれど……あ。そうだ。ここでお会いしたのもなにかの縁。急ぎの用がないのでしたら、一緒にお茶でもいかが？」

ミーアの誘いに、アベルはわずかに首を傾げたが、

「そうだね。せっかくだし、それじゃあご一緒させてもらおうかな」

そうして、店に入っていくアベルの背中を見ながら、ふとミーアは思ってしまう。

いつか……アベルにすべての秘密を話す日が来るのだろうか？　と。

誰にも言えない秘密、ギロチンにかけられたこと、未来の知識を使い、ちょっぴりズルをしたこと……。本当の、ミーア自身のこと……。

――今はまだ、言うのが怖いですわね。でも、いつか……。

「ん？　ミーア、どうかしたのかな？」

きょとん、と首を傾げるアベル。そんな彼に微笑みかけて、ミーアは首を振る。

「いいえ。なんでもありませんわ。さ、まいりましょう」

そんな風にして、ミーアの平和なティータイムは過ぎていくのだった。

Collection of short stories

聖女ミーア皇女伝

～孤島の謎と月の叡智の章より～

BIOGRAPHY OF SAINT PRINCESS MIA
FROM THE CHAPTER OF THE MYSTERY OF
A SOLITARY ISLAND AND THE WISDOM OF THE MOON

書籍6巻
電子書籍特典SS

これは、後悔の物語。

帝国の叡智、ミーア・ルーナ・ティアムーンがやらかしてしまった、最大にして最悪な失敗の物語である。


「ふぅむ……、しかし……。皇女伝も無事に戻って良かったですわ」

聖夜祭を無事に生き抜き、帝都に帰還を果たして数日。

ミーアは、改めて安堵のため息を吐いていた。

ベルから借りた皇女伝の厚さは、すっかり元どおり、分厚いものになっている。

「ともあれ、油断は禁物ですわ。これからはできるだけ念入りに先のことの確認をしておきませんと……」

などとは思ったものの……、すぐにその手が止まる。

確かに皇女伝の厚みは、薄くなる以前のものにまで回復していた。けれど、逆に言えば、それは、暗殺の記事自体は恐らく変わってないであろうことも、また表していた。

再び自分の暗殺の記事を読むのか……などと思うと、自然と、ページをめくる手も鈍ろうというもの。

そもそも、これから年明けにかけて、ミーアには忙しい日々が待っている。それを目前にして、テンションが下がるようなことは避けたいところでもあった。

「ふむ……。まぁ……、今日のところは厚みが戻ったことを素直に喜ぶだけにしておきましょうか……」

早々に撤退の構えを見せるミーアであったが、不意に、その手が止まる。

偶然にも開いてしまったページ、その記述に目を奪われたのだ。

それは……、夏に行った無人島での出来事の記事だった。

「ほう……あの時の……」

未来の記事を読むのは気分が滅入るからやめておくにしても、あの時のことがどのように書かれているのかには興味があるミーアである。

「せっかくですし、ちょっと読んでみようかしら……」

ミーアは、ポーンッとベッドの上にダイブして、皇女伝を読み始めた。


『ミーア姫殿下が帝国の叡智と称される、万能の天才であることは、すでにこの大陸に住まう多くの者が知っていることである。その叡智は、本当に多岐にわたる。文学をはじめとする芸術の分野、馬術をはじめとする運動の分野、統治者としての才幹はもとより、あらゆる分野において、才能を発揮する。

それこそが、ミーア姫殿下が帝国の叡智と呼ばれるゆえんである。

さて今回紹介するのは、そんなミーア姫殿下の叡智が、恐ろしい惨劇を防いだ、という記録である。

もしかすると、これをお読みの読者諸氏の中には、この事件の話を耳にしたことがある人もいるかもしれない。

そう、あの、無人島の惨劇の事件である。ガレリア海に浮かぶ孤島、そこで起きた事件とは、いったいなんだったのか……？　そして、それをいかにして、帝国の叡智が紐(ひもと)いていったのか……。

これは、ミーア姫殿下の専属メイドである我が姉、アンヌ・リトシュタインほか、関係者からの聞き取りをもとに、作者である私、エリス・リトシュタインが補完した記録である。

なお、ここから先は、読み物としての体裁を整えるため、敬称を略すこととする』

「補完……、聞き取りをもとに……」

皇女伝でたまに見かけるこの言い回しを見ると、ミーアはいつも微妙な気持ちになる。

聞き取りをもとにしている……つまり、真実（ノンフィクション）を書いているはずなのに、途中から補完の度合い（ファンタジー）が高まっていき、最終的にはエンターテイメント小説になってしまうことが、少なくなかったからだ。

「まぁ、読んでて楽しいのは大切なことですけれど……、あまり記録としては参考にならないことも多いのですわよね」

まぁ、それでも、今回は未来の出来事ではなく、すでに起きたことの記事である。フィクションの度合いが高かったとしても、別に大して問題ないだろう……、と、そう思っていたミーアだったのだが……。


『船は、今まさに荒れた海に飲み込まれようとしていた。

ガレリア海を襲った気まぐれな嵐、大自然の驚異を前にした時、人はただ無力に打ちひしがれるのみ。

そのような悲嘆の空気が船を包み込もうとする中、ミーアは、ただ一人、静かに前方を見据えていた。

「みなさん、落ち着いて！　積み荷を捨てて、船が沈まないようにするのですわ。あわてる必要はどこにもありませんわ」

凛と響く、清らかな声。

嵐の高波、吹きつける潮水にもひるむことなく、ミーアの冷静無比な指示が飛ぶ。その確固たる声に、船員の間に広まりつつあった混乱が、静まっていく。

「しかし、ミーア姫殿下、このままでは、船が沈むのは時間の問題……」

深刻な顔をする船員を、安心させるようにミーアは微笑んで、

「問題ありませんわ。あの島……、あの前方に見える島の陰に行けば、この程度の風を凌（しの）ぐことは容易ですわ」

「おお！　確かに！」

船員たちがあげる歓声に笑みを浮かべ、ミーアは言った。

「もうあと一息ですわ！　みなさん、頑張りますわよ！」

ミーアの叱咤激励に、海の男たちが気勢を上げた！』


「ふむ……やはり、補完（きゃくしょく）が入っておりますわね……。わたくし、この嵐の時には船の上にいませんでしたし……。いや、でも……」

ミーアは、ふと思い至る。

「もしかすると、この記述、まだ書き換わっていないのかしら？　とするならば、もしや本当にわたくしが指揮を執ったということもあるのかも……」

ミーアは、ふと、自身が船の陣頭で指揮を執る姿を想像する……。

「ふむ、わたくしが嵐の現場に居合わせたなら、そういうこともありえそうですわね……ええ、十分に」

うむうむ、と納得の頷きをする、おこがましいミーアであった。

『船の修理には時間がかかるということで、ミーアたち一行は島に上陸した。

どうやら、島は無人島らしく、一行を出迎えるのは鬱蒼と茂った森の木々のみだった。

ざわざわと、風に揺れる木々は、さながらミーアたちを手招きして誘うように見えて、なんとも不気味だった。まるで、得体の知れない異界に、みなを誘っているような……そんな、イヤァな予感に囚われてしまって。

「しかし、とんだことになってしまいましたわね」

それを誤魔化すように、ことさら明るい声でミーアが言った。

「うふふ、こんな風にびっしょり濡れることって、ありませんものね。ちょっと楽しいですわ」

雨に濡れる額を拭いながら、ミーアが笑う。と……。

「申し訳ありません。ミーアさま」

ミーアを舟遊びに誘ったエメラルダ・エトワ・グリーンムーン公爵令嬢は、シュンと肩を落とした。

気落ちした様子の友人を安心させるように、ミーアは優しい笑みを浮かべた。

「ふふふ。別にあなたが気にすることではありませんわ。それに、よく考えると、これはこれで、楽しい思い出かもしれませんし……」

皇女ミーアは、いつでも周囲への気遣いを忘れない、心優しい人だった。

「それに、ほら……。どうやら、神も我々を見捨ててはいないようですわ」

そうして、ミーアが指さす先、そこには、小高い丘にぽっかりと、洞窟が口を開けていた。

「船に最低限の船員を残して、あの中で嵐をやり過ごすのがよろしいんじゃないかしら？」

「おお！　助かったぞ！」』

「ふぅむ、やっぱり先日の時とは、少し様相が違いますわ。アベルやシオンの姿もありませんし。となると……、わたくしが先導しているのもよくわかりますわ。わたくし、そういうところがございますもの」

……ちょっぴり調子に乗りつつも、ミーアは続くページを開いた。

『ミーアたち一行は、洞窟の中で一夜を過ごすことになった。

ごうごうと鳴り響く、まるで怪物の鳴き声のような風の音。怯える一同を、ミーアは懸命に励まし続けた。

「大丈夫ですわ。あれは、洞窟の中を風が抜ける音ですわ。怪物なんか、いるはずありませんわ」

そうして、夜が明けた次の日、洞窟から出た彼らの前に広がったのは、一面に晴れ渡った空だった。

ホッと安堵の息を吐く者たち。ミーアもまた肩の力を抜くが、それも一瞬のことだった。

すぐにキリッと凛々しい顔をすると、

「とりあえず、どなたか船の様子を見てきてくださるかしら？」

そう、ミーアの叡智は冷静に状況を分析していたのだ。あの大風の中、はたして、船が無事でいられるかどうか……。

ミーアの危惧は、すぐに的中することになった。

「大変です。ミーア姫殿下。船が……、船が！」

偵察に行った兵の報告によれば、船の姿はどこにもなかったのだという。波に押し流されたのか、あるいは……。

「まさか、昨日の風で転覆して沈んでしまったということは……」

「そんな！　では、我々はどうすれば……」

動揺する者たちを見て、ミーアは小さくため息を吐いて、

「落ち着きなさい。助けはきっと来ますわ。それよりも、今急ぐべきは、水と食料の確保ですわ。特に水は、すぐにでも必要になりますわ。三人一組になり、周囲を探索。水を発見したら、すぐにここに戻ってきて合図を出すこと。わたくしも行きますわ。留守は任せましたわよ。エメラルダさん」

てきぱきと指示をした後、自ら護衛を率いて森の探索に当たった。

「大丈夫ですわ。森があれば必ずや山菜や食べられるキノコもあるはず。この程度の人数を食べさせるぐらい、わけないですわ！」

頼もしきその姿は、まさに、帝国の叡智の名に恥じぬものだった』

ページにしおりを挟んで、ミーアはふぅっとため息を吐いた。

皇女伝の中に躍る美辞麗句、自身を飾る誇張の数々、それを見たミーアは思わずといった様子でつぶやいた。

「ふむ……。このあたりのリーダーシップの取り方とかは、リアルですわね。きっとアンヌにしっかりと聞き取りをして書いているに違いありませんわね！」

実に、おこがましいことを！

「特にこの、キノコに関する造詣が深いところは、ものすごくリアルですわ。ついつい読んでいると、本当にあったことかしら？　と錯覚してしまいそうになりますわね」

などと、感心しつつもページをめくったミーアは……、次の瞬間、驚愕に目を見開いた。

「なっ、なんですの？　これはいったい……？」

悲鳴を飲み込みつつ、読み進める。


『その日の探索を終え、拠点である洞窟に帰ってくると、血相を変えた兵士が走ってきた。

「あら？　どうかしましたの？」

首を傾げるミーアに、兵士は思わぬ報告をした。

曰く……、兵士が二人だけ、戻ってこない、とのことだった。

「どういうことですの？　帰ってこない、とは……？」

「それが……、泉に水を汲みに行った者たちが帰ってこないのです」

午前中の探索により、森の中に泉があることは判明していた。

それゆえ、役割分担として、二名を水汲みに。残り半数を海と森に、それぞれ食料探しに向かわせたのだが……。

「その水汲み役の二名が戻っていない、と……」

「はい。すでに、かなりの時間が経っております」

「そう……。なにかあったのかしら……？」

心配そうな顔をしつつ、ミーアが立ち上がる。

「姫、どちらに？」

「決まっておりますわ。泉に様子を見に行く必要がありますでしょう？」

「姫殿下ご自身で、ですか？　しかし……」

困惑する様子の護衛騎士に、ミーアは穏やかな笑みを浮かべた。

「護衛の者たちは、わたくしの大切な兵。エメラルダさんの護衛兵でも関係ありませんわ。帝国の民は、すべて、わたくしの寵愛のうちにある。覚えておくとよろしいですわ」

それは、慈愛に満ちた、女神のような笑みだった。

「みなで動く必要はございませんわ。そうですわね……。五人、わたくしと一緒についてきなさい。残りは、この場で野営の準備を。アンヌとニーナさんの指示によく従うようにしなさい。せっかく採ってきた食材を無駄にしないようにね」

「ミーアさま……」

不安そうな顔をするアンヌに、ミーアはそっと微笑みかける。

「大丈夫。すぐに戻りますわ」

力強く頷いてから、ミーアは言った。

問題の泉へは、洞窟から東へ進むこと半時。森の中を通っていくことになる。

曲がりくねった、細い獣道を潜り抜けて、見えてきたのは小さな泉だった。

森の開けた場所、澄んだ水のあふれる泉、妖精の住処といわれても信じてしまいそうになる、幻想的な泉に……けれど、今は奇妙な違和感があった。

――なにかが、おかしいですわ。でも、いったいどこが……。

その正体に気づくまで、それほどの時はかからなかった。

「あれは……」

違和感の正体……それは、池から突き出した四本の棒だった。

夕日に照らし出された肌色の、四本の棒……その、正体は……！

「なっ……あ……、あれはっ……いったい!?」

絶句する護衛の兵士たち。それも仕方のないことだった。

なにしろ、それは……人の足だったのだから！

その場の全員が茫然自失とする中、ただ一人、ミーアだけが冷静だった。

「急いで、引きずりだしなさい！　まだ、助かりますわ！」

「はっ、はい。すぐに！」

ミーアの叱咤に応え四人の兵士たちが、泉の中に走り入った。

幸い、ミーアの指示が適切だったため、二人の命は助かったのだが……』


「え？　え？　な、なにがどうなってますの？」

ミーアは、思わず、戸惑いの声を上げた。

「なっ、なんで、泉に護衛の兵士が逆さまに沈んでるんですの……、え？　足だけが覗いてる状況って……どういう……。こっ、これはいったいぜんたいどうなってますの？　しかも、その状況なのに命は助かった？　いっ、いったいなにが？」

続きが気になったミーアは急いで、次のページをめくった。


『救助された二人は、洞窟に運び込まれた。

水から助け上げられた直後は、意識もなくぐったりしていたものの、すぐに目を覚まし、会話ができるまでに回復したのだが……。

彼らが言うことに、ミーアは思わず首を傾げた。

二人は、自分たちの身に何が起きたのか、まったく把握していなかったのだ。

「そっ、それが、なにがなんだか、わからないのです……。森の中を、我々二人で進んでいたところまでは覚えているのですが……」

「私は、もう少し先まで記憶しています。泉で水を汲んでいる時に誰かが来た。それは覚えているのですが……、う、うう、頭が……」

両手で頭を押さえ、悲痛な面持ちをする兵士。

「申し訳ありません。姫殿下の護衛として同行しながら、このような体たらく……」

「いえ、無事で良かったですわ。あなたたちはわたくしの大切な兵士。こうして生きていただけで、喜ばしいことですわ」

そうしてミーアは、安心させるように微笑んだ。その温かな笑みに、慈愛に満ちた優しい言葉に、兵士たちは思わず涙ぐんだ。

「さぁ、泉の中で冷えたでしょう？　ゆっくり体を温めるとよいですわ。もうすぐ鍋も出来上がりますし。ああ、他の者たちも鍋が温かいうちに食べましょう。なにがあるかわかりませんから、しっかりと英気を養っておく必要がありますわ」

周りを元気づけるようなミーアの言葉に、護衛兵を率いる隊長が乗った。

「そうだぞ。お前たち。しっかりと食べられる時に食べておかなければ体が動かなくなる。ミーア姫殿下が御自ら採ってきてくださったキノコと山菜の鍋だ。味わって食べるように」

そうしてみなに声がけしてから、

「では、一番、美味しいところは私が……」

などと、その場を盛り上げようとしたのだろうか。隊長自らがお椀を取り、大きな口で一口頬張ってみせる。

「うむ……美味い……」

はふはふ、と熱そうに口を動かしてから、満面の笑みを浮かべて……浮かべ……ようとして……。

「ぐっ⁉」

直後、その顔が苦痛に歪む。腹を押さえ、その場に倒れこむ護衛隊長。周囲の者たちが慌てて駆け寄る。

「どうしましたの？」

遅れてミーアも駆け寄った。けれど、隊長の様子を見て、すぐに、眉根にしわを寄せる。

「これは……まさか⁉　毒？」

ミーアはすぐに、兵士が食べていたお椀に小指を入れ、指先につけた汁をペロリ、と舐めた。

「ナッツ系の風味。これは、間違いありませんわ」

それから、ミーアは、ゆっくりと鍋に向かい、それを見つける。

「やはり……。これは、毒キノコですわ」

そう言って、ミーアは鍋の中に揺れる、一本のキノコを取り出した。

青い斑点のついた毒々しいキノコ……、

「これは、青珊狩茸という猛毒キノコですわ。すぐに解毒をしなければ、大変なことになりますわ。ああ、みな、絶対に食べないようにしてくださいませね」

指示を出してから、ミーアは近場にいた兵士に声をかける。

「あなた、わたくしと一緒に森の探索に行った方だったかしら？　悪いのだけど、あの時に採ってきた山菜が、まだ残っているから、ここに持ってきてくれないかしら？　先端が白く染まっているものですわ」

「はい。ただちにっ！」

「それと、お水を。毒を薄めなければなりませんわ。どなたか、隊長さんにお水を飲ませてあげて」

それから、ひと通り指示を出してから、ミーアは、ふぅっとため息を吐いた。

「やれやれ、今夜は眠れそうにありませんわね」

帝国の叡智、ミーア・ルーナ・ティアムーンが医学の知識にも富んだ人であるというのは、周知の事実ではあるが、このように、直接的に彼女の知恵が発揮されるのは、比較的、珍しい出来事であったかもしれない』

「まったく、とんでもないやつがいますわ！　あろうことかキノコ鍋に毒キノコを混入するだなんて、いったい誰が真犯人で、なにを考えてこんなことしたのかしら⁉」

プリプリ怒るミーアである。ミーアは都合の悪いことは自由に忘れることができる、トクベツな力を持っているのだ。

「毒キノコを入れるなんて、キノコの評判を落とす所業。まったくとんでもない人間がいたものですわ！」

……うん、まぁ。それはともかく……。

「しかし、これ、大丈夫なのかしら？　毒入りの鍋を味見したりしてますけれど……。後でお腹が痛くなりそうですわね」

などと、皇女伝の中のミーアを心配しつつも、ミーアは続くページを開いた。

物語は、いよいよクライマックスを迎えていた……！

……いや、物語(フィクション)ではなく、事実(ノンフィクション)なのだが……。


『洞窟の中に、エメラルダの嘆きの声が響いた。

「いったい、なぜ、こんなことに……？」

ミーアはそれを黙って聞いていた。彼女自身にも混乱があった。

いったい、なぜこんなことになったのか？

鍋の中に毒キノコが混入された後、しばらくは平穏な日々が続いた。

未だに助けの船は現れないものの、大きな事件もなく、泉に沈められた二人も無事に回復していたのだ。けれど……、四日目の朝。

護衛兵の半数が、忽然と姿を消したのだ。

「わたくしたちが眠っていたとはいえ、誰にも気づかれずに人が消える……。そんなこと、あり得るのかしら？」

自問自答するも、ミーアの本能が告げていた。

そんなこと、あり得ない、と。

一人だけならばあり得るかもしれない。二人か三人ならば示し合わせて姿を消すことはできるだろう。でも……、それ以上となれば……。

「そもそも、この無人島で別行動をとる意味がわかりませんわ。なんのために、そのようなことを……」

腕組みしつつ、思わずつぶやくミーアであるが……。

——ああ、ダメですわ。焦っては、いけませんわ。冷静に考えれば、必ずや謎は解けるはず。

帝国の叡智、ミーアは知っている。どれほど不可解に見える謎であっても、必ずや、答えがある。だからこそ、考えることをやめてはいけない……と。

「そもそも……、一番の謎は、あの泉に沈められていた二人、ですわね。いったい、なにが二人を襲ったのか……」

腕組みして、つぶやきつつ、辺りを歩き回りながら答えを探る。

その鋭い視線が、エメラルダを、アンヌを、ニーナを、護衛の兵士たちを順番に巡っていき……、やがて……、その怜悧なる叡智がただ一つの答えを導き出す。

「ああ……。なるほど。そうか……。そうだったんですのね……。それで、あの二人はあんな風に池の中に沈められたのですわね。すべては……そのためだった」

そうして、ミーアは、その人物のもとへと向かって歩き出した。

「あなたが、護衛の者たちを消した犯人だったんですのね」

ミーアは、悲しげに、その犯人の顔を見つめた。

その犯人、そう……すなわち……』


ごくり……、と喉を鳴らしつつ、ミーアは思わずため息をこぼした。

「ふぅむ、さすがエリス。しっかり読ませてきますわね。自分が体験したこととはいえ、いったい何が起きたのか、ぜんっぜんわかりませんわ」

すでに、ミーアの中では、皇女伝の記述は真実のものとして、とらえられていた。

別の時間軸の自分であれば、この程度のことをやってのけるだろう、という自信がミーアの中にはあったのだ。

大変に……おこがましい話である。

「一息入れてから、改めて続きを楽しむとしましょうか」

そうして、のっそりと起き上がったミーアは、そのまま食堂へと向かった。

三時のケーキと、紅茶を満喫して……、自室に戻ったミーアは……。

「さて、それでは、気合を入れて解決編を読むとしますか……。あら?」

それを見つけてしまった。

皇女伝のページとページの間から……、なにやら、黄金色のキラキラしたものが、あふれ出しているのを……。

「なにかしら……これ……」

首を傾げつつ、ページを開いた瞬間……、ミーアは見た！

書かれていた文字が黄金の紐となり、解けて、空中に消えていくのを！

「あっ、こっ、これはっ！」

ミーアはそこで遅まきながら、思い出した。

皇女伝は書き換わってしまうものであるということ……。

そして、自分がこの夏経験した出来事とは、かけ離れた記事が書かれていた以上、それがいつ書き換わったとしても不思議ではないということを。

「だ、ダメですわ！　消えていってしまいますわ！」

思わず、先ほどの続きのページを開く。けれど、そこにあったのは……。

『なんと、人食い巨大魚を、ミーアが拳で殴り飛ばしたのだ！』

などという一文で……。

「はっ……、犯人は？　護衛の兵士たちはいったいどうしたんですの？」

思わず叫ぶミーアであったが、その声に答える者は……一人もいなかった。

ミーアは絶望に暮れていた。

本の、一番面白いところで、その続きが読めないという圧倒的な不条理。

なぜ、あの時、一気に最後まで読んでしまわなかったのか！

もしも、過去に戻れるならば、過去の自分を殴ってやりたいミーアである。

もう、こうなったら絶対に、どれだけ恥ずかしくっても、読み始めた記事は必ず最後まで読み進めよう、とミーアは心に決める。

もし仮に、自分が聖剣を振り回す姫騎士として登場したとしても、途中で読むのをやめずに最後まで読むぞぅ！　と心に決めるミーアである。

「くぅっ、し、しかし、続きが気になりすぎですわ！　ぐぬぬ、ど、どうすれば……」

頭を抱えて、ベッドの上でジタバタすること数日……、悩みに悩んだミーアは、突如、閃く！


後日、ミーアはエリスに、こんな話をした。

「ねぇ、エリス……、試みに問いますが、こう……無人島に漂着したお姫さま一行が、次々に殺されていく、みたいなお話って、どうかしら？」

「なるほど……。泉に突き出した足……、ちょっと怖そうですね。それで、護衛の兵士の半数が消えて……。ふむふむ、お姫さまの一行に犯人がいるんですね？」


この時、エリスが書き上げたものが、大陸初の孤島ミステリ小説になるわけだが……。

それはまた別の話である。

Collection of short stories

聖女ミーア皇女伝

～月夜の決戦の章より～

BIOGRAPHY OF SAINT PRINCESS MIA
FROM THE CHAPTER OF
THE DECISIVE BATTLE ON A MOONLIT NIGHT

書籍6巻TOブックス
オンラインストア＆応援書店特典SS

イエロームーン公爵家での事件から数日後のこと。

その日、ミーアは自室で「聖女ミーア皇女伝」を読んでいた。

正直なところ、読んでいると正気がガリガリ削れていくような感じがして、あまり気は進まなかったのだが……。

「しかし、先日読んだ夏休みの無人島での事件の記述はちょっぴり楽しかったですし……。完全なフィクションとして読めば楽しいのですけれど……」

っと、ページをめくるその手が、不意に止まる。

「……これは」

ミーアの目がとらえたもの、それは先日、ちょうど体験したばかりのこと……。荒野の追走劇の記事だったのだ。


『皇女ミーア・ルーナ・ティアムーン姫殿下が馬術を嗜(たしな)まれることは、有名な話である。

セントノエル学園時代、馬術部に在籍されたミーア姫殿下は、同じくそこに在籍していた騎馬王国の方と友誼を深め、乗馬の基礎から学ばれた。

才能にあふれるミーアさまは、すぐに馬術を習得されたばかりか、さらには、騎馬王国の秘義をも習得されたのである。

有名なエピソードとしては、セントノエル学園馬術大会が挙げられる。この本をお読みのみなさまならば、おそらく聞いたことがあるのではないだろうか?

秋の馬術大会、レッドムーン公爵令嬢との一騎打ちは、当初の予想を裏切り、ミーア殿下の勝利に終わったのだ。

あれこそが、まさに、ミーア姫殿下が乗馬の才あふれる……』

っと、そこまで読んで、ミーアは思わず、うっぷ、と唸った。

「……これは、やっぱり、かなり胸焼けいたしますわね……」

甘いケーキに砂糖をかけて、ハチミツとクリームでデコレーションした感じの胸焼け感である。

騎馬王国の秘義とか、なにそれ……？　っという話である。

「まぁ、わたくしに才能がないとは言いませんけれど、ここまでではありませんわ。ちょっぴり乗馬に関して天性の才能を持ってるだけで、相応の努力は必要でしたし。こんな楽に習得できたというのは間違いですわね。ちょっぴり才能があるだけですわ。ちょっぴり、うふふ……」

謙虚に（……謙虚に？）そのようなことをつぶやきつつも、ミーアは続くページをめくった。怖いような、でも、ちょっと楽しみなような、そんな複雑な気持ちを抱えて。

『さて、そのような乗馬の天才、ミーア殿下ではあるが、その才が、殿下の命を救うことになった……そのような事件のことをご存じだろうか？

これは、ミーア姫殿下の専属メイドである我が姉、アンヌ・リトシュタインから聞いた事実に基づいて、私、エリス・リトシュタインが、補完しつつ書き記したものである。

なお、ここから先は、読み物としての体裁を整えるため、敬称を略すこととする』

正直、敬称を略するなどというのは、きわめてどうでもよいのだが……。

「事実に基づいて……、補完しつつ……」

ちょっぴり不穏な単語が見え隠れしているが、ミーアはそのまま続きを読み進めることにした。

……そこには、ミーア自身も知らない、驚愕の真実(ノンフィクション)が記されていたのだ！


『ノエリージュ湖の湖畔を一頭の馬が歩いていた。

月明かりに照らし出される、しなやかな肢体、すらりと伸びた足は力強くも、どこか気品のある足取りで、歩を進めていく。それは、まさしく、王者の馬の風格だった。

けれど、その背に揺られる者の美しさは、決して、その馬に負けていなかった。否、それを遥かに上回る美しさだったのだ。

帝国皇女、ミーア・ルーナ・ティアムーン。

月の女神に愛された、美貌の皇女殿下は、馬の背で、物憂げなため息を吐いた。

不意の夜風に、髪が揺れる。白金を撚(よ)って作ったような、その美しい髪は、ただの一本の枝毛もなく、さらり、さらり、と揺れるたび、月の輝きを帯びてキラキラ輝いていた。

その輝きに照らし出される、月影のごとき儚げな頬……、青く澄み渡る瞳を、闇を見透かすように細めて、ミーアは言った。

「よい夜空ですわ。星も月も……、まるでわたくしたちを見守っているみたいですわね。荒嵐(こうらん)」

親しげに、愛馬の首筋を撫でる。それに応えるように、荒嵐は首を巡らせた。その目に宿る知的な輝きを見て、ミーアはかすかに笑みを浮かべる。

「本当であれば、夜駆けを楽しみたいところですけれど……、そうも言っていられませんわ。わたくしの助けを待つ者がいるのですから」

その胸に燃えるは気高く、清らかな正義の炎。それを確認するように胸に手を当てて、ミーアは深く息を吐く。

自らを落ち着けるように……。

それも、無理からぬことではあっただろう。今から向かおうとしている場所は、まさに死地。狡猾なる敵が十重二十重に罠を張り巡らせた場所。常人であれば、決して向かおうなどと思いもしないような場所なのだ。

けれど、ミーアの意志は揺らがない。なぜならば、助けを待つ者がいるからだ。

清らかなるミーアの魂は、人質を見捨てるなどという卑劣を決して許さないのだ。

「大丈夫……大丈夫ですわ。わたくしは負けない。だって、「正義が、負けるはずございませんもの！」

鼓舞するようにつぶやくミーアを、愛馬、荒嵐が励ますように振り返る。

「ふふ、これから死地に踏み入ろうとしているというのに、あなたは落ち着いてますわね。荒嵐」

その呼びかけに、荒嵐はぶーふっと鼻を鳴らして応えた。

心強い相棒の様子に励まされて、ミーアはキッと表情を引き締める。

「ふふふ、心強いですわね。行きますわよ、荒嵐。エスコートをお願いいたしますわね」

凛とした瞳で、前方を見つめ、それから、馬の脇腹を軽く蹴る。と、荒嵐は高々といななきを上げて、走り出した』

「ミーアさま、お茶が入りました」

「まぁ、ありがとう。アンヌ」

ニッコリと笑みを浮かべたミーアは、そこで、一度本を閉じる。

テーブルの上に置かれたお茶菓子のマカロンをサクリと一口。舌の上に広がる幸せの甘みを噛みしめつつ、もう一口。

それから、アンヌの淹れてくれたお茶で口を漱(すす)ぐ。

「良いお紅茶ですわね。これはどうしたんですの?」

「はい。ルヴィさまが届けてくださったものです。皇女専属近衛隊(プリンセスガード)に入隊した挨拶の品だそうですよ」

「ああ。ルヴィさん……。ふふ、上手くやっているんですのね」

ニコニコしつつも、ミーアは改めて、皇女伝の記述を思い出す。

「しかし……、皇女伝の中のわたくし、やたらキラキラ輝いてますわね。まぁ、確かにあの夜は実際に輝いてましたけど……、輝くのはむしろこの後のはずですわ……」

などとツッコミを入れつつ、ミーアは再び続きを読み始めた。


『小高い崖の上。ミーアが静かに見下ろす先に、その廃村はあった。

朽ちた村は、半ば闇に包み込まれていて、まるで、黒い沼に沈み込んでいるかのようだった。

その村の中央、広場のように開けた場所に、赤い焚き火が揺れていた。

「あそこに、あの子は捕らわれておりますのね……」

焚き火の周り、闇の中にはチラホラと赤い点が揺れていた。松明を持った見張りが、村を取り囲むようにして散っているのだ。

「見張りは多そうですけど……、ふふ、あのように分散していては、各個撃破の的ですわよ」

帝国の誇る叡智は、軍事にまで及ぶ。

心優しきミーアは、普段は、その知恵を隠している。それは、彼女が平和を愛し、誰かを傷つけることを嫌うが故だ。

けれど、今は違う。弱き者を虐(しいた)げる悪が目の前にいる。ならば、その悪がたとえどれだけ巨大であろうとも、ミーアは決して怯えたりはしない。

その胸に宿る勇気を力に変え、叡智をもって邪悪を討ち果たす。それが、聖女ミーアなのだ。

「こちらの崖から来るとは思ってもいないはず。行きますわよ。荒嵐！　はいよー！」

ミーアの号令一下、荒嵐が走り出した。

じゃり、じゃりっと小石を跳ね上げながら、頭上に剣を振り上げたミーアが、雄々しく吠える。

崖の急斜面を一気に駆け下り、ミーアが村へと突入した。

突如現れたミーアに、賊どもは驚愕の表情を浮かべるも、敵もさるもの、すぐさま態勢を整えて襲ってきた。

「その程度の腕前で、このわたくしに挑もうなど、笑止千万ですわ」

切りかかってきた賊に向かい、ミーアは振り上げた剣を一閃、二閃、三閃。

月帝剣ミーアキャリバーが光を放つたび、次々と敵が倒れていく。

立ちふさがる敵をすべて倒した後、ミーアは馬首を翻(ひるがえ)す。

倒れ臥(ふ)した男たちを見下ろしつつ、ミーアは言った。

「大丈夫。峰打ちですわ」

びゅん、っと剣を振って、ミーアは言った。

「けれど、本当であれば、あなたたちはここで死んだのです。であるならば、あなたたちは考えるべきですわ。これからの命の使い道を……。その命を無駄に使うことのないよう、悪の道から立ち返ることを期待しておりますわ」

そうして、ミーアは馬を走らせる。

彼女の助けを待つ、人質の少女のもとへと……』


「月帝剣ミーアキャリバーってなにかしら……？」

ミーアは思わずクラッとする頭を押さえつつ、呻いた。

「というか、なぜ、わたくしが一人で賊を倒したことになっているんですの？」

首を傾げるばかりのミーアであったが……、すぐにその理由に思い至る。

「ああ、なるほど……。リーナさんの名前を出すわけにはいかなかったからですわね」

あの時はシュトリナの機転によって救われたミーアたちであるが、さすがに、それをそのまま書くわけにはいかなかったのだろう。

確かに、シュトリナのしたことは、ミーアたちを救うことであっても、その前には悪事に加担していたわけで……、それが公（おおやけ）になってしまうと、いろいろとまずいことになるのだろう。

「しかし……、これ、読んだ人は、わたくしが話を盛ったと思うのでしょうね……。月帝剣ミーアキャリバーって……、自分の名前を剣につけるなんて、なんか、わたくし、イタイやつと思われていそうですわ」

　うぐぐっと唸るミーアなのだが……、ふと考えてしまう。

　でも……、この部分を読んで、これを本気で信じてる人ばっかりだったら、そのほうがイヤだなぁ……と。

「いや、でも、まぁ、さすがにこれを信じる人はそんなに多くないでしょうけれど……。うん、きっと、笑ってフィクションだと思って読んでますわね」

　ちなみに、ミーア皇女伝は、歴（れっき）とした人物伝（ノンフィクション）として、帝国の民衆に親しまれた読み物である。

　そんなこととはつゆ知らず、ミーアは続くページを開いた。

『村の真ん中では、一人の少女が、磔（はりつけ）にされていた。両腕と両足を木の杭に縛りつけられた少女は、ミーアを見つけると、悲痛な声を上げた。

「ミーアお姉さま、来ないでください！　殺されてしまいます」

「大丈夫ですわ。悪いやつはすべてわたくしが……っ⁉」

　直後、ミーアの体がカクン、っと傾いだ！　そして、その胸には深々と、矢が突き刺さっていて……。

「いやぁあああああっ！」

　少女が悲痛な声を上げる。けれど、

「ふむ……。わたくしとしたことが、油断しましたわ。まだいたんですのね？」

「ミーアお姉さま！　ご無事ですか⁉」

「ふふふ、心配ありませんわ。ほら、こんなこともあろうかと……」

ミーアは、体を起こしつつ、胸元から何かを取り出した。それは分厚い本で……。

「ほら。こんなこともあろうかと、お守り代わりに本を入れてきましたの。わたくしのお抱え作家が書いた名作『貧しい王子と黄金の竜』ですわ。絶賛発売中ですわよ！」

それから、ミーアは、少女を木に縛りつけていた縄を切り捨てる。

力なく落ちてきた少女を抱きかかえる。っと、少女がわっと声を上げて泣き出した。

「もう、わたくしが、あなたのことを見捨てるはずがないでしょう？」

「う、うう、ありがとうございます。ミーアお姉さま」

「お礼は後ですわ。さっさとここから逃げ出しますわよ」

辺りに鋭く視線を送るミーア。その目がとらえたのは自分たちを追ってくる黒馬と二頭の狼の姿だった。

「行きますわよ。荒嵐！」

ミーアの声に荒嵐は高々といななき、走り出した』

「エリス……、ちゃっかり自分の本の宣伝を入れてきましたわね……。いや、それとも、これはわたくしの仕業かしら……？」

なんとなく、エリスの性格から考えるに、彼女自身がやったこととは思えなかった。それよりは、読み友を増やすことを目的に、ミーアがやらせたことという感じがしないではないミーアである。

「しかし……これ書いてる時のエリス、すごく楽しそうですわね。きっと、ルンルンでアンヌあたりから話を聞いたに違いありませんわ」

いったい、自分のことをどのように話しているのか、気にならないではないミーアだったが……ともあれ、先を読み進めてみる。

『速い速い速い！　荒野を一心に走る名馬、荒嵐。その姿は、まさに、野を吹き荒れる一陣の風。その神速を前に、刺客はなすすべもなく置き去りに……されはしなかった。

刺客の乗る黒馬もまた、荒嵐に負けず強靭だったのだ。

さらに、その両脇を駆ける二匹の狼もまた速く、容易には振り切れそうもなかった。

「くっ……。しっかりつかまってなさい」

助け出した少女を、かばうように抱きかかえつつ、ミーアは懸命に馬を駆る。

狼たちは巧みに連携し、一匹は右に、もう一匹は左から。挟み撃ちにするように襲ってきた。それを察したミーアは、

「あっちですわ！　荒嵐！」

鋭く号令！　その命に応え、荒嵐は疾風のごとく右側に向かう。

「逃がさぬ……！」

直後、飛来した矢を一刀で叩き落とし、ミーアは敵を睨みつける。

「ふふん、足手まといを抱えては、まともに戦えぬだろう？」

「卑怯者！　わたくしの命が欲しければ、正々堂々、戦いなさい」

「ふははは、負け犬の遠吠えが心地よいわ。さぁ、今、その首落としてやろう！」

刺客が高々と剣を振り上げる。対して、ミーアは、ただ、自らの愛馬、荒嵐に声をかけるのみ。

「頼みますわよ、荒嵐」

ミーアの信頼の言葉に、荒嵐は短くいななく。そうして、さらに速さを増した。

「小癪な。逃げられる、などと、甘いことを思っているならば、叡智が聞いて呆れる」

「どうかしら？　甘いのはどちらか、わからせてあげますわ！」

その時だ！　ミーアの目が、前方から飛来する赤い光をとらえた。

直後、刺客を弓なりに飛んできた火矢が襲った。

「むっ！」

かろうじて、火矢を叩き落とす刺客。一方のミーアの顔には明るい笑みが浮かんだ。

「わたくしたちの、仲間の絆を甘く見た報いですわ！」

「ミーアさま！　遅れてしまい、申し訳ありません！」

声とともにやってきたのは、ミーアの頼りになる仲間たちだった。

先陣を切るのは、馬を駆るミーアの忠臣アンヌと、その後ろに乗るティオーナ・ルドルフォン辺土伯令嬢だ。

ルドルフォン嬢は、構えた弓を思いきり引き絞り、次々と矢を放つ。

矢は、さながら、夜空を流れ落ちる星のように、あるいは、その星すらも撃ち落とす勢いで、刺客に向かって飛んでいった』

「……ふむ。こうしてみると、微妙にアンヌの描写が少ないのは、アンヌが謙遜しているからなのでしょうけれど……、なんかちょっとズル……じゃない。やはり、わたくしの忠臣に相応しく、ここは、きちんと活躍シーンも追加していただきませんと……。いっそ槍でも持たせるのがいいんじゃないかしら？」

ミーア姫のメイドは、槍をも使いこなす女傑、アンヌ・リトシュタインであった……、みたいな文章が書いてあったらどうだろう？　などと想像し、ちょっぴり楽しくなってしまうミーアである。

「それは面白いかもしれませんわね。ふむ、今度、エリスに相談してみようかしら……」

ぶつぶつ言いつつ、ページをめくる……、と、ミーアはそこにとんでもないものを見つけてしまった。

『ミーアたちは、呆然とした。

目の前に現れた深い谷。そこにかけられていた橋が、敵の手によって、今まさに落とされようとしていた。

「ミーアさま！」

谷の向こう側、足留めされた仲間たちの姿が目に入る。その顔には絶望の表情が浮かんでいた。

「ミーアお姉さま」

ミーアが抱きかかえるようにしてかばう少女も、不安そうな顔をしている。そんな少女を、ミーアは元気づけるように微笑んで、

「大丈夫。なんてことありませんわ」

力強く言う。そして、

「荒嵐……。今こそ、あなたの真の姿を見せる時ですわ！　さぁ、本当の姿を見せなさい！」

ミーアの命を受け、荒嵐がひときわ高くいななく。直後、変化が現れた。荒嵐の背に、なんと……、大きな羽が現れたのだ。

荒嵐は、谷に向かい、全力で駆けると、そのまま大きく跳躍。背中の羽を広げて、飛んだ！

闇夜を行く天馬、荒嵐。その背にまたがるミーアは、確認するように後ろを見る。っと、その目がとらえたのは、刺客の驚愕する顔……ではなかった！

「やはりな、その馬も飛べたのか……。ふふふ、そうでなくては、つまらんからな！」

「なっ！」

ミーアは、驚愕のあまり目を見開いた。

刺客の馬もまた、天馬だったのだ。

風を翼に思いきり受け、見る間に迫ってくる刺客。その手の剣の刃を舌で舐めながら、刺客は勝ち誇った笑みを浮かべた』

「すごいですわね……。ついに、荒嵐が飛び始めましたわ……。刺客の馬もですけど……」

そういえば、以前、天馬をも乗りこなす、とかなんとかいう噂を立てられたことがあったかしら……？　などと思うミーアである。

「ものすごい話ですわ。人食い巨大魚を殴り倒したという記述でもひっくり返りましたけれど……、まさか、馬が飛ぶとは……」

呆れつつ、ついつい続きが気になってしまったミーアは、ページをめくり……そして、さらなる驚愕の事態を目にしてしまう！

『「そうはいきませんわ！　あなたの思いどおりになど、絶対にさせない」

凛とした声でそう言って、ミーアは腰の剣を引き抜いた。

月帝剣ミーアキャリバーが、月明かりを受けて鋭い光を帯びる。

「荒嵐、この子のこと、お願いしますわね」

言うが早いか、ミーアは、荒嵐の背から飛び降りた！

落ちる！　誰もが目を覆いかけたその時、ミーアの背中に輝く翼が現れた！

「行きますわよ！　卑怯者！　最後の勝負ですわ」

剣を上段に構えたまま、ミーアが飛ぶ。

それは、まさに、月の女神の名に相応しい雄姿。輝ける翼を羽ばたかせ、ミーアは一直線に刺客へと突貫する。

「小癪（こしゃく）なり！　帝国の叡智ミーア・ルーナ・ティアムーン！　我に剣で立ち向かおうなどと、笑止千万！」

突撃しつつ、光の剣を振り下ろすミーア。それを真正面から受け止めて、刺客はニヤリと笑みを浮かべた。

「お前の負けだ！」

思い切り剣を振る刺客。押されたミーアは大きく弾き飛ばされ、バランスを崩してしまう。

「覚悟しろ、帝国の叡智！」

刺客の乗った黒い天馬が、宙を駆ける。ミーアに向かい、今まさに、刺客の刃が振り下ろされよう

とした時、

「いいえ、わたくしは負けませんわ。わたくしは、一人ではありませんもの！」

言って、ミーアは天馬の鼻面を思いきり蹴り飛ばして、飛び上がる。

そして……、刺客は見た！　ミーアの後ろから向かってくる無数の火矢を！

「くっ、おのれっ！　帝国の叡智！」

慌てて、馬首を翻し、逃げにかかる刺客。そこに、ミーアが再び飛びかかる！

「覚悟なさいっ！　卑怯者っ！」

月の輝きを帯びた、月帝剣ミーアキャリバーが刺客に向かって振り下ろされて……！』

「……なんと、ついに、わたくしまで飛び始めましたわね」

正直、途中からイヤァな予感はしていたのだ……。

荒嵐が飛び出した時から、これは、きっと自分も飛ぶんだろうな……、嫌だなぁ、見たくないなぁ……と思いつつ、読み進めていき……やっぱり飛んだ。

読者の期待を裏切らない稀代の作家。さすがはエリスといったところだろうか。

そういえば、馬術大会でゴールした後のシーンでは、感極まった「ミーア姫」が妖精のように観客席を飛び回っていたような……。ミーアは思い出した。

「ふむ……。あれは、ゴールした瞬間にわたくしが吹っ飛ばされたことを脚色して書いたはず……。であれば、もしや、今回のこのお話にも元になるものがあるのでは……。あ！　ねぇ、アンヌ。確か、昨日実家に帰りましたわよね？　その時に、狼使いに襲われた時の話を、エリスにしたんですの？」

「え？　どうしてわかったんですか？　ミーアさま」

びっくりして目を見開くアンヌに、ミーアは笑みを浮かべる。

「そのぐらいわかりますわ。アンヌがご家族のこと大切にしているって、よく知っておりますもの。エリスから土産話を求められれば、当然、するでしょうしね」

それ自体は、まぁ、問題ない。それに、さすがというべきか、皇女伝を読んでいると、シュトリナが犯行にかかわっていたことなど、書いたらまずいことは書かれていない。

上手くボカシて書いてある。だから、まぁ、それ自体は良いのだが……。

「で、聞きたいのですけど……。わたくしが馬に乗って逃げてくる場面を、どのように説明しましたの？　ああ、一字一句違えずに、比喩なども用いたなら、それも聞きたいですわ」

「はい。えーと、体が光ってて、まるで月の妖精みたいだったと……」

——それですわ！　っていうか、エリス『まるで』と『みたい』が抜けて、そのものになってますわ！

「あの……、まずかったでしょうか？」

「へ？　あ、ああ。大丈夫ですわ。ただ、リーナさんのことだとかは、秘密にしておいていただきたいですけれど……」

念のために、そう言いつつも、ミーアは、改めて思う。

「まぁ、それでも、わたくしが冬に死んでしまう記事よりは、全然いいですわね」

それは、もちろん、自分が生き残ったほうがいいに決まっているのだけど……、ミーアが言っているのはそういうことではなかった。

「エリス、これを書いた時、きっとすごく楽しかったに違いありませんわ」

ミーアが暗殺された時の皇女伝の記事、あの、淡々とした、無味乾燥な記事を思い出す。

無味乾燥だけど、でも……やるせないような、何かをこらえるような、そんな文章を思い出して、ミーアは思うのだ。

「やっぱり、エリスの文章はこうでなければいけませんわね」

そうして、ミーアは皇女伝を開く。たとえ、自分に関するちょっぴりイタな記事でも、ついつい続きが読みたくなってしまうぐらいには、ミーアはエリスのファンなのだ。

「まぁ、さすがに、これだけフィクション性が高くなってしまえば、誰も本当の出来事だなんて思わないでしょうし。うん、変に中途半端な嘘を混ぜられるよりは、こちらのほうがずっとマシですわ」

そうして、うんうん、と頷くミーアであった。


ちなみに、繰り返すようだが……、ミーア皇女伝は歴とした人物伝(ノンフィクション)として、帝国の民衆に親しまれた読み物である。

何度も舞台化もされた上、この荒野の決戦において、ミーアが飛ぶシーンは、縄を用いた新たなる舞台装置の開発にも一役買ってしまったりするのだが……。

「さすがに……、これを本当だと思う方は、いませんわよね……。うん」

そう自分を納得させつつ、ミーアは先を読み進めるのであった。

Collection of short stories

膨らむ……
帝国の叡智の虚像

EXPANDING...THE FALSE IMAGE OF IMPERIAL WISDOM

書籍7巻TOブックス
オンラインストア＆応援書店特典SS

「ふぅむ……」

ミーアの誕生祭が終わり、サンクランドへと帰る馬車の中……。

キースウッドは静かに、自らの主、シオンを観察していた。

――さぁて、シオンさまも、どうしたことやら……。

どこかいつもと違うシオンの様子に、キースウッドは首を傾げた。

元気がない……という感じではない。どちらかというと、物思いにふけっているというか、なにか考え事をしている風なのだ。

「えーと、なにかありましたか？　殿下」

「うん？　なぜそんなことを聞くんだ？」

「いや、まぁ、なにかあったかな、と思わせるような顔をしていたもので……」

砕けた口調で、そう指摘してやる。と……、シオンは、思いのほか生真面目（きまじめ）な表情で頷いた。

「そうか……。意識していなかったが……、気をつけることにしよう」

それからシオンは小さくため息を吐いた。切なげで、なんとも悩ましげなその顔を見て、キースウッドは苦笑する。

――どこかのご令嬢が見たら一発で、恋に落ちてしまいそうな顔だな。やれやれ。

肩をすくめつつ、キースウッドは言った。

「もしかして、ミーア姫殿下の誕生パーティーでなにかあったとか？」

「そうだな。まぁ、いろいろと……」

などと口を濁すのが、実に怪しかったが……。

「ああ、なるほど……」

なんとなーく、察してしまったキースウッドは、笑みを浮かべた。

「悪いことではなさそうで、安心しました」

「悪いことじゃない？　そうだろうか？」

「はい。シオン殿下は、もっと若者らしいご経験もしておいたほうがいいだろうな、と前々から思っていましたから」

「べつに、わざと遠ざけているわけでもないんだがな。試みに問うが、その若者らしい経験とはいったい、どんなことかな？」

「それはもちろん、やっぱり恋とかじゃないですか？」

冗談めかして言うと、シオンは一瞬固まって……。

「恋か……」

小さくつぶやいた。それから、気を取り直したように肩をすくめた。

「サンクランドの王位継承権一位の俺に、恋を勧めるとは、なかなか勇気があるじゃないか。さすがは狼殺しのキースウッドだ」

「……いや、別に、殺せませんでしたけどね……。というか、生き残るのでやっとでしたけどね！」

今でも思い出すと背筋が冷たくなる。あの狼たちを相手に、よく生き残れたものだと、我がことながら感心してしまうキースウッドである。

「本当、シオン殿下も、よくご無事で……。まったく、生きた心地がしませんでしたよ」

「そうだな。アベルと俺の二人がかりでも、まったく倒せる気がしなかった。実際、全員が生き残っただけでも、十分に満足すべきなのだろうが……いずれ、再び戦場で対峙することもあるだろう。その時のためにも鍛練は欠かせないな」

いや、そもそも、あんな危険に突っ込んでいかないようにしてくれ、などと思いつつも、キースウッドは、話を変える。

「しかし、ミーア姫殿下はさすがでしたね。あのような危機的状況にあってもまったく怯えるそぶりも見せませんでしたしね」

言いつつも、改めて思う。

――実際、ミーア姫殿下は大したものだったな。

剣の心得がないミーアは、文字どおり、シオンたちが負けたらひとたまりもなかったはず。にもかかわらずの、あの落ち着きようである。なんだったら、途中から、応援を始めたりなんかしていて……。

――いや、ホントすごいな。肝が据わってるのか、達観してるのか……。

キースウッドであっても、武器も持たずにあの場にいたら、さすがに肝が冷えただろう。にもかかわらず、のあれである。仲間たちを信用しきっていて、だから、負けて命を落としたら仕方ないとでも思っていたのだろうか……。

「いったいどうしたら、あの状況であんなに落ち着いていられるのか……コツを聞いてみたいものだな」

シオンの言葉に、思わず頷いてしまうキースウッドであった。

さて……、一方、同じころ。白月宮殿の食堂にて……。

「あの、ミーアさま、これは、いったい……？」

ミーアから食堂に呼び出されたアンヌは、テーブルの上に置かれたものに、首を傾げていた。

どっかりと椅子に座ったミーア。その目の前のテーブルには、ちょっぴり大きめのパンが置いてあった。綺麗に、きつね色の焦げ目がついたパン。芳(こう)ばしい香りが、いかにも食欲をそそる、実になんとも美味しそうなパンだった。

けれど、そのパンはただのパンではなかった。ある形をしていたのだ。

それは……、

「ふっふっふ……。よく聞いてくれましたわ。これは、狼パンですわ。料理長にお願いして作っていただいたんですの」

ミーアは得意げな顔で言って、ドヤァッと胸を張る。

「わたくし、ふと思いましたの。先日は上手く敵の魔の手を逃れることができた。けれど、いつまた同じ目に遭(あ)うとも限らない。また、あのような狼に襲われることだって、あるかもしれませんわ」

ミーアは大真面目な顔で、目の前の狼の顔を模したパンを睨みつける。

「だからこそ、心構えが大事ですわ。いざ狼たちと対峙したとしても、こうして、事前に食べてしまっていれば、どうということもございませんでしょう？　また食べてやりますわ、という気でいれば、余裕もできるというもの。だから、そうですわね、これはある種の予行演習のようなものかしら？」

などと、もっともらしいことを言っているミーアである。

ちなみに、その狼パンとやらだが……、目の部分はレーズン、また、毛の質感を出すために、砂糖をまぶしてある。

大変、甘くて美味しい代物である。

普通であれば、ミーアが、ただ単に甘いパンが食べたかっただけ、などという疑いが一瞬、頭をもたげかけるものであるが……。

「なるほど。そういった心構えが大切なのですね」

アンヌは、いたく感心した様子で頷いていた！

ミーアの悪だくみに気づいた様子は……ない！

「どうかしら？　アンヌも一緒に食べては……」

美味しそうなパンを目の前に、ミーアは上機嫌に言った。

「まぁ、ああいった場面には、できるだけ巻き込まないようにするつもりですけど……」

「いいえ！　食べます！　どれだけ危険な時でも、ミーアさまのおそばにいたいので」

などと……、あまぁい狼パンの前で、あつぅい忠義のやり取りをする。

これこそが、ミーア式、恐怖克服術なのであった。


さて、ところ変わってサンクランド王国。王都、ソル・サリエンテ。

王城の前には、多くの家臣団が立ち並び、第一王子シオンの帰国を心待ちにしていた。

知勇兼備にして美貌の年若き王子は民の誇り。そんな王子をお出迎えできることは、家臣団の者たちにとって無上(むじょう)の誉(ほま)れなのである。

そんな多くの家臣たちの中に、一人の幼い少年の姿があった。シオンと同じ、輝くような白銀の髪を持ち、シオンより少しばかり年若き少年……。それは……。

「兄上、お元気だろうか……」

エシャール・ソール・サンクランド。サンクランド王国の第二王子、つまりはシオンの弟である。

そわそわと待つことしばし、やがて、その前に敬愛する兄とその従者の姿が現れた。

「兄上……。ご無事のご帰還、心よりお喜び申し上げます」

「ああ。エシャール。元気そうでなによりだ」

久しぶりに再会した兄、シオンは優しい笑みを浮かべてエシャールに声をかけた。

「元気だったか？　父上や母上にお変わりはないか？」

「はい。父さまも母さまも、兄上のお帰りを心待ちにしております。さぁ、行きましょう。キースウッドも」

控えめな笑みを浮かべたエシャールは、二人を誘うように先に立ち、城内へと向かった。

「ところで、兄上。ティアムーン帝国はいかがでしたか？」

「ああ……そうだな。とりあえず、問題は解決したといってもいいだろうな」

「そうですか。さすがは兄上ですね。帝国の問題を解決するだなんて……」

感嘆の声を上げるエシャールに、けれど、シオンは首を振る。

「いや、実際のところ、俺はほとんど何もしていない。すべては、帝国のミーア姫の手柄と言っていいだろう。彼女はすごいよ」

それを聞いたエシャールは、ちょっぴり、いたずらを企むような顔をしてから、

「もしかして、兄上は、その姫君に恋をされているのですか？」

「恋……？　恋か……。どうだろうな」

そう答えたシオンを、エシャールは驚いた様子で見つめた。

「なんだ？　意外か？」

「ええ。兄上はすぐに否定されると思いましたから」

「そうだな。不必要な疑惑は国を混乱させ、民を苦しめることにもなる。本当なら、すぐにでも否定すべきだろうが、恋か……。確かに、彼女と結ばれることがあれば、サンクランドの民にとっても、有益だろうな」

シオンの物言いに、エシャールは首を傾げた。

「そんなにすごい方なんですか？　そのミーア姫というのは」

「そう。素晴らしい指導者だ。知恵働きもさることながら、彼女は、人に訴えかける言葉を持っている。先見の明もある。見習うべきところはたくさんありすぎるぐらいだ」

それから、シオンは少しだけ遠い目をした。

「きっと今ごろ、他の公爵家との会談でもやっているんじゃないかな」

ミーアの予言するような大飢饉がやってきたならば、国内の貴族の協力は必須となる。

そのために、大貴族たちに根回ししておくのは、常識的なことといえた。

「頑張っているのだろうな」

そうして、シオンはふっと微笑んだ。

一方、そのころ、ミーアはというと……。

「ふむ、行きますわよ……」

生真面目な顔をしたミーアは、帝国四大公爵家の一角、グリーンムーン家の領地を訪れていた。領都にあるグリーンムーン本邸の門をくぐる、と、そこには、グリーンムーン家令嬢、エメラルダが待っていた。

「これは、ミーアさま……。ようこそおいでくださいました」

嬉しそうに小走りに近づいてくるエメラルダ。

そう、ミーアは……今日まさに、執り行おうとしているのだ……エメラルダの館でのお泊まり会を！

先日の月光会にて、過去のわだかまりをすっかり捨て去ったミーアは、旧交を温めるべく、エメラルダの館へ遊びに行くことを計画したのである。

「思えば、エメラルダさんのお家に来るのも久しぶりですわね」

前時間軸では何度か来たことがあったものの、現時間軸では初めてのことだった。

きょろきょろ、と辺りを見回しながら、ミーアは、

「ちょっぴり懐かしいですわね……」

なんとも言えない表情でつぶやいた。

グリーンムーン家の屋敷には、珍しい舶来の品が数多く収蔵されている。また、外国の知識を収集することの大切さを知っていたグリーンムーン家は学問に造詣（ぞうけい）が深く、その関係から本の収集にも力を入れていた。

その収蔵数は国内でも有数、興味がある者からすれば天国のような場所なのだが……、その家のご

令嬢であるエメラルダが興味を示すことはなく。したがって、ミーアの読み友となることはなかったのだ……今までは。けれど、

「ミーアさま。これ、この本、とても素晴らしかったですわ」

ミーアと会話の幅を広げるべく、一念発起したエメラルダは、頑張って本を読んだのだ。その結果、見事にはまってしまった！

手当たり次第に本を読み漁ったエメラルダは、後々で、ミーアのお抱え作家エリスの大ファンになったりするのだが、まぁ、それは別の話である。

部屋につくまで待ちきれなかったのか、廊下を歩きつつ、一冊の本を差し出してくるエメラルダ。

それを見たミーアは、ふぅむ……、と一つ唸り声をあげる。

「なるほど。エメラルダさんは、予想どおりというか、恋愛を描いた物語が好きなんですのね……」

それは、最近、巷に出回り始めた恋愛小説だった。

「実に、エメラルダさんらしいですわ」

思わず納得してしまうミーアであったが、読み友が増えるのは、彼女としても大歓迎だった。特にエメラルダは、ミーアにおもねって自らの感想を曲げるような人ではない。

良質の読み友といえるだろう。

自然、二人の会話ははずみ、その日の夜、ベッドの上でも続いていた。

二つ並べられたベッド、そのふちに腰かけ、二人は、かしましい会話に興じていた。

やがて、夜も更けてきたところで、お話は恋愛小説から実際の恋愛へと移り変わっていった。

「やっぱり、王子さまがいいですわねぇ」

ほのかなランプの明かりがテンションをおかしくしたのか、エメラルダは、クスクス笑いながら言った。

「あーあ、どこかの国に、私好みのイケメン王子さまがいらっしゃらないものかしら」

「あら、セントノエル学園には血筋もお顔も申し分ない方がたくさんいると思いますけれど……あ、言わなくてもわかっていると思いますけれど、アベルは駄目ですわよ？　横取りしようなんてしたら、許しませんわよ。ふふふ」

なにがおかしいのかはわからなかったけれど、ミーアも、小さく笑い声をあげる。

どこかくすぐったいような、甘いような、ちょっぴり恥ずかしい内緒話をするような……そんなふわふわした空気。それは、遠い昔、エメラルダとなんのわだかまりもなかったころのことをミーアに思い出させた。

今この時を迎えられたことが、なんだか無性に嬉しく感じるミーアであった。だからだろうか……？

「ミーアさま、なんだか、すごく幸せそうですわね？」

エメラルダに、そう問われた時、ちょっとだけ調子に乗ってしまった！

「うふふ、ええ、それはもう。あ、そうですわ。せっかくですし、わたくしが、エメラルダさんに王子さまと恋する先輩としてアドバイスして差し上げますわ」

「アドバイス……？　それは、とてもありがたいですけれど……」

ごくり、と喉を鳴らし、真面目な顔をするエメラルダ。背筋をピンと伸ばして、真っ直ぐにミーアの顔を見つめる。

そんな様子に気をよくしたミーアは、ドヤァッと胸を張って、

「いいですこと？　エメラルダさん……、いつか顔も性格もよくって、頼りになる王子さまが迎えに来てくれる……などというのは、物語の中だけの話ですのよ？」

ミーアは、まるで諭すように……あるいは、恋愛を知り尽くした賢者のような口調で言った。

「特にダンスパーティー。運命の人が迎えに来てくれるから……などと甘い夢におぼれて、殿方のお誘いをすべてお断りしたりすると痛い目にあいますわよ？」

過去の経験を思い出しながら、真摯な忠告をするミーア……であったのだが……。

「ふふふ、もう、ミーアさま。冗談ばっかり。いくら私でもそんなお馬鹿なことはいたしませんわ」

エメラルダは笑った。それは、軽い苦笑い。まるで、出来の悪い冗談を聞かされた人が浮かべる、お愛想のような笑いだった。

その顔を見て、ミーアは、うぐ、っとうめき声を上げる。

そうなのだ、エメラルダは、こう見えて外交に強いグリーンムーン家の令嬢なのだ。そんな社交界エリートな彼女は、パーティーぼっちになど、なったことはない。ただの一度も……ない！

だからこそ、ミーアがパーティーぼっちになっているなどという状況を想像できるはずもなく……。

「もう、ミーアさま、そんな変な方、いるわけがないですわ。あまり、笑わせないでくださいまし」

「……そっ、そうですわよね。うふふ、わ、わたくしも、少しばかり冗談が過ぎましたわ。そんな方、いるわけないですわよね。ふわぁ、なんだか、眠くなってきましたわね」

ちょっぴり涙目になるミーアであったが……、大きなあくびで誤魔化すのであった。

こうして、シオンの予想どおり、四大公爵家の館で、夜通し社交場での駆け引きについて語らいあ

うミーアなのであった。

さて、サンクランドに帰国したシオンは、久しぶりに家族での会食を楽しんでいた。

ティアムーン帝国の皇帝ほどではないにしても、サンクランド国王も家族との食卓を大切にする人だった。

それは、次代の国を背負う息子たちとの会話を大切にするが故であった。

「それにしても、シオン、無事に帰ってきてなによりだ」

「また、危ないことをしていたのではなくって？」

穏やかな笑みを浮かべる王とは対照的に、シオンの母である王妃は、心配そうに眉をひそめていた。

自らの息子が、時に無茶をする性格であるということを、彼女はよく知っていたからだ。

「もちろんです。ええ、それほど危険なこともなく……。なぁ、キースウッド」

王家の食卓に随伴するという特権を得ているキースウッドであったが……、割とよくシオンからの無茶ぶりがあるので、あまり気が休まらなかったりする。

危うく吹き出しそうになった彼は、慌てて咳ばらいをしてから返事をする。

「え、ええ。まぁ、そうですね。それほどではなかった、かなぁ、と……。ご令嬢たちも一緒でしたし……それほどでは……」

それほど……、まぁ、レムノ王国で革命未遂事件に巻き込まれた時にも、それほど危険なことはなかった、と報告したたし？　……まぁ、あの時に比べれば今回も？

――いやぁ、それはさすがに無理筋というものだろう。あの時に比べれば、というか、どっちの危機も王子が経験していいものじゃないぞ……。

　自分で自分を納得させようとして、見事に失敗したキースウッドである。

　どちらの危機も、護衛も連れずにひょいひょい行ってしまったミーアを基本に考えるからおかしくなるのだ。騙（だま）されてはいけない。

　自らの判断基準をリセットして、気持ちを引き締めるキースウッドである。

　そんな彼を尻目に、会話は進んでいく。

「ご令嬢といえば、どうだ、相変わらず、お前がお気に入りのティアムーン帝国の姫君は、楽しいことをしていたかな？」

「はい。それはもう。お土産話がたくさんありますが……しかし、父上までからかうのはおやめください。別にお気に入りというわけではありませんよ」

　苦笑しつつ、シオンは首を振った。

「というか、父上だって、当人を見たら気に入ると思いますよ。純粋に彼女の行動は興味深いものだと思いますし」

　それから、シオンは話し出す。

　ミーアがなしてきたこと……。

　乗馬大会で華麗に馬を乗りこなしたかと思えば、島に生えている危険なキノコを見つけ出したこと。

　荒野で狼を連れた暗殺者と対峙したこと……は怒られそうだから割愛（かつあい）しつつ。話は、誕生祭のことへと至る。

「なんと……。自らの誕生祭に、貴族たちに民のための食料を配らせるとは……」

「ミーア姫の従者であるルードヴィッヒ殿に聞いた話では、毎年、かなりの食糧を無駄にしていたらしく。それが我慢ならなかったからだそうです」

「確かにな。大貴族は無駄をしてこそ、その力を誇示できる、などと未だに嘯く者は我が国にもいる。そのような貴族の心理を真っ向から否定するのではなく、無駄にする食糧を民衆に分け与えるか……。その手の貴族は、民草に与えるという行為自体を無駄だと考えているから、無駄遣いには変わりない……と納得させるか」

つぶやいたきり、王は黙り込んだ。

難しい顔で腕組みをしたかと思えば、すぐに、降参とばかりに肩をすくめた。

「なるほど。シオンが言うとおり、興味深い人物らしいな。しかし、年若い姫に、相応の権限を与えるとは、ティアムーンの皇帝もなかなかの人物のようだな。年齢や性別にとらわれず、ただ、その能力のみを評価するのはなかなかに難しいはず。周囲の貴族に対するメンツもあるだろうに、国のために必要なことをなす無私の人物ということか」

「そうですね。お会いしてみた印象ですが……、目つき鋭く、我らの力を測るような……、そんな雰囲気がありました」

シオンは、対面したミーアの父を思い出す。体つきを見る限り、剣の心得はないようだったが、そのまなざしには、まさしく戦いを挑んでくる者の鋭さがあった。

……その印象が強いからだろうか。シオンの中では、皇帝の後ろにそびえたっていた、ミーア氷像のことは、なかったことになっている。

なにかでっかいものがあったみたいだけど、まぁ、気にする必要はないだろう……、と、そんな感じである。

「なるほど、そうなのだろうな……。人の力を見抜き、そして、いざ力があるとなれば、私情を排して最善の決断をなす。良き統治者と出会えたことは、お前にとっても良い影響となったのだろうな」

シオンが頷くのを見てから、王は満足げに微笑んだ。

「まぁ、いずれにせよ、ティアムーンとサンクランドとは、互いに大国だ。剣を交えれば多くの血が流れるのは必定。友好的に付き合えるというのであれば、それが民の安寧となろう。皇帝殿とはいつか膝と膝とを突き合わせ、語らいあいたいものだな……」

「そうですね……。いつの日にか、必ず」

深々と頷き、シオンは言った。


一方、年も明け、数日がたったティアムーン帝国の帝城「白月宮殿」にて。

良き統治者と評された皇帝マティアスとその娘、ミーアもまた、のんびりと夕食を食べていた。

雪深いこの時期は、公務も比較的少なく……、それゆえここ最近は、毎食、父と顔を合わせることになっているミーアである。

「ああ……。本当に、料理長のお料理は絶品ですわね。セントノエルにも、これほどのお料理を作る者はおりませんし。帝国を離れたくなくなってきますわね」

頬に手を当てつつ、そんなことをつぶやくミーア。それを聞きつけた皇帝は……。

「おお、そうかそうか。よし、料理長を呼べ。ミーアを帝国にとどめておくためならば、最高の勲章を授与することも検討し……」

「いえ、お父さま。褒章は与えていただきたいですけれど、あげすぎですわ……。もう少し手軽なものを……」

最高位の褒章といえば、今日仕事を辞めても食うのに困らないという代物である。

ミーア的に、料理長が報われてもらいたいと思うのはもちろんなのだが……、もしも、褒章をもらったことで、料理長にやめられでもしたら、大問題である。

ここは自分ファーストを通しておくミーアなのであった。

「そういえば、ミーア……。セントノエルへは、五日後の出発だったか？」

「ええ、そうですわ。うふふ、友人たちに会うのが楽しみですわ」

みんな、今頃、なにをしているだろう？　休みの時間を、どのように過ごしているだろうか？　しばらく会ってないクロエやラフィーナは元気だろうか……？

そんなことを考えている自分に気づいて、ミーアは思わず考えてしまう。

前の時間軸では、そんなこと、思いもしなかった……。変われば変わるものだ、と感慨深く思っていたものだから、危うく父の言葉を聞き逃すところだった。

「……少し出発が早すぎるのではないか？　もっと帝国に留まっていたほうが……」

ものすごーく真面目な顔で、そんなことを言い出した！

「お父さま……また、そのようなわがままを……」

ちょっぴり呆れて、ジトーッとした目を向けてやる、と……。

「いや、べつに、わがままで言っているわけではないぞ？」

父は、大変真面目な顔で言ってから……、

「ただ、な……、やはりお前がいたほうが民も喜ぶし……、もちろん私も嬉しい。だからな、私は、みなの幸せを思って言っているのであって、決して自分勝手を言っているのでは……」

「お父さま……」

ミーア、再び、無言でジッと父を見つめる。

その視線の強さに負けたのか、父は、ふぅうっと大きくため息を吐いて、

「ぐぬぬ……。なんという理不尽か……。可愛い一人娘を、なぜ外国に行かせなければならないのか……。おのれ、セントノエル学園、おのれ、ヴェールガめ……」

「……そんなことを言っていると、戦争になってしまいますわよ？　ご自分の立場をしっかりとわきまえてくださいませね」

父を諭してから、ミーアはやれやれ、と首を振った。

——やっぱり、この国には、わたくしがいないとダメみたいですわね。疲れますわ……。

かくて、冬は終わり。再びの春が訪れる。

その先に待ち受ける運命を、ミーアはまだ知らなかった。

Collection of short stories

遠き異国の地の友よ……

MY FRIEND, A FAR AWAY FROM FOREIGN LAND...

書籍7巻
電子書籍特典SS

ティアムーン帝国皇女、ミーア・ルーナ・ティアムーンの誕生祭は全日程五日間にも及ぶ、帝国の一大行事である。

今年は特に、皇女ミーアの楽しい放蕩(ほうとう)もあり、人々は大いに盛り上がっていた。

ミーア自身もいくつかの貴族の所領を回り、いつにもまして祭りを楽しんだ。そして、それを終えて一息吐く……などという暇もなく次の行事へと引っ張り出されることになった。

四大公爵家の帝都の館で開かれる誕生パーティーである。

初日は、サフィアスの実家であるブルームーン家でのパーティーだった。

会場には、ブルームーン家と関係が深い中央貴族の関係者があふれていた。門閥(もんばつ)貴族などとも呼ばれる彼らは、帝都近郊に位置する中央貴族領の領主たちであり、古の時代より皇帝に仕えてきた、歴史ある家柄の者たちである。

そんな彼らからすると、改革者ミーアというのは実に疎(うと)ましい存在ではあったのだが……。

「ははは。ミーア、今日も実にドレスが似合っているぞ」

「まぁ……陛下。恥ずかしいですわ」

「なにを言う！　そもそもパパと呼べといつも言っているでは……」

などと、当代の皇帝マティアスと連れ立ってこられては、下手なことも言えない。そもそも、過日、聖女ラフィーナやシオン、アベル両王子との繋がりをまざまざと見せつけられたばかりである。

それゆえ、ミーアに挨拶に来る態度はどちらかといえば、恭(うやうや)しい……より正確を期していうならば卑屈と形容できるものばかりだった。

けれど、そんな中で……、堂々とした足取りで近づいてくる、一人の少女の姿があった。

豪奢にウェーブを描く髪を揺らし、きびきびとした歩調で歩み寄ってきた彼女は、ミーアの前で、スカートの裾をちょこんと持ち上げる。

「お初にお目にかかります。ミーア姫殿下……。サフィアスさまの婚約者、レティーツィア・シューベルトと申します」

切れ長の美しい瞳に笑みを浮かべる少女。気品あふれる笑みに、ミーアも親しげな笑みを返した。

「まぁ、あなたが噂の……うふふ。サフィアスさんから聞いておりますわよ。シューベルト侯爵令嬢。サフィアスさんにはいつも自慢されてますのよ。自分の婚約者は、こんなに素晴らしい女性なんだって」

「まぁ……。サフィアスさまったら……」

ミーアの軽口に、軽やかな笑い声をあげるレティーツィア。と、そこに……、

「ミーア姫殿下。あまり冗談でオレの愛しい人をからかわないでください」

苦笑いを浮かべたサフィアスがやってきた。

「あら、別に嘘は言っていないつもりですけれど……」

ミーアは悪戯っぽい笑みを浮かべて返し、自然と談笑の流れが始まった。

やがて話題はレティーツィアが知らない学園でのことになり……。シオンやアベルとの出会いから、剣術大会に話が及んだ時……。若干、雲行きが怪しくなってきた！

「そうなのですか？　ミーア姫殿下もお料理をなさるのですね……」

ふと、うつむくレティーツィア。そんな彼女にミーアは……、

「ええ。剣術大会前に、サンドイッチを作りましたのよ。これがもう我ながらとてもよくできてしま

って……」

盛る。息を吸うように自然と盛っていく！

「焼き加減は上々。わたくしのアイデアで形も工夫して、それが、殿方には大変好評で……」

それを聞いたレティーツィアは、ふんふん、と興味深げに頷いている。

そんな婚約者の様子に、サフィアスは、なんだかちょっぴり不安そうな顔をしていたが……、彼が口を開こうとしたまさにその時、

「サフィアス。こっちへ来なさい。あちらのお客さまにも挨拶をしなければ」

サフィアスの父、ブルームーン公爵が現れた。

ミーアに一礼すると、ブルームーン公爵は、サフィアスに言う。

「ミーア姫殿下のお相手も大事だが、あまり令嬢のお話に男が首を突っ込むのも野暮というものだ。それに今日は陛下もいらしていることだし、近隣国の貴族の方々もいる。主催家たるブルームーン家の長男には、のんびりと談笑を楽しんでいる時間はないぞ」

「ああ、はい。それは心得ておりますが、ええと……」

「どうぞ。行ってきてください、サフィアスさま。ミーアさまのお相手は私が務めさせていただきます。そのように、事前にお伝えしておいたはずでしょう？」

毅然とした口調で、レティーツィアが言った。それは、貴族の社交界を知る、令嬢の態度。あるいは、未来の公爵夫人に相応しい言葉だった。

普段であれば、サフィアスも、彼女に完全な信頼を寄せているところだった。それに、ミーアにしても、皇女としてきちんと教育を受けている身。大丈夫だろうとは思う。思うのだが……、なんだろ

う、サフィアスの脳内には漠然とした不安が渦巻いていた。

そこに、一人の少年が歩み寄ってきた。

「あー、サフィアスさま。どうぞ、行ってきてください。ここは、俺に任せて」

いかにもやる気のなさそうな、眠たげな瞳の少年、それはレティーツィアの弟、ダリオ・シューベルトだった。

「ああ、ダリオ。そうだな。君がいれば……」

などと、ぶつぶつ。まだまだ納得していないものの、しぶしぶといった様子で、サフィアスはその場を立ち去っていった。


さて……、サフィアスが席をはずしている間にも、ミーアの自慢話は続いていた。

「ですから、まぁ、いつもというわけにはいきませんけれど、時には殿方にお料理を作ってあげるというのも、良いアクセントになると思いますわ」

「勉強になります」

熱心な顔でうむうむ！　と頷くレティーツィア。

「やはり、そういうものなのですね。サフィアスさまが料理がとてもお上手なので、私もなかなか自分で作る機会がなくって」

「まぁ、それはいけませんわね。そうですわ。でしたら、今度、一緒にお料理を作ってみるというのはどうかしら？」

「お料理を？　ですけど……」

と、迷う様子を見せるレティーツィア。直後、そのそばに控えていたダリオが、すすすっと音もなく姿を消したことに、ミーアは気づかなかった。

今のミーアは、自らの思いついた良いアイデアに夢中なのだ。

「あ、そうだ。せっかくですから、エメラルダさんやルヴィさん、リーナ……じゃなくって、シュトリナさんも誘ってするのはどうかしら？」

「星持ち公爵令嬢のみなさまと……？　ですけど……」

「かまいませんわ。あなたも将来的には星持ち公爵家に嫁ぐ身でしょう？　であれば、今のうちから他の四大公爵家と親交を深めておくのもよいことですわ」

言いつつ、ミーアは計画を立て始める。

――エメラルダさんは、自分で作るなんて大貴族のすることじゃない！　とか言い出しそうですけれど、ルヴィさんは乗ってきますわね。バノスさんに手料理を、なんて可愛いことを考えていそうですわ。リーナさんも、調合とか得意なんでしょうし、お料理も上手かもしれませんわ。ベルが来るといえば、案外簡単に頷きそうですわ。アンヌとニーナさんがいれば、あとは大体なんとかなりそうですし。

などと、ミーアが脳内でとーっても楽しい空想を繰り広げていたところで、

「や、やぁ、マイスウィート、レティ。ミーア姫殿下とお話ししていたのかな？」

なぜだろう、息を切らせたサフィアスが戻ってきた。そのかたわらには同じく、肩を弾ませるダリオ・シューベルトの姿があった。

「あら？　そんなに焦ってどうなさったの？　サフィアスさま。それに、ダリオまで。ミーア姫殿下

のお誕生日パーティーなのですから、そのようにバタバタとするものではないわ」

「ああ、いやぁ、急に君が恋しくなってしまってね。あはは」

サフィアスは誤魔化すように笑うと、

「そうだ。君はオルガンが得意だったよね。どうだろう？　ミーア姫殿下にお聴きいただくというのは」

「ええ、それは構わないけれど、どうしたの？　急に」

「いやぁ、ミーア姫殿下にぜひ自慢したいと思ってね。マイスウィートの特技をね。ぜひお聴きください。本当に素晴らしいのですから」

そう言ってチラリ、とミーアのほうをうかがうサフィアス。その視線にはまったく気づかず、ミーアは、腕組みしていた。

「……明日のレッドムーン家のパーティーでお誘いして……」

「ミーア姫殿下？」

「ん？　ああ、ええ。お願いいたしますわ」

ミーアは、にっこり笑みをサフィアスのほうに向ける。それを見たサフィアスは……、まるで、警戒するようにミーアに、そして、婚約者レティーツィアに視線を向けるのだった。


さて、その翌日……。

ミーアはレッドムーン邸のパーティーに訪れていた。

帝都ルナティアにあるレッドムーン邸は、四大公爵家の屋敷の中でも最大の面積を誇っている。それは、屋敷の建物の大きさではなく、その庭の広さに由来していた。

私兵を並べて行進させるのにも使える広さ、あるいは、騎乗練習にも使える広さを、その庭は誇っていた。

そんな広大な庭を見下ろしてから、ミーアは改めてパーティー会場に目をやった。

寒風が吹きすさぶ外とは違い、屋敷内に設営されたパーティー会場は暖かな空気が満ちていた。招待客は、昨日のブルームーン家とは違い、体格の良い者が多くいた。黒月省（こくげつしょう）のお偉方や、軍隊の関係者たちである。

そんな、ある種の威圧感があふれる会場にて。ミーアを出迎えたのは、美しいパーティードレスで着飾ったルヴィ・エトワ・レッドムーンだった。

深紅の豪奢なドレスに身を包んだルヴィは、ミーアの前で優雅に一礼する。スカートの裾を軽やかに持ち上げ、完璧な貴族令嬢の礼を見せてから、ルヴィは朗らかな笑みを浮かべた。

「ミーア姫殿下。この度は、お誕生日おめでとうございます」

「ご機嫌よう、ルヴィさん……。あら？　今日は少しメイクが違うかしら？　なんだか、以前までより可愛らしい感じがいたしますけれど……」

そう指摘されたルヴィは、思わずといった感じで固まった。

「え？　そうでしょうか？　そんなつもりはないのですが……」

「ははは。娘はここ最近仕事が楽しくて仕方ないようなのです。そのせいではありませんかな？」

ルヴィの後ろから現れた壮年の男、レッドムーン公爵、マンサーナ・エトワ・レッドムーンは、ミーアを見て、穏やかな笑みを浮かべた。

「ああ、これはレッドムーン公、ご機嫌麗しゅう」

軽く挨拶をして、ミーアも完璧な笑みを返す。

「しかし、ルヴィさん、お仕事楽しくできているみたいでなによりですわ」

「名誉とやりがいのある仕事をお任せいただき、感謝いたします」

深々と頭を下げるマンサーナである。

「いえいえ。レッドムーン家のご令嬢に入隊していただけるなんて、わたくしのほうこそ心強い限りですわ」

その言葉に偽りはなかった。

ルヴィは入隊の折、レッドムーン家の私兵も連れてきたらしく、皇女専属近衛隊（プリンセスガード）の男女比に若干の変動があった。

女性隊員が増えれば、自然、ミーアの身辺警護もより充実してくるというもの。ミーアにとっては大変、喜ばしい限りである。

――ディオンさんの元部下の方たちは剣の腕前は確かですけれど、いささか迫力がありますから、ミーア学園に同行していただくと、子どもたちが怖がるかもしれませんし。

いろいろなタイプの強者（つわもの）が皇女専属近衛隊に集うのは、心強い限りなのである。

「かないませんな。ミーア姫殿下には……」

一方のレッドムーン公マンサーナの顔には、険のない苦笑いが浮かんでいた。もっとも、彼がそんな笑みを浮かべられるようになるには、いささかの時間が必要だったが……。

なにしろ、彼にはルヴィだけではなく息子たちもいるのだ。それは皇位継承権を持った、皇帝になる可能性を秘めた男児たちである。もしもミーアが女帝になってしまったら、その機会は失われるだろう。

　それを惜しいと思わないはずがなかった。

　されど……、同時に彼はわかっていた。自分の息子は皇帝の器ではない、と。

　唯一、その器をもっていそうなのがルヴィであり、もしも女帝という可能性が開かれているのであれば、ルヴィを全力で応援するのも一興ではあったのだ。が……、ミーアはその可能性を先んじて潰しにきた。

　ルヴィに、皇女専属近衛隊（プリンセスガード）への入隊を促し、別の栄達の道を示したのだ。

　そして、その道は、レッドムーン公爵家に極めて相応しいものだったのだ。

　女帝ミーアの軍、その中で最も栄誉ある専属近衛隊。その副隊長である。その誉（ほま）れは計り知れないうえ、退屈な帝位などよりルヴィに向いた役割でもあったのだ。

　喜ぶ娘の姿もあって、マンサーナは、早々に皇位継承権争いへの興味を失った。彼の今の興味は別のところにあったのだ。

　それは……すなわち、ルヴィの栄達である。

　彼女が属する組織が『皇女』専属近衛隊なのか、あるいは『女帝』専属近衛隊となるのか……、それは大きな違いである。

　ルヴィをさらなる高みへと導くためには、ミーアが女帝になるのが近道。ならば、レッドムーン家のとるべき道は……。

　などと、難しいことを考える彼のことなどつゆ知らず、ミーアたちは歓談を続けていた。

「そうですわ。ルヴィさん、実は、考えていることがございますの。相談に乗っていただけないかしら？」

「相談ですか？　なんでしょうか？」

「ああ、そんなに難しい顔をしないで。大したことではありませんの。実は、サフィアスさんの婚約者である、シューベルト侯爵令嬢とお話しして……」

などと…………、実によからぬ相談を……。


「ルヴィ嬢……」

パーティーも終わりに差しかかったころ……。ふいにルヴィを呼び止める者がいた。

声のほうに視線をやったルヴィは一瞬、意外そうに首を傾げた。

「おやおや、珍しいこともあるものだ。君が我がレッドムーン家のパーティーに来るとはね。蒼月の貴公子」

「いや、なに。毎年欠席するのも失礼に当たるだろうしね。それに、今年は、特別な年だから……」

先日の、月光会のことを思い出しながら、サフィアスは言った。

「それで、どうかしたのかな？」

首を傾げるルヴィに、サフィアスは「さて、どう説明しようか」と考えてしまう。

危機を回避するために、どんな手を打てるか……。思考を組み立て、話し出そうとした、まさにその瞬間、サフィアスは見つけてしまった！

「……しかし、あの方は、どんな食べ物が好きなのだろうか……？」

恋する乙女の目をした、ルヴィの姿を！

――ああ……これは、だめだ。

サフィアスはすぐさま悟ってしまった。ルヴィは味方にはできない、と。

すでに、食事作りに心を躍らせている様子のルヴィに思わず頭を抱えそうになる。

「なぁ、蒼月の貴公子サフィアス。殿方というのは、どういった食べ物を好むのだろうか？　体格がよくて……、こう、筋肉が実にいい！　方なのだが……」

「……どうだろうね。そういった人間は、君の周りのほうがたくさんいると思うが……」

ひきつった笑みを浮かべつつ、サフィアスは戦慄すら覚えていた。

――ミーアさまの影響力は計り知れないぞ。


さて……さらに、その翌日。

「ほぉおう……」

イエロームーン家のパーティー会場に足を踏み入れた瞬間、ミーアは思わず感嘆の声を上げていた。

「これは、なんとも豪儀な……」

テーブルの上に並べられた色とりどりのお菓子、お菓子、お菓子！

さらに、その中央には、数多のスイーツを従えた女帝のごとく、巨大なケーキがそびえたっていた。

真っ白のクリームでコーティングされたそれは、まさに白きケーキの巨塔。ミーアは圧倒されつつも、心のうちに燃え上がる挑戦心に武者震いした。

なにしろ、今日はミーアの誕生パーティー。主役はミーアなのだ。

どれだけ食べても、誰からも文句を言われないという素晴らしい環境が、ミーアの心を高鳴らせた。

いや……まぁ実際のところ、ものすごーくたくさん食べたらアンヌに怒られるわけで……。そんなことはミーアにもわかっているのだが……。いいのだ。今は。胸のドキドキに身を委ねていい時というのが、たまにはあるのだ。多分。

ということで、早速、あいさつ代わりに美しいクッキーをパクリ、ペロリ、としていると……。

「ミーア姫殿下。この度は、お誕生日、おめでとうございます」

すぐ近くまでやってきたシュトリナが、スカートの裾をちょこん、と持ち上げた。そのすぐ後ろには、イエロームーン公ローレンツの姿も見えた。

「あら、リーナさん。ご機嫌よう。イエロームーン公も」

クッキーの甘味に顔を緩めつつ、ミーアは会釈する。

「どうでしたかな？　ミーアさま。当イエロームーン家が総力を挙げてそろえたスイーツは」

「ええ、ええ。それはもう、素晴らしいお菓子をそろえておられますわね。わたくし、感服いたしましたわ。目移りしてしまいそうですわ」

満足げなため息を吐いてから、ふとミーアは首を傾げた。

「あら……でも不思議ですわね。わたくし、毎年出席しているはずですのに、イエロームーン家のパーティーでこれだけ見事なお菓子が出ているという記憶がございませんわ」

「ははは、それはそうでしょう。なにしろ、目立たぬように、できるだけ地味な会を目指しておりましたからな。最弱のイエロームーンに相応しく」

「なるほど……。このお菓子の豊かさが、イエロームーン家が解放されたという、証明なんですのね」

そういうことならば、食べるのを遠慮していてはかえって失礼。っと、ばかりにミーアは気合を入れた。

……ちなみに、最初から遠慮をするつもりなど微塵もなかったという説があったりなかったりするが、まぁ、それはどうでもいいことなのである。

ということで、いよいよメインディッシュとばかり、目の前にそびえ立つケーキの巨塔の攻略に取りかかろうとするミーアであったが……、はたと、思い出した顔でシュトリナのほうを見た。

「ああ。それはそうと、リーナさん。今度、四大公爵家のみなさんで、お料理会をしようという話になっているのですけど、どうかしら？」

「ええと、それにはベルちゃんも参加しますか？」

きょとりん、と首を傾げるシュトリナである。

「ふむ……」

ミーア、一瞬の黙考。まぁ、ベルにもコネを作らせておいて損はないか、と判断。

「まぁ、そうですわね。ベルも参加ということにしても……」

「それなら、行きます」

シュトリナ、食い気味に返事をする。

思わず、のけぞりそうになるミーアを尻目に、シュトリナはニコニコ、ウキウキ、嬉しそうな顔をしていた。

「うふふ。楽しみだな。あっ、予行練習もしないと……。この家にあるもので練習できるかな……調合の要領でやれば……」

などとブツブツつぶやくシュトリナ。一方のミーアは改めて、巨大ケーキに挑むのだった。

ちなみに、この日、サフィアスは、ミーアが女帝になるのを反対する貴族連中につかまり、秘密会談とやらに引きずりこまれていた。

……正直、皇位継承とかより、よほど差し迫った問題が……命の問題があったため！　この妨害行為には非常にムカついたサフィアスであった。彼が、腹いせ交じりに、自分に声をかけてきた貴族連中のことをミーアにバラしたとしても、誰も咎めることはできないだろう。

なにせ、ことは命にかかわる問題なのだ！

さて、さらに翌日……。四大公爵家による誕生パーティーの最後を務めるのは、グリーンムーン家であった。

「ふむ……。しかし、どうやって誘おうかしら……。エメラルダさんは、絶対に反対しそうですし……」

ミーアと四大公爵家の令嬢（厳密にいえば、ブルームーン家からは、シューベルト侯爵令嬢が参加だが）によるお料理会にいかにして誘ったものか。

「絶対、大貴族の令嬢がお料理だなんて！　とか言いますわよね。かといって、誘わなければ誘わないで、うるさそうですし。ふむむ……どうしたものかしら……」

などと思っていたミーアであったが……。

「ご機嫌よう、エメラルダさん」

会場に入り、エメラルダの顔を見て、違和感を覚える。

「ミーアさま。ようこそ、我がグリーンムーン家へ」

そう言って、笑みを浮かべるエメラルダだったが、どこか、その仕草がぎこちない。

「はて？　どうしましたの、なんだか、様子がおかしいですけれど……」

そう指摘してやると、もじもじ、体をよじるエメラルダ。その両腕は、なぜか、背中に回されていた。

「あ、あの……ミーアさま、その、私からのプレゼントなのですが……以前、ミーアさまがおっしゃっていました。値段は高くなくってもいいから、手作りの、オリジナルなものが欲しい、と。覚えておいでですか？　だから、その……」

「ああ……そういえば、言いましたわね。うん……」

もちろん、すっかり忘れていたミーアである。

それは以前、セントノエル島での出来事。ある休日にたまたま町を歩いていたミーアは、ショッピングをするエメラルダを発見。ミーアの誕生日プレゼントを選んでいる、というエメラルダが、滅茶苦茶高そうな宝石を買おうとしていたのを、全力で止めたのだ。

そうして、手作りのアクセサリーに使う、小さくて安めの宝石に目をつけて、言ったのだ。

「安くてもいいから、世界に一つしかない手作りのものが欲しい」と。

「もしかして……、本当に作ったんですの？」

ミーアの問いかけに、こくん、と無言で頷くエメラルダ。その頬は、恥ずかしいからか、ほんのり赤く染まっている。

正直なところ、まさか覚えていただなんて夢にも思わなかったミーアであるが……、いざ、覚えていてもらえたと思うと、ちょっぴり嬉しかったりもして……。なんだか、期待感でソワソワしてしまったりもして……。

「見せていただいても……？」

そう問いかけると、エメラルダは、なんだか、ものすごく恥ずかしそうに、もじもじ、体を動かした。

「あの……あまり、期待しないでくださいませね？　私、その、こういうの、あまり得意じゃなくって……」

などと言ってるエメラルダから、小さな木箱を受け取る。

恐る恐る開けると、中から出てきたのは、ちょっぴり大きなブローチだった。

ちょうどミーアの手のひらぐらいの大きさがあるだろうか。小さな宝石が、不器用に配置されたそれを見て、ミーアは思わず笑ってしまった。

エメラルダが、不器用な手つきでそれを作る姿が、想像できてしまったから……。

それから、ミーアは、自らのドレスの胸元につけた。

「ああ……、やっぱり。いまいちでしたわね。あの、ミーアさま、無理につけなくても……」

「ありがとう。エメラルダさん。これ……とっても嬉しいですわ」

ミーアはエメラルダの顔を見て、ニッコリと笑みを浮かべた。

「大切にさせていただきますわ」

それを聞くと、エメラルダは、一瞬、ぽかんと呆けた顔をしてから、

「はい。もちろんですわ。大事にしてくださいませね！」

満面の笑みを浮かべるのだった。

――この様子なら……、大丈夫かもしれませんわね。

ごく自然に思ったミーアは、特に悩むことなくエメラルダに言う。

「ねぇ、エメラルダさん、実はね……」

そうして、ミーアは、料理会にエメラルダを誘うのだった。


さて、そんな感動の友情エピソードが繰り広げられる裏のこと……。

エメラルダのメイド、ニーナは、忙しく会場を行き来していた。その最中、彼女は突如、腕を引っ張られて、廊下の隅に連れてこられた。

「これは……、サフィアスさま。なにか？」

彼女にしては珍しく、少しばかり驚いた顔で問う。そんなニーナに、サフィアスは、ひそめた声で言った。

「ああ……。実は、少し一大事でね……」

「少し……一大事？」

きょっとーんと首を傾げるニーナに、サフィアスは引きつった笑みを浮かべた。

「恐ろしいことが起ころうとしているんだ。ぜひ、君には力を借りたいと思ってね。というか、君にしか、もう頼ることができそうにないものでね……」


さて……、かくして、星持ち公爵令嬢と未来の星持ち公爵夫人feat.ミーアのお料理会が開かれる運びとなった。

その顛末が、どのようなことになるのか……、それはまた別の話なのだが……。

すべてが終わった時、真っ白に燃え尽きたサフィアスが……、

「……ああ、キースウッド殿、元気だろうか。またそのうちに、酒でも飲みかわしたいものだな……」

遠き異国の友を懐かしんだりしたのであった。

めでたし、めでたし。

幕間　祖母と孫の寝物話Ⅲ

「ブルームーン公は、サンクランドのキースウッドさまとご友人なんですよね。ちょっぴり意外な感じがしていたのですが、セントノエルの時代からのお知り合いなのですね」

ベルは好奇心に顔をキラキラさせている。

天秤王シオンも、その従者キースウッドも、ミーハーベルは大好物なのだ。どんな些細な話でも、ドキドキときめいてしまえるのだ！

そんなベルに苦笑いを浮かべつつ、ミーアは言った。

「ええ、わたくしも意外に思いましたわ。あのお二人では性格もずいぶん違いますし。なにしろ、サフィアスさんは、幼少のころより婚約者のレティーツィアさんへの純愛を貫き、未だに、貫き続けている方。対してキースウッドさんは、どちらかといえばプレイボーイ気質……。まぁ、そのおかげで身についたであろう料理の腕前には、何度かは助けられたりもしましたけれど……」

何度か助けられた………キースウッドは、泣いていい。

「それにしても、シオン陛下にしろ、ミーアお祖母さまにしろ、若いころは、いろいろな恋をなさっていたのでしょうね。そういうお話も聞いてみたいです。きっとエリス・リトシュタインの恋愛小説に出てくるような、劇的な恋愛をご体験なさっているのですよね⁉」

キラッキラの瞳で見つめてくるベルに、ミーアとアンヌは、すすすっと目を逸らす。

かつて……エリスの恋愛小説を教科書にしていた二人ではあるのだが……こうして、結婚し、孫も生まれる年になってみると、それがいかに無茶なものであったかがよくわかる。

物語とは違い、現実では、そうそうロマンティックなことは起こらないものなのだ。

「そっ、そういえば、聖女ミーア皇女伝の第十巻の原稿がもうすぐ完成すると、エリスが言ってました。ミーアさま」

話を変えようとしたのか、アンヌがそんなことを言い出した。けれど……ミーア的には、それはそれで、頭が痛い問題というか……。

「わぁ！　新しいミーア皇女伝ができるのですね。ふふふ、楽しみです。わたくし、月夜の決戦の章が大好きで……。ミーアお祖母さま、すっごく格好良くって……」

「あ、あー……。そ、そういえば、そんなお話もございましたわね……」

「月帝剣ミーアキャリバー！　わたくしも振ってみたいです！」

ぶん、ぶん、っと拳を振り回すベルに、ミーアは思わず苦笑いだ。

そう、ベルのように幼い子どもが真に受けるのはまぁ、良い。仕方ない。子どもは純粋無垢だから、皇女伝に大嘘（フィクション）が含まれているなどと思いもしないのだろう。

――恐ろしいのは、大人でも、あの皇女伝を真面目に読んでる方がいることなんですのよね……。未だに、かつて、ミーアは大剣を持って空を飛んだ、などという話を信じる者は多い。そういう人を見ていると、ミーアはついつい、この方……大丈夫かしら？　なぁんて、心配になってしまうのだが……それはともかく。

「あ、そういえば、ミーアお祖母さまにお聞きしたいことがあったんでした」

「あら？　なにかしら……？」

「わたくし、あの無人島で次々に事件が起こるミステリ小説がとっても好きなんですけど……」

ベルは好奇心の溢れる瞳で、ミーアをジッと見つめて……。

「あれって、主人公はお姫さまですけど、もしかして、ミーアお祖母さまの過去の体験がモデルになってたりするんですか？」

「え？　あ、ええ、どうだったかしら……。そうだったような、そうでもなかったような……。こ、今度、エリスに聞いてみると良いのではないかしら？」

ミーアは、ベルの追及を軽くいなしつつ……。

「そういえば、エリスはもちろんですけど、アンヌのほかのご兄弟はお元気かしら？」

「はい。おかげさまで、家族一同、健康に過ごさせていただいています」

「それは良かったですわ。ふふ、しかし、こうして昔のことを話していると、アンヌの家でお誕生日会をしていた時のことを思い出してしまいますわね。毎年、盛大にお祝いしてもらって、あの時は、とっても嬉しかったですわ」

Collection of short stories

新約　十日遅れの誕生会

『貧しい王子と黄金の竜』（未完）

New Testament
Ten Days Late Birthday Party

書籍8巻TOブックス
オンラインストア＆応援書店特典SS

王子は、死の陰の谷を行く。

ただ、友人である黄金の竜を助けるため。その命の炎を、再び灯すために。

「待っていろ。必ず、君を甦らせてみせるぞ、友よ」

静かなる決意を胸に、谷を下る王子。その先に待ち受ける大いなる試練を、彼はまだ知らなかった。


夜寝る前、エリス母さまのお話を聞くのは、ベルにとって忘れられない、とても楽しい時間だった。

一番好きなのは、偉大なる帝国の叡智、自らの祖母の偉業について聞くことだったが、同じぐらいに、エリスが書いた冒険譚も好きだった。

特に『貧しい王子と黄金の竜』は、ベルのお気に入りだ。聞いていると、あまりに楽しくて、ついつい眠れなくなってしまうのが、ちょっぴり困りものだけど……。

その日の夜も、ベッドの中、ベルは、ワクワク顔で、エリスに聞いた。

「エリス母さま、続き！　その続きは、どうなるの？」

体を弾ませて尋ねるベルに、苦笑しつつ、エリスは言った。

「そうねぇ。どうなるんだろうねぇ……」

「え……？　まだ、書き終わっていないんですか？」

「ええ。このお話は、ここまでしか、書いていないのよ」

不思議そうに首を傾げるベル。その頭を優しく撫でながら、エリスは言った。

「昔ね、このお話のことが大好きだった人がいたのよ」

それからエリスは、穏やかに目を細めた。まるで、懐かしい人を、視線の先に探すかのように。

「いつも、私が書いたお話をニコニコしながら読んでくれた人でね。どの話も気に入ってくれたけど、お会いするきっかけとなった、この『貧しい王子と黄金の竜』のことを特に気に入ってくれていて。読み終わると決まってこう言うのよ。次は、どうなるのか、楽しみで仕方ないって。そう言われてしまうとなかなか終わらせるのが難しくってね」

それから、寂しげに笑って、エリスは言った。

「でも、きちんと終わらせておくべきだったと思うわ。きちんと終わらせなきゃって、最後の話を書き出したのは、あの方が倒れられた後だった。なんとか、ご存命の内にと思っていたのに……間に合わなかったの。それで気づいたのよ。私は、その方のためにこのお話を書いていたんだって。だから、一番、読んでほしい人に読んでもらえないのに、このお話の続きを書く意味があるのかって……そう思ったら、もう、続きは考えられなくなってしまったの……」

「それって……」

口を開こうとしたベルの頭に、そっと優しく手を置いて、エリスは首を振った。

「どんな終わり方にしたら、あの方は、喜んでくれたんだろうね……」

その……少しだけ後悔の混じったつぶやきを、ベルが忘れることはなかった。

ミーアとアンヌの合同誕生会は、楽しい余興の時間を迎えていた。

特にミーアを喜ばせたのは、ケーキ……だったのは言うまでもないことながら、その後のエリスの新作の朗読の時間もまた、ミーアにとっては至福の時だった。

「……花の国の民は、名残惜しそうに王子に声をかけます。そんな彼らに笑みを返して王子は言いました。『また来ます。次の春、この国に花があふれかえる時季に。どうか、それまでお元気で』。こうして、王子と竜の旅は続くのでした」

エリスは、静かに原稿を下ろして、そこで深々と頭を下げた。

朗読が終わった時、ミーアはほふぅっと満足そうなため息を吐いた。

静かに余韻に浸った後、満面の笑みを浮かべて拍手した。

「ああ、素晴らしい。素晴らしいですわ。エリス、今回も実にお見事でしたわね」

ミーアは、一番のお気に入り『貧しい王子と黄金の竜』の新作が聞けて、ご満悦だった。

「エリス母さまの未完の大作、『貧しい王子と黄金の竜』、第五巻の『古の竜に葬送の花束を』ですね。とっても懐かしいです」

ニッコニコ顔で、ベルも頷いている。どうやら、彼女もこのお話のファンらしい。これは、良い読み友を見つけたぞぅ！　ベルと作品の話で盛り上がろう！　などと思いかけていたのだが……。

「ふふふ、そうですわね。わたくしが一番大好きなお話ですわ………んっ？　未完？」

ベルの言葉の中に、微妙に不穏なキーワードを見出したミーアは、眉をひそめた。

「未完とは、どういうことですの？」

「はい。『貧しい王子と黄金の竜』は、とっても人気が出たお話で……ずっと長く続いていたんですけど、結局、第四十九巻の『黄金の友の死』を最後に、続編が書かれなくって……」

「ちょっ、ベル。それ、タイトルからして、ものすごーく気になるのですけど！　ああ、いえ、別に中身を教えろとは言いませんわ。というか、もしもネタバレを口にしたら、あなたでも許しませんわよ！」

と、きっちり釘を刺した上で、

「ええと、まぁ、それは置いておいて。つまり、四十九巻できちんと終わって、続きが出なかったということかしら？」

「いいえ。ミーアお姉さま。その……タイトルからもお分かりいただけると思うのですが、ものすごーくいいところで、続きが途絶えてしまって……」

それを聞き、ミーアは、ひぃいいいいっ！　とひきつった悲鳴を上げる。

「ああ、そ、そのタイトルでちょうどよいところで終わるということは、本当に一番いいところで続きが書かれていない感じがいたしますわ！　一体どうして……？　もしや、国が荒れたからですの？　内乱などで、本を出せるような環境でなくなったからとか……？」

問いかけに、ベルは静かに首を振って、

「いいえ。国の状況は徐々に悪化しつつありましたけれど、まだ本が出せないことはなかったみたいです。ただ、ミーアお祖母さまが……」

「わたくしが……？　なんですの？」

「毒でお倒れになっていて……」

「ああ……」

言われて、思い出す。そう言えば、忘れていたけれど、自分はベルのいた世界では、毒を飲まされて華々しく散っていくのだった、と……。

「ふむ。それは分かりましたけれど……あくまで、わたくしが読めなかったというだけの話ではないかしら？　それが未完の理由にはならない気がいたしますけど……」

ミーアの指摘に、ベルは小さく首を振る。

「エリス母さま、言ってました。ミーアお姉さまに読ませることができないのに、この物語を完成させるのは意味がないことなんじゃないかって……。そう思ったら、続きが書けなくなってしまったって」

「ああ……なるほど」

ようやく、ミーアにも見えてきた。

要するにエリスは、自身の作品を一番にミーアに見せることで、忠誠を示していたのだ。まるで、収穫の初穂を神に捧げるかのように。

なるほど、それは確かに、一つの忠誠の表し方なのかもしれないが……。

「ふむ……」

ミーアは、一つ頷き、エリスのもとへと向かった。

「エリス……」

「あ、ミーアさま」

ミーアの姿をみとめたエリスは、ニッコリ笑みを浮かべた。

「この度は、お誕生日、おめでとうございます」

「ありがとう。嬉しいですわ。ところで、体調はいかがですの？」

「お気遣いありがとうございます。こうして、起き上がって普通に生活できています。これもミーアさまのおかげです」

「そう。うん、確かに顔色もよろしいみたいですし……」

体が弱いエリスのことだ。あまり無理をさせすぎてもいけない。きちんと元気に、最後まで書ききってもらうことを、切に願うミーアである。

そして、そのために、きちんと言っておかなければならないことがあるのだ。

「ねぇ、エリス、あなたは、なんのために、お話を書いておりますの？」

その問いかけに、すぐにエリスは真面目な顔で言った。

「それは、もちろんミーアさまに楽しんでいただくためです。私は、ミーアさまの専属芸術家なので……」

と、そこで言葉を切って、エリスは不安そうに首を傾げた。

「……あの、私のお話になにか気に入らないところがありましたか？」

そんなエリスに、ミーアは苦笑して首を振る。

「いいえ、違いますわ。むしろ、その逆。とても良いお話でした。わたくしは、このお話が大好きで、続きがどうなるのか、いつだって気にしておりますのよ？　だから、一番にわたくしに見せてくれるのは、とても嬉しい。光栄なことですわ」

それから、ミーアは、本題に入る。

「けれど、わたくしのためにだけ、物語を書くような真似はしないでいただきたいんですの」

「どういう意味でしょうか？」

瞳を瞬かせるエリスに、ミーアはうーんっと唸ってから、

「あなた自身も物語が好きでしょうから、わたくしが言うことでもないと思うのですけれど、物語というのは、一人の人が独占すべきものではない。みなで楽しさを分かち合うものですわ」

セントノエルで、読み友クロエを得た時、彼女と本の話をした時、心が躍ったのを思い出しながら、

ミーアは言った。

「あなたのお話は確かに楽しい。でも、それだけじゃない。人に希望を与える、読む人の心を明るくする……そんな力を持っているんじゃないかって、わたくしは思っておりますの。だから、わたくしのためだけ、なんてことになったら、もったいないって思いますの。誰か一人のためだけってなったら、それはとってももったいないって、そう思ってしまいましたの」

そう、力強く主張するミーアである。心の底から力説する！

なぜか……？　答えは簡単だ。

確かに『貧しい王子と黄金の竜』については、問題ないかもしれない。ミーアが生きてさえいればいいのだから。けれど、例えば、エリスが誰かに恋をして、その殿方のために物語を書くとしたらどうか？

その場合、まあ、ミーアも当然、読ませてはもらえるのかもしれないけれど……それがものすごーく面白くて、なおかつ、その殿方が途中で読めなくなってしまった場合、どうなるというのか……？

ミーアは、面白い物語と出会いながらも、その完結は読めないという、恐ろしい事態を招いてしまうのだ。

それは、なんとしても避けたい。気になって気持ちよく昼寝ができなくなってしまうかもしれない。

人は、蒔いた種を自らの手で刈り取らねばならぬもの。『貧しい王子と黄金の竜』に関して、自分には関係ない、と考えていると、いつか別の話で臍を噛むことになるに違いないわけで……。

それに……大好きなお話が途中で読めなくなってしまう……続きが出ずに完結しない、それは、誰にとっても悲しいことだ。だからミーアは、仮に自分が死んだ後であったとしても、『貧しい王子と

『黄金の竜』が完結して、人々に広く読まれたほうが嬉しい。

ゆえに、ミーアは拳をギュッと握りしめて言う！

「だから、あなたは、わたくしのことなど気にせず、自由に、のびのびと執筆に励んでいただきたいんですの。わたくしに、気を遣う必要など、どこにもございませんわ」

その言葉が自身の皇女伝にいかなる影響を及ぼすものか、まるで想像していなかったミーアであるが……。

ともあれ、エリスはミーアの言葉に、感動した様子で頭を下げた。

「ありがとうございます。ミーアさま……。私、目が覚めたような気がします。確かに、最近のお話は、少し小さくまとまっていたみたいな気がします。もっと自由に、大きく、物語を広げていきたいと思います！」

眼鏡の奥、キラッキラと瞳を輝かせながら、エリスは頷いた。


『貧しい王子と黄金の竜』。

それは、大陸の文学史に名を刻んだ文豪（ぶんごう）、エリス・リトシュタインの代表作である、大長編ファンタジーだ。

完成まで、実に二十年近い時を費やしたその本が描いたのは、王子とドラゴンとの心温まる友情の物語。

その本のあとがきに、筆者はこのようなことを書いている。

パトロンとして、私を支えてくださった、ミーア陛下に最大限の感謝を。私が途中で、アイデアにつまり、筆を折ろうとした時、いつも支えてくれたのは、陛下のお言葉でした。私の物語には、人々を明るくする力がある、だから、みんなでその楽しさを分かち合いたい。その言葉の中に、私は、ミーアさまの理想とする国のありようを見た気がしました。ミーアさまの理想の実現の助けに、この本が少しでも役立てるなら、暗いことの多いこの世界を少しでも明るくすることができるなら、幸いです。

エリス・リトシュタイン

一方、その物語の完結を一番に読んだという熱狂的な読者であるミーアは、読み終えて満足げに頷いて、

「ふふふ、この出来であれば、きっと産まれてくるあの子も満足してくれますわね」

などと、つぶやいたという。

その言葉が、どのような意味を持つのか……。

後の世を生きる彼女の子孫をも楽しませる素晴らしい出来であったという意味なのか、それとも……。

その意味が公に明かされることはなく……。

ティアムーン帝国初の女帝にして、叡智と称えられる女性、ミーア・ルーナ・ティアムーンの胸の内に、その答えは秘されたままだった。

Collection of short stories

新約　十日遅れの誕生会

～無欲の宰相ルードヴィッヒの秘密～

New Testament

Ten Days Late Birthday Party

書籍8巻TOブックスオンラインストア
特典SS

ティアムーン帝国の黄金時代を築いた名宰相、ルードヴィッヒ・ヒューイットは物欲の薄い人物として知られている。

こんなエピソードがある。

宰相府が火事で焼け落ちた時のこと。いち早く危機を察した彼は職員に避難を命じると同時に、自らは必要な書類の持ち出しに尽力。その後の行政作業へのダメージを最低限に抑えた。

その際、彼は一切の私物の持ち出しをしなかった。

彼の私室も燃え落ちていたにもかかわらず、何も持ち出すことはなかった。脇目も振らず、ただ、公共の書類のみを持ち出した彼は、無私の公僕として名を馳せることになるのだが……。

これに異論を唱える者がいた。その人物曰く、宰相ルードヴィッヒは別に物欲が薄いのではない。ただ、彼は一番大切にしているものを身に着けていただけのことなのだ、と。

さて、その真実は……。


一年の終わり、寒い冬の時期のこと。

誕生祭も無事に終わり、徐々に落ち着きを取り戻しつつある帝都を、一台の馬車が走っていく。

狭い路地の前、音もなく停まる馬車。一拍おいて、中から現れたのは、我らが帝国の叡智、ミーア・ルーナ・ティアムーン皇女殿下だった。

「ふぅ……」

小さく吐いた息は、白く色づいていた。見上げた先、灰色に濁った雲からは、ちらり、はらり、と雪が降り始めていた。

「ミーアさま。どうぞ、こちらです」

前を行くアンヌに案内されて、ミーアはいそいそと歩き出した。

やがて、辿り着いた場所には、一軒の家が建っていた。

そこは、忠臣アンヌの実家だった。

「おめでとうございます。ミーア姫殿下」

ドアを開けて早々に、ミーアを明るい声が出迎えた。

温かな笑みを浮かべ、口々に祝福の言葉をかけてくれるアンヌの両親と、元気な妹弟たち。その明るさに触れ、自然とミーアの頬も緩んだ。

こうして年末の一日をアンヌの家で、アンヌとともに祝ってもらうのは、ミーアの中で恒例行事になっていた。

小さいけれど、温もりで満ちあふれたこの家族のことが、ミーアはとっても気に入っていたのだ。

「今年も招待していただき、感謝いたしますわ」

アンヌの家族たちに目をやり、ミーアは穏やかな笑みを浮かべる。

「ところで、どうだったかしら？　誕生祭では、みなさん、たっぷり食べましたの？」

そう尋ねると、子どもたちは口々に、なにか言っていたが……。

そんな彼らを制し、代表して口を開いたのは、ミーアのお抱え作家でもあるエリスだった。

「もう、入らないってぐらい食べました」

もともと、体が弱く小食であったエリスであるが、ミーアのお抱えになって以来、すっかり元気になり、食も太くなったと聞く。顔の血色もよくなり……、なんだったら、ちょっぴりＦＮＹっとしているかもしれない。

試しに、ミーアはエリスの二の腕をつまんでみた。

「ひゃっ、なっ、なんですか？　ミーアさま」

驚くエリスを尻目に、ミーアは自身の腕をつまんでみる……。それから、小さく切なげなため息を吐き、

「なにはともあれ、よかったですわ。食べ物は食べられる時に食べておかないと、後で後悔しますものね」

だから、少しぐらいいろいろなものを蓄えたっていいのだ！　と……ミーアは自らのお腹をさすった。

……うん、いいのだ！

「もしかして、あまりお腹が減っていないのでは……」

ミーアの仕草を見たアンヌが、心配そうに眉をひそめた。が……、

「ふふふ、まさか。そんなはずございませんわ。まったく問題ありませんわ」

なにしろ、ミーアの目の前には、ホカホカ湯気を上げるお料理がある。パーティーで出されるような派手さはない。ないのだが、ミーアの目を誤魔化すことはできない。

その料理が漂わせる、なんともいえない良い匂い……これはきっと美味しい。ミーアの勘が告げていた。

「むしろ、食べすぎてしまわないか心配なぐらいですわね」

と、その時だった。

「失礼いたします」

玄関のほうから男の声が聞こえてきた。

しばしの後、姿を現したのは、もう一人のミーアの忠臣ルードヴィッヒだった。

ミーアは、メガネの忠臣の姿を認めて、歓迎するように笑みを浮かべた。

「ああ、来ましたわね」

「ミーアさま、これは、いったい……」

対して、ルードヴィッヒは困惑した様子だった。それも無理からぬことだろう。なにしろこれから行われるのは、とてもプライベートなお誕生日会である。

本来、ルードヴィッヒが呼ばれる理由はどこにもないのだ。

では、なぜ、ミーアが呼んだのか？　それは……、お礼がしたかったからだ。

かつてミーアは、前時間軸のお礼のために、アンヌに誕生日プレゼントを渡したことがあった。その際に、逆に招待されたのが、このアンヌの家でのお誕生日パーティーだった。

この会は、いわばミーアとアンヌ、双方がお礼の気持ちを込めて、お互いを祝う場なのだ。

そして、今年もそんな誕生会を迎えるにあたって、ミーアはふと思ったのだ。過去のアンヌにお礼をするのであれば、ルードヴィッヒにもまた、お礼をしなければならないのではないか、と。

――まぁ、なんだかんだで、クソメガネはわたくしの助命嘆願をしてくれたみたいですし。アンヌに恩義があるように、クソメガネ……いいえ、ルードヴィッヒにも恩義がございますわ。ならば……、お礼をするのが筋というものですわね。

アンヌを専属メイドに指名したことは、彼女の待遇を良くするのが目的だったし、お礼の贈り物だって、何度かしたことがある。それに対して、ルードヴィッヒには、特になにもしていないことを思い出したのだ。

ここらで一度、褒美をつかわすのが、姫としての務め……などと考えたミーアは、ルードヴィッヒを、この場へと呼ぶことにしたのだった。

「実は、日頃のお礼にと、今日はあなたに、プレゼントを用意しておりますの」

「プレゼント……ですか？」

不思議そうに首を傾げるルードヴィッヒに、ミーアは小さな木箱を差し出した。中身は、先日、町で見つけた、変わったペンだった。

「これは万年筆といって新しく開発された筆ですわ。書き心地がよく、手に馴染み……、そしてそれ以上にインクが中に入っているので、いちいち筆先につける必要がない。優れものですわ」

商人に言われるがまま、試し書きをしたミーアは一発で気に入ってしまった。これならば、要人の名前を覚える時、何度も紙に書くのがはかどりそうだ、と上機嫌になって……。

クソメガネにあげるのに、ちょうどよい品ではないか？　と思い至ったのだ。

けれど、万年筆を見たルードヴィッヒは渋い表情を浮かべていた。

「このように高価なものを、買われたのですか……？」

眉をひそめ、見つめてくるルードヴィッヒ。その理由は、ミーアにもよくわかっていた。

彼は、財政を引き締め、無駄をなくすために、貴族に節約を訴える立場だ。その彼が、無駄に高級なペンを使うわけにはいかない、と。そう考えているのだろう。

けれど、だからこそ、

「ええ。買いましたわ」

あえて堂々と頷いてみせる。ルードヴィッヒの反応は、ミーアの予想の範囲内だったから、落ち着いた態度がとれたのだ。

「なぜ……とお聞きしてもよろしいでしょうか？　あなたはお金の価値を知っている。このペンに払った金貨があれば、幾人かの民の、数日分の食費にはなりましょうに。なぜ、そんな無駄遣いを」

――来ましたわね……！

ミーアは、キリリッとした顔でルードヴィッヒを見つめる。

ずっと考えていたのだ。ルードヴィッヒにどうやって、このプレゼントを受け取らせるかを。

彼が、無駄遣いを嫌うことは知っていた。だから、たぶん、このペンを普通には受けとってもらえない。そんなことはわかっていた。

かといって、このペンではなく、なにか安物を褒美だと言って渡せばいいかというと、それもまた微妙だ。

確かに、そこいらに売っているお菓子ぐらいならば、彼は受け取るだろうが、それでは逆効果。自分の働きはこの程度か、と、やる気を削りかねないのだ。

あげるからには、働きに見合うだけの価値のあるものを、納得したうえで受け取ってもらわなければならないわけで……。

――褒美を受け取らせるだけでもこんなに面倒くさいなんて、さすがはクソメガネですわ。まったく、面倒くさいやつですわ！

頭を悩ませつつも、ミーアの瞼の裏には懐かしい忠臣の姿がチラついていた。あの、憎たらしくて、面倒くさくって……、でも、誰よりも忠義を尽くしてくれたクソメガネ……。いつだって、ミーアを教育するために、むずかしーい課題を出してきた親愛なる忠臣。

その顔を思い出しながら、ミーアは思っていた。

――これは、クソメガネからの挑戦みたいなもの。であれば、なにがなんでも、乗り越えてみせますわ！

鼻息荒く、ミーアは思考の成果を開陳（かいちん）していく。

「あなたにこそ、そのペンを使ってもらいたいと思ったからですわ、ルードヴィッヒ。わたくし、思いますの。高いものには、きちんと高い理由がある。お金を払う価値がある、と」

そうして、静かに万年筆を手に取った。その手の中で、ペンはかすかに輝きを帯びた。

「このペンにはその価値があると、わたくしは思いましたの。きちんと手入れをすれば長持ちするし、書き心地が良ければ使い手の疲れも減ることでしょう。高いお金を払う価値のある、良い品だ、と、そう考えたから買いましたの。そしてね……」

それからミーアは、じっとルードヴィッヒのことを見つめた。そのメガネの奥に、今はもういない、かつての忠臣の姿を見出そうとするかのように。

「わたくしは、あなたにもまた、その価値があると考えておりますの」

「私に……ですか？」

意表を突かれたようにつぶやくルードヴィッヒに、ミーアは頷いてみせた。

「ええ。そうですわ。なるほど。このペンを売れば、確かに幾人かの貧者を救うことができるかもしれない。けれど、あなたはこのペンを使って、それより多くの貧者を救うことができる。あなたの腕で、数百、数千の貧者を救うことができる。そうではなくって？」

それこそがミーアが考え出した答え。

そして、ミーアの心の奥にある本音でもあった。

なんだかんだ言いつつも、ミーアはルードヴィッヒの実力を疑ったことはなかった。彼ならば、このペンどころか、それよりも高級なものでさえ、釣り合う働きをしてくれる。いや、褒美で測れないほどの働きをしてくれるに違いない、と、ミーアは信じているのだ。

「だから、これは無駄遣いではない。あるいは、こうも言えますわね。これを無駄遣いとするか、それとも適正な投資とするかは、あなたの働き次第である、と……」

それから、ミーアは両手で持った万年筆をルードヴィッヒに差し出した。

「だから、もらっていただけないかしら？　ルードヴィッヒ」

「それは……、つまり、その高価なペンに相応しい働きを、これから期待していると……。そういう意味でしょうか？」

その問いかけに、ミーアは小さく首を傾げ……。

「もちろん、わたくしは、すでにあなたは、このペンに見合う働きをしていると思っておりますわ。けれど、もしもあなたが、これからもわたくしの下で尽力してくれるというのなら、これほど嬉しいことはございませんわ」

そうして、チラリ、と横目でルードヴィッヒの顔をうかがう。なにも言えずに黙っているルードヴィッヒを見て、ミーアは勝利を確信する。

――ふふふ、やりましたわ。我ながら文句のつけようのない完璧な論理……惚れ惚れしてしまいますわね。クソメガネに完勝いたしましたわよ！

そうして、勝利の感動に打ち震えるミーアであったが……、直後、驚愕に固まった。

なぜなら、その目の前、ルードヴィッヒが、躊躇うことなく膝をついたからだ。

彼は、真っ直ぐにミーアを見上げて、厳かな口調で言った。

「それならば、私は誓いましょう。あなたに必要ないと言われる日が来るまで、我が力のすべてをもって、あなたにお仕えすることを」

「え……あ、や、そこまで大げさじゃなくても……。その、誓いとかじゃなくって、約束ぐらいで大丈夫ですのよ？」

ものすごーく真面目に返されてしまい、若干、焦るミーアであった。


かくて、四大公爵家の者たちに続き、ミーアとルードヴィッヒとの間にも、新しい約束が結ばれた。

その冬は、帝国の歴史にとって大変に大きな意味を持つ冬となったのであった。


ティアムーン帝国の黄金時代を築いた名宰相、ルードヴィッヒ・ヒューイットは物欲の薄い人物として知られている。

けれど、彼をよく知る人物は、それを否定する。

曰く、宰相ルードヴィッヒには、とても大切にしているものがある、と。

どんな時も、彼の胸ポケットに収まっている大切な大切な宝物……。それはどこか古ぼけた、一本の万年筆であったという。

Collection of short stories

皇女ミーアのXプロジェクト

～無限のケーキを目指して！～

Princess Mia's X Project
Aiming for infinite cakes !

書籍8巻
電子書籍特典SS

「……ふぅむ」

ペルージャンから帰ったミーアは、白月宮殿の自室で、唸り声を上げていた。

「これは、なかなかに難題ですわ……」

豪奢なベッドの上で、ゴーロゴロ。考えがまとまらぬと、ゴーロゴロ。

そのまま寝落ちしそうになって、慌てて頬をパンパンッと叩く。

「いけませんわ。きちんと考えなければ……。せっかくの良いアイデアが無駄になってしまいますわ」

それは、ペルージャングルメツアーによって、得られた着想……。ミーア学園に食を学ぶ学部を設けてはどうかというアイデア。ふと思いついた考えは、アンヌの作ってきたカッティーラによって、さらなる進化を見せようとしていた。

「あのカッティーラ、とても美味しかったですわ。普通の小麦を使っていないというのに、実にお見事な味でしたわ。お砂糖の使用もごくわずかだとか……あのようなケーキがあるのですのね」

それは、ミーアの目の前に希望の光を見せる、素晴らしいものだった。

「タチアナさんは、あまり甘いものばかり食べていると体調を崩すと言っておりましたわ。砂糖が良くないのだと……けれど、あのようなケーキができるのであれば……あるいは」

ミーアには夢がある。

それは、ケーキのお城に住み、ケーキでお腹を満たすこと。

三食ケーキで昼寝付き。これで、体調を崩さなければ、それを天国と言わずして、なんと言おうか。

「料理長の野菜ケーキも食べすぎは禁物と言っておりましたけれど、もしも、小麦やお砂糖を使わず、体に良い材料だけで作ることができるのであれば……三食ケーキというのも夢ではないかもしれませんわ！」

そう、ミーアは……その可能性に気づいてしまったのだ！

小麦や砂糖を使わずとも、カッティーラを作ったアンヌの頑張りが、ミーアの既成概念を破壊し、新たな可能性への道を指し示したのだ。

「必要なのは、やはり、研究ですわ。アンヌもペルージャンに行かなければ、あのように見事なカッティーラを作れなかったはず。となれば……専門で料理を学ぶ場所を、ミーア学園に作るというのは、わたくしの夢の実現のための第一歩となり得るはず……」

きっと、大陸の国々には、ミーアの知らぬ食材が眠っているはず。それを使えば、もしかしたら、いくら食べても何の問題もない、究極のケーキが作れるかもしれない。

「ふむ……無限に食べられるケーキを開発するプロジェクト……。∞（むげん）ケーキプロジェクトと名づけましょう」

うむうむ、っと頷くミーアだったが、すぐに、眉根を寄せる。

「いや、しかし……話の持っていき方が問題ですわね。三食ケーキでお腹を満たす生活がしたいから、料理の研究に邁進（まいしん）せよ、とはさすがに言えませんし」

そんなことを言い出したら、ルードヴィッヒはともかく、アンヌに怒られてしまうだろう。それに、なんといっても、料理長。なんでもバランスよく食べることを推奨する、あの熊のような料理長には、そんな理屈など通用するはずもなく……。

「名前は、慎重につける必要がありますわね。ケーキは秘することとして、無限、も名前として残すのは危ないかもしれませんわ。ルードヴィッヒ辺りは気づくかも……∞……ではなく、X……。そう、

Xプロジェクトと命名することにしますわ！」

ようやく、しっくりくるネーミングができて、ご満悦なミーアである。

「まぁ、最終目標はさておき、その前段階の他国の料理研究はきっと悪いことではないはず。そうして、基礎的な料理の技術を向上させていき、その果てに理想のケーキが出来上がればそれでよし。これは、そのための第一歩と考えるべきですわ」

ということで、早速ミーア学園の長、ガルヴに一通の手紙を送るミーアである。さらに、

「新しいケーキというのであれば、あの方の協力は必須ですわね。前の野菜ケーキを生み出した、あの腕の冴え、今回も期待させていただきますわ」

宮廷料理長、ムスタ・ワッグマンにもきっちりと声をかけておくミーア……。であったのだが……

直後にその一連のことをすっかり忘れてしまうことになる。なぜなら……。

「さぁて、それでは、皇女伝のチェックをいたしましょうか」

シオンの暗殺事件という特大の難題を、皇女伝の中に発見してしまったからである。


その日、バルタザル・ブラントは、聖ミーア学園を訪れていた。

帝国の地方行政を司る赤月省に所属する彼にとって、帝国に蔓延する反農思想を一掃することは、数年来の大きな課題だった。そんな彼だから、聖ミーア学園とは、できるだけ緊密な連携を取りたいと考えている。

赤月省の中には、聖ミーア学園に対して、疑問の目を向ける者もいるが、いちいち、そんなことに構ってはいられない。

「まぁ、大事な旧友の頼みでもあるしな。ここは力を尽くさせてもらおうか」

などと、肩をすくめてはみるものの、実際のところ彼自身も今の仕事にやりがいを覚えているのだった。

さて、いつものとおりに学長ガルヴの部屋を訪れた彼は、おや？　と小さく眉をひそめた。

自らの恩師にして、聖ミーア学園の長を務める賢者が、難しい顔で羊皮紙に目を落としていたためだ。

「どうかしましたか？　我が師ガルヴよ」

そう声をかけると……、

「ああ……来たか。我が弟子、バルタザル」

ガルヴは、静かに目を上げ、深々とため息を吐いた。眉間にしわを寄せ、何事か思い悩んでいるかのような様子に、バルタザルは首を傾げた。

「なにか問題でもありましたか？　我が師を悩ませるような問題は何もないと思いますがね……」

「問題などではない。ただ、我が身の知恵の浅さを嘆いていただけのこと」

そう言うと、ガルヴは、持っていた羊皮紙をバルタザルに放ってよこした。

「これは……？」

どうやら、それは、手紙のようだった。その送り主は、ガルヴをこの学園の長に任命した張本人……。

「ミーア姫殿下からの手紙ですか……。なるほど、他国の料理を研究する学部とは」

バルタザルは、ほう、っとため息を吐いて肩をすくめた。

「なるほど。これは思いつきませんでした。しかし、確かに外交使節を迎える時などには良いかもしれませんね」

外国からの使節を出迎える際、帝国の料理によって歓迎するのは当たり前のこと。けれど、ミーアはそこに疑義を唱えたのだ。

「旅の疲れが溜まった相手には、慣れない帝国料理よりも、むしろ自国の料理のほうが良いのではないか。なにか一品でも、懐かしい故郷の味があれば、自然と会談のムードは良くなるはず。ミーア姫殿下の狙いとしては、こんなところでしょうか」

帝国内であっても、各貴族領ごとに、出される料理が微妙に違う。それを楽しめないようでは、赤月省の役人などやっていられないが……それでもたまには、自分の故郷の味が恋しくなるわけで……。

「相手を気遣う着眼点とは、さすがは帝国の叡智というところでしょうか……」

そうして、視線を上げたバルタザルは、そこに、静かな目つきで手紙を見つめる師の顔を見つける。

「なにか……？」

「いや……。ワシも最初はそう思った。なるほど、それは確かに必要なこと。ミーア学園が農業の大切さを教える学校だというのなら、それと関係の深い、料理を学ぶ学部を開設したいというのも、あながちおかしな話とは言えぬ……が、はたしてそれだけかな？」

「どういう意味でしょうか？　我が師よ。この手紙に、なにか他に意味が……？」

と、ガルヴは、手紙に書かれた一文を指さした。

「Xプロジェクト……？　これがなにか？」

「こうは思わぬか、バルタザルよ。ミーア姫殿下は無駄なことはしない方。その一つ一つには、二重、三重の意味がある。では、このXプロジェクトという名前には、なにも意味がないのだろうか、となる……」

「X……さて、どうなのでしょうか。なにかの頭文字ということも考えられますが……」

「そのことに、しばし想いを馳せていた時……不意に、これではないか、という答えに気づいてな……。思わず愕然としてしまったのだ」

「答えがわかったと？　それは……？」

首を傾げるバルタザルに、ガルヴはしたり顔で、自らの考察を開陳する。

「Xとはすなわちクロス……。二つのものを交差させよという意味。では、なにとなにを交差させるのか？　一本の線をミーア学園とするならば……もう一本の線とはなにか？」

ガルヴは意味深に、指を交差させてみせてから……、

「これは、外交と教育に影響力を持つグリーンムーン家ではないか？　つまり、ミーア姫殿下はグリーンムーン家との関係を、これをきっかけとして修復せよ、と、仰っておられるのではないか……？」

心持ち、ドヤァッという顔で言った！

師の確信に満ちあふれた言葉に、バルタザルは虚を衝かれたように固まる。けれど、すぐに、その思考は動き出す。

「そう……か。確かに、グリーンムーン家とミーア学園との関係は、未だに途絶したままでしたね。これは、迂闊でした……」

教育界に強い影響力を持つグリーンムーン公爵家。その家の星持ち公爵令嬢であるエメラルダは、かつてミーア学園にちょっかいをかけてきたことがある。

彼女の妨害により、学園に呼ぶ予定であった講師が何人も辞退するという危機を迎えたのだ。

幸いにして、ガルヴの働きにより事なきを得たものの、それ以来、グリーンムーン家とは疎遠な関

係が続いている。

けれど……状況は変わった。

ルードヴィッヒによれば、すでに、事の原因となったエメラルダとミーアとの関係は改善されている。それどころか、冬の新しい盟約により、以前より良好な関係を築いていると言っても過言ではない。

にもかかわらず、聖ミーア学園とグリーンムーン家との関係は、途絶えたままだ。これでは、帝国内の力ある講師陣を招聘（しょうへい）することはかなわない。

それは、学園にとっても、学生たちにとっても、好ましいこととはいえない。

「外国の料理を研究するとなれば、グリーンムーン家の外交力を活用しない手はない。そうやってこちらから頼ることで、あちらに名誉挽回の機会を与え、それをもってグリーンムーン家との関係を改善する、か……」

「そう。先ほどお前が言った目的を第一とするならば、グリーンムーン家との関係修復が第二の目的。この二つをクロスさせて、解決せよというのが、すなわち、Xプロジェクトの意味ではあるまいか……？」

なるほど、ガルヴの推測は実に理にかなっているように思えた。

「さすがはミーア姫殿下だ……。その叡智の輝きは、空の月のごとく衰えることはない、か」

思わず、感嘆のため息をこぼす弟子に、ガルヴは鋭い眼光を向ける。

「どうやら、ミーアさまは本気のようじゃな……」

「どういう意味です？」

ガルヴは、髭（ひげ）を撫でながら、重々しく頷き、

「本気で……聖ミーア学園を帝国一の、そして、大陸有数の学び舎にするつもりでおられる、ということだ。かのセントノエルに並びうる、最高峰の学府にしようと、考えておられるのだ」

その言葉に、バルタザルの腕に鳥肌が立った。

大陸の最高峰、セントノエル学園に並びうる教育機関。それを目指して建てられた学校というのは、各国にいくらでもある。けれど、その目的を達成できたものは、ただの一つもありはしない。

が、ミーアは、それに比肩しうるものを、本気で作ろうとしているというのだ。

「そして、その名声をもって、帝国内の農業に対する意識を変革しようとしている……。そういうことで、あろうな」

「なるほど。発言力を慮(おもんぱか)って、ということですか……」

皇女のわがままと思いつきで作った三流学校の発言ではなく、帝国の教育界の協力を得た大陸有数の学校としての発言……。

農業に対する意識改革を引っ張る象徴としての学園。皇女ミーアは、それを作ろうとしているのだ。

「だから、困っていたのだ。バルタザル」

呆然としていたバルタザルは、不意に師の言葉に我に返る。

首を傾げるバルタザルに、ガルヴは茶目っ気のある顔で笑った。

「困る？　なにになですか？　これほどやりがいのある仕事を投げ出す師匠ではありますまいに」

「一、二年で、後進に道を譲ろうと思っておったのに、こんな楽しいことになっては、辞めるに辞められぬわ」

そんな師に、バルタザルは思わず苦笑いして……、それから肩をすくめるのだった。

さて……究極のケーキ作りのために、ミーアが声をかけたもう片方の人物は何をしていたかというと……。

「料理を学校で学ぶ、か……」

ミーアの持ってきた話に、ムスタ・ワッグマン料理長は、思わず唸ってしまった。

「料理というのは、学問ではないと思うが……」

料理の世界は、職人の世界だ。

自身の舌で師を探し、弟子入りし、師の技を盗んで独り立ちする。

そのようにして、自らの料理の腕を鍛えた彼であったから、つい、学校で学ぶということに、違和感を覚えてしまったのだ。

だから、というのではないが、特にそのことに積極的に関わろうとは思っていなかった。

ミーアから言われたのも、特に協力を求められたわけではなく、ただ、そのうちアドバイスをもらいにくるかもしれない、ぐらいのものだったので、なにか要請があればその時に検討しようと思っていたのだ。

状況が変わったのは、それから少ししてのことだった。

「なんだ、このパンは……」

白月宮殿の広い調理場に、ムスタ・ワッグマンの苦々しげな声が響いた。

「料理長……」

彼の下で働く若い料理人も、困りきった顔をしている。

彼らの目の前には、いくつかのパンが置かれていた。

そのうちの一つの味を見て、ムスタは、深いため息をこぼした。

「これは、失敗作か？」

問題は、ボソボソ、ポロポロとした口触りの悪さだった。

ただただ固く、味自体も薄い。風味もあまり良くはないが、やはり、一番の問題は食感だろう。

質の悪い小麦を使って作ったパン……。まさに、そんな印象のパンだった。

「これは、どこの小麦を使って作ったのかね？」

「はい。市内に出回っている小麦です。市場の人たちからの評判がすこぶる悪いので、どんなものかと思いまして……」

若い料理人は、頭をかきながら、苦り切った顔をした。

「今年は、いつも使っている小麦の収穫が減っているらしいんですよ。この代用小麦のおかげで、不足はしないみたいですが……でも、これは……」

苦笑いをする若者を横目に、ムスタはその小麦粉の袋を見て、眉をひそめた。

「ミーア二号小麦……。そうか、これが、ミーアさまの学園都市で作られたという……」

その話は、広く知られていることだった。

皇女ミーアの飢饉対策。その一環として、開発されたという新しい小麦。

寒さに強いというその小麦は、けれど、味があまりよろしくないという。が……。

「ミーア姫殿下の名を冠した小麦の出来が悪いなどと、到底看過できることではない」

思わず、ムスタは言っていた。我慢が、ならなかったから……。

——あるいは、あの方は、気にしないかもしれないが……。

民の腹が満ち、その命と健康が保たれるのであれば、味が悪いとか、そんなことは気にする必要はないと……そう言うのかもしれない。

だが、それでも……それでも……。

「今までの小麦と違うならば、分量を変えてみればよい。焼き時間、火の強さ、水加減、試すべきことはいくらでもある。工夫が足りないから味が悪いわけで、それを小麦のせいにするというのは、料理人の恥というものだ」

静かに、決然とした声で言って、ムスタは立ち上がった。

こうして、料理人たちの挑戦は始まった……のだが……。彼らは、高い高い壁にぶつかってしまう。

「料理長、これは、パンにするのは不可能ではないでしょうか?」

彼の下で働く料理人たちは、ほどなくして匙を投げた。

ムスタ自身、心を折られそうになっていた。

分量、火加減、焼き時間、焼き方、いろいろなことを試してはみたが、味の良いパンはできなかった。試行錯誤の結果、出来上がるのは不味いパンばかり。

胸の奥に滞留した悔しさは、徐々に彼らのやる気を奪っていく。

「この食感がどうにもならない……」

悔しさを噛みしめるムスタに、調理場の誰かが言う。

「仕方ないですよ。従来の小麦が手に入らないんですから。代用品とはいえ、食べられるものがある。

これがなければ飢えていたところなのだから、美味いの不味いのと言うのは、贅沢なんじゃないでしょうか？」

その言葉を、心から否定できない自分が悔しくて……だからこそ、ムスタは頑なに首を振る。

「まだだ……。どこかに突破口があるはずだ……。なにか、方法が……」

そんな時だった。彼はふと思い出したのだ。聖ミーア学園の、料理学部のことを……。

皇女ミーアの号令のもと、各国の料理法を学ぶため、学園では様々な文献を集めているという。もしかすると、そこになにかのヒントがあるのではないか？

思い立ったムスタは、すぐに休暇を申請し、聖ミーア学園へと赴いた。

そこで、彼を待っていたのは、恐ろしい数の文献だった。外国に顔が利くグリーンムーン家の総力をあげて集められた文献の数々。それらは、大陸のみならず、海外の国にも及ぶ、素晴らしい充実ぶりだった。

「これは……」

圧倒されつつも、文献を繙いたムスタは、今まで自身が見たことのない調理法を見つけ、思わず瞠目する。

料理の研究を怠ったことはない。彼なりに本を調べたり、いろいろな料理人の料理を味わい、技を盗んできた。

けれど、そんな彼でも、遠く離れた国の料理については、知り得ないものもある。まして、海外のものを知る術など、あるはずもない。

それが、こんなにも容易く触れることができる。その意味が分からない、ムスタではなかった。

「なるほど、これが学校の強みか……」

感銘を受けつつ、周囲を見回せば、彼と同じく文献を調べる、年若い子どもたちの姿があった。聞けば、身分にかかわらず一流の教育を施す、というミーアの理想をもとに、学園には、貴族から孤児院の出身者まで、様々な学生が通っているという。

「ミーアさまの理想の学園……」

彼は、ミーアから声をかけられた時、保守的な態度をとってしまった自身を恥じた。

この件が済んだ暁には、ぜひ協力させてもらおう、と決意を新たにするムスタである。

「あの、失礼します」

その時だ。ムスタに声をかけてくる者がいた。視線を転じれば、まだ幼い、一人の少年が立っていた。

「もしや、あなたは、宮廷料理長のムスタ・ワッグマン殿ではありませんか?」

ちょこん、と首を傾げる少年に、ムスタは姿勢を正す。

どこか気品を感じさせる言葉遣い、さらに自分を知っているということから、相手が貴族の子息であると予想する。

「はい。白月宮殿で宮廷料理長を務めさせていただいております、ムスタ・ワッグマンですが……。あなたは」

「ああ。やはり。失礼しました。僕は、セロ・ルドルフォンと申します。以後、お見知りおきを」

少年、セロは、堂々たる態度で名乗りを上げる。

「ルドルフォン……というと、ルドルフォン辺土伯のご令息でしたか……」

ミーアの友人、ティオーナ・ルドルフォンとは面識があるムスタである。なるほど、よく見ると、どこか姉に似た雰囲気があるかもしれない。

「ところで、なぜ、宮廷料理長がここに？　もしや、なにかミーアさまの指示を受けてのことでしょうか？」

「いえ。実は……」

別に隠すこともないか、と、ムスタは手短に、ここにやってきた事情を説明する。っと、見る間に、セロの顔が厳しいものに変わる。

「どうかなさいましたか？」

そう首を傾げるムスタに、セロは小さく頭を下げた。

「ご苦労をおかけして申し訳ありません。実は、あの小麦を作ったのは僕たちなのです」

「なんと！」

驚愕の表情で見つめるムスタに、セロは苦々しい顔で頷く。

「ミーア二号は、ペルージャンのアーシャ姫殿下と僕が見つけた小麦をベースにして作ったものです。味のことは、僕たちも気にかかっていました……」

そう言って……けれど、セロは静かに顔を上げる。

「ご不便をおかけすることをお許しください。でも、すぐに……。今までの小麦と同じような味を持つ、寒さに強い小麦を作ってみせます。どうか、今しばらくのご辛抱をお願いします」

「新しいものを作る……あの小麦をさらに改良しようというのですか？」

「ペルージャンにはその技術があるとのことでしたから。数年以内には……作りたいと思っています。それが、僕たちの使命ですから」

幼い少年の顔に浮かぶのは、確固たる自負だった。

帝国の叡智、ミーア・ルーナ・ティアムーンに使命を託されたという自負。

それを見て、ムスタは思わず姿勢を正した。そうして、去っていくセロの背を見送りながら、ムスタはふと思う。

「ああ……そうか。こういう時のために、ミーア姫殿下は、この料理学部を作ろうとされたのか……」

それは天啓のような閃きだった。

小麦が不作になった時、食べるものがなくならないように、ミーアはセロ・ルドルフォンたちに使命を与えた。

そして、その小麦の味が不味かった時のために……ミーア学園に料理学部を作り、そして、宮廷料理長、ムスタ・ワッグマンに声をかけたのだ。

食べ物がないのだから、美味しい、不味いと言うのは、贅沢というもの。

――不味かろうと、腹を満たすために代用の小麦を食べろ。文句を言わずに食べろ……。そんなことを、あのミーア姫殿下が言うはずがなかったのだ。

いつの間にか、自分を縛っていた言葉……。それをムスタは静かに捨て去る。

「そうだ。あの方は……決して食を軽んじない。食の価値を正確に理解しているのだ」

味に関係なく、食べることさえできれば飢えはしのげる。体を生かすことはできる。でも、心はどうか？

目の前に、思い浮かぶ光景があった。

皇女ミーアの生誕祭……。あの奇跡のようなお祭り。

お腹いっぱい食べて、笑顔を輝かせる人々……。

美味しい料理は、食べた者の心をも元気に、健康にするものだ。だから、ミーアは代用の小麦を確保することで民の肉体を守り、その代用の小麦を美味しく料理することで人々の心を力づけようとしているのではないか……。

「そして、そのことを私に知らせていた。私に期待をしてくださっているということか……」

ならば、それに応えなければならない。いつも自分の料理を美味しいと言ってくれるあの方の期待に応えなければ……。そんな熱い思いに背中を押されて、料理長は、文献を調べ続け、そして、ついに発見する。

「焼かずに茹でるというのは、どうだろう……」

それは、発想の転換といえるかもしれない。

帝国料理には、パンが不可欠であるということ。小麦とは、パンを作るものだということ。そんな思い込みに縛られて、柔軟さを欠いていたことを改めて実感する。

それから、彼は改めて、高く積みあがった文献のほうに目を向ける。

「大陸だけではない。世界中にこれほどたくさんの調理法があるのだから、きっとあの小麦にも相応しい調理の仕方があるはずだ」

この時のムスタの試行錯誤と、セロ・ルドルフォンの奮闘、さらにミーア学園にかかわるガルヴとその弟子たちの陰ひなたの働きが、どのような実りをもたらすのかは、広く知られているとおりである。

皇女ミーアから、それぞれに信任を受けた彼らの想いがクロスする、それは、まさに、Xプロジェ

クトの名にふさわしく……。けれどその裏に、

「ふむ……。この料理長が考案した新しいスイーツもなかなか……。この、モチモチ感がたまりませんわね。この調子でいろいろな料理法を試していけば、いずれは……。うふふ、無限ケーキ、楽しみですわ」

などという、ミーアの∞の欲望をも含んでいることを知る者はいないのだった。

Collection of short stories

続・聖女ミーア皇女伝
外伝（エンプレスカット版）

Continued Story of Saint Princess Mia
Spin-off (Empress cut version)

書籍9巻TOブックス
オンラインストア＆応援書店特典SS

「ふぅむむ……」

白月宮殿にある女帝ミーアの執務室。

そこに、悩ましげな唸り声が響いた。

ほかならぬ、この部屋の主、ミーア・ルーナ・ティアムーンは、目の前の書類に目を落とし、眉間にしわを寄せていた。現在、ミーアは極めて重要な仕事の真っ最中なのだ。

「ミーアさま、大丈夫ですか？」

心配そうに顔を覗き込んできたアンヌに、ミーアは小さく笑みを浮かべ、

「ええ。大丈夫。エリスの原稿に問題はありませんわ。ただ、大切な原稿だから、気合を入れているだけですわ」

そう……彼女が今、熱心に読みふけっているもの、それは、エリス・リトシュタインから提出された原稿……『続ミーア皇女伝』の原稿なのである。

これはまさに、極めて重要な作業といえた。

なにしろ、かつてのトンデモ皇女伝を知るミーアである。

かつての……というか、すでに世に出回っている皇女伝なのだが、あれは、実にトンデモない内容だった。具体的には、ミーアが飛ぶ。

妖精のように飛び回って、剣を振り回して戦ったりする……。

さすがに、読者からはフィクションだと思われているだろうな、と、信じたいミーアであるが……どうだろう？

「まぁ、フィクションだと思われていたらいいたで、わたくしが、それを書かせたと思われるのは、実

に不本意……」

読者から、このミーアとかいうお姫さまは、たいそうイタイやつに違いない、と思われていそうで、なんとも恐ろしい。

ということで、今回、改めて皇女伝では書ききれなかった部分を新たに加筆、関係者の証言も付け加えた、完成保存版としての「続ミーア皇女伝」の編纂が始まることに合わせて、チェックを入れることにしたミーアである。

今回の本で取り扱うサンクランドでのことは、特に政治的にデリケートな出来事が多かったため、チェックを入れる……という名目で、介入する気満々のミーアなのである。

「ともかく、過度にわたくしを褒めたたえるような記事は、極力カットする方向で訂正を入れていくことにいたしましょうか……。さて、最初のものは……、はて？　巡礼商人ベレンゲル？　誰かしら……？」

軽く原稿を読んで、すぐにわかる。

「ああ。サンクランドの行きがけに一緒になった商人の方ですわね。懐かしいですわ。あの時は、シオンを暗殺から助けることで、頭がいっぱいでしたけど……」

などと、当時を振り返るミーアであったが……本当に、そうだっただろうか？

その思考の半分ぐらいは、食べ物に占められてはいなかったか⁉

そんな疑問を置き去りに、ミーアは原稿を読み始めた。

●巡礼商人ベレンゲル氏へのインタビュー

ベレンゲル氏は、現在、ミーア陛下が設立した大陸飢饉対策機構「ミーアネット」の運送を担う専属商人として働いている。ミーア陛下の掲げる理想の実現のために、尽力する一人である。

あの日は、晴れた一日でした。行商人日和、といった天気で。

私は、何人かの巡礼商人と共に商隊を組み、サンクランド王国の王都ソル・サリエンテを目指しているところでした。

そのころ、巡礼街道一帯には盗賊が出没するという噂が、まことしやかに流れておりました。かといって、護衛を雇えば赤字になるし、コースを変えて遠回りをするか？　などと頭を悩ませていた時に、ミーア陛下ご一行と鉢合わせになったのでございます。

最初は焦りました。なにしろ、護衛の騎馬隊だけでも、かなりの数です。一瞬、件の盗賊団が襲ってきたのか？　と冷や汗をかきました。

けれど、その護衛の一団に守られるようにして現れた立派な馬車に、思わず首をひねってしまいました。素晴らしい馬車でしたから、いったいどこのお貴族さまがいらしたのかと思ったものですが……。事情を知って、さらに驚愕してしまいました。

なにしろ、かのティアムーン帝国皇女、ミーア姫殿下のご一行だというではないですか。しかも、星持ち公爵家のご令嬢も同行されているとのこと、恥ずかしながら、腰が抜けそうになりました。

最初にミーア陛下とお目にかかった時のことを、忘れたことはありません。

馬車から降り立ち、優雅に歩み寄る、あのたたずまい……。とても美しく、気品にあふれて。月の女神とは、まさにあのような方のことをいうのだな、と、一同で話していたものでございます。

しかも、我々のような平民が話しかけるのも躊躇われるような、雲の上の方ですのに、陛下は、たいそう気さくに話しかけてくださいまして。わざわざ礼節に則った挨拶をいただきました。

「ふぅむ……」

そこまで記事を読んだミーアは、思わず唸った。

「この、わたくしの容姿について語るところ……なんとなく、エリスの私的解釈が混じっているように感じますわね……」

机の上の紅茶を一すすり。気持ちを落ち着けつつ、改めて、該当の箇所を読み直してみる。

「やっぱりそうですわ。ここ、さすがに、馬車から降りただけで、月の女神のようとは、言いすぎですわね。わたくしが美貌の姫であるということを鑑みても、少々、書きすぎですわね。もう少し抑えていただいて……事実に即した書き方ならば良いはずですから……」

現在、アンヌは替えの紅茶とお茶菓子の用意に行っている。

執務室にはミーア一人だけ……。ミーアのひとりごとは誰にも聞かれることなく、誰からもツッコミを受けることもなく……。

サラサラリンと赤字で指摘を入れてから、ミーアは原稿の続きにとりかかる。

●巡礼商人ベレンゲル氏へのインタビュー　続き

それから、我々の商隊でお買い物をしたいとおっしゃられて……。

お仲間のご令嬢の方々と一緒に、いろいろと品物を見て回られました。みなさま、見目麗しき方々でしたが、やはりミーアさまが一番目立っておられました。

商品をお買い上げいただくのはありがたいことなのですが、正直なところ、少しだけ不安でした。なにしろ、我々が扱っていたのは巡礼者用の生活品ばかり。ご満足いただけるか、と思ったのでございます。まぁ、幸いなことに喜んでいただけたようで。

ああ、そうそう。ミーア陛下といえば、野草やキノコの類に、大変造詣が深い方であったと記憶しております。売り物のキノコのお名前をどんどんと当てられておりました。さすがに、見分けがつきづらい旨芽慈茸(しめじだけ)と、紅旨芽慈茸(べにしめじだけ)とは間違っておられましたが。

ですが、間違いの指摘も素直に受け入れられ、好奇心の赴くままに、キノコを買っていかれたのには、驚きました。お仲間の方の一人に、買っていって毒抜き処理をするように仰られておりましたが……。

普通は、ねぇ……。失礼ながら、帝国の姫君なのですから、食べ物の心配もないでしょうし、わざわざ毒キノコを買う必要もないはず。

けれど、あの飽くことのない好奇心こそが、あの方が帝国の叡智と呼ばれる所以(ゆえん)なのだな、とも思わされました。その瞳に、叡智の輝きを閃かせながら、熱心に商品を選ぶミーア陛下のお姿は、まさに……。

そこまで読んで、ミーアは再び唸った。

「そういえば、そんなこともありましたわね。この時、思いつきで毒キノコを買っていなければ大変なことになるところだったんですわね。危ないところでしたわ」

エイブラム王を暗殺の魔の手から救ったものこそが、この毒キノコだった。

あの時、もしも、シュトリナに指示を出していなかったら……、そして、シュトリナが解毒に使うものであると誤解をしていなかったら、どんなことになっていたか……。

「恐ろしい話ですわ……。恐ろしい話を読んだら、なんだか……少しお腹が減りましたわね」

などと、つぶやきつつ、机の上に置かれていたクッキーをパクリ、サクリ、ペロリ、とやってから、改めてミーアは原稿に視線をやる。

「まぁ、このベレンゲルさんの証言自体はよろしいのですけど……このキノコの部分に関しては、少々、訂正の余地がありそうですわね。これでは、わたくしが、キノコのことをわからぬ愚か者のように見えますし……」

つい先日、忠義の料理長より、キノコ狩りをきつく諫められてしまったミーアは、筆を手に取った。

それから、さらさらと、原稿に書き入れる。

「ふむ、ここの部分を削除していただければ、わたくしがキノコに詳しくないなどという偽りの印象（フェイクニュース）は広がらないはずですわ。そうすれば、料理長も見逃してくれるかもしれませんし……うん」

いともたやすく改竄（かいざん）を受ける続ミーア皇女伝であった。

どこかで（……具体的にはサンクランド王国とブルームーン公爵領あたり）、誰かさんの悲鳴が聞こえたような気がしないでもないが……。

そんなことは気にしない、器の大きなミーアなのであった。

さて、それから半刻ほど経った時のこと。

こんこん……。ノックの音とともに、ミーアは素早く筆を持った！

代わりに持っていたクッキーをササッと口の中に片づけ、ペロリ、ゴクリとやってから、紅茶で喉を潤して、体裁を整える。

「どうぞ」

などと、さも仕事をしていたかのように振る舞う。女帝になって以来の早業は、なかなかのものだった……のだが。

てっきりアンヌが戻って来たのかと思ったのだが、入ってきたのは意外な人物だった。

そこに立っていたのは、ミーアのお抱え作家、エリス・リトシュタインだった。エリスに続いて、姉のアンヌも、新しい紅茶とお茶菓子を持って現れた。

「まぁ、エリス。わざわざ来てくださいましたのね」

と言いつつ、ミーアはチラリ、とアンヌの手元のお茶菓子をうかがう。

——あれは……っ！　氷菓子⁉

口の中でとろける、甘くて冷たぁい極上お菓子に、ミーアは思わず目を見開いた。

「あっ、申し訳ありません。ミーアさま、その……妹の分もお茶を用意してしまったのですが……」

どうやら、ミーアの鋭い視線を誤解したらしい。アンヌがちょっぴりすまなそうに言った。

なるほど、確かに、彼女が運んできたトレーの上には、紅茶のカップが二つ載せられているが……。

「ああ。それは問題ありませんわ。というか、せっかくですから、アンヌも一緒に食べたらよろしいですわ。せっかくエリスが来たのですから、姉妹で積もる話もあるでしょう」

なんでもないことのように言って、それから、ミーアはエリスに視線を向けた。

「さ、どうぞ。そちらに座って。忙しいところ、申し訳なかったですわね。皇女伝の続きなんて、面倒なお仕事をお願いしてしまって」

そう言うと、エリスは静かに首を振った。

「いいえ。ミーア陛下の偉業を記録することは私の喜びです。それに、以前の皇女伝では、ミーアさまのご栄光を完全に書き記すことはできなかったように思っていましたから、新たな機会をいただけたこと、感謝いたします」

そう言うと、エリスは眼鏡の位置をクイッと直し、

「与えられた信頼にお応えできるよう、今回は、しっかりと不足なく書いてきたつもりなのですが……いかがでしょうか？」

やや前のめりになるエリス。正直なところ、前回の皇女伝はむしろ書きすぎだったというか、モリモリに盛りすぎだったので……気合が入りすぎのエリスに一抹の不安を覚えるミーアであったが……。

そんな心の内を穏やかな笑みに隠して、ミーアは言った。

「ええ。今、ちょうど最初のベレンゲルさんの記事を読んだところですわ」

「元巡礼商人の方ですね。その方は、とても協力的にミーアさまのことを話してくださいました。話が盛り上がりすぎて、まとめるのに苦労したほどです」

「そうなんですのね……ん？　元……ああ、そういえば、そんなことが書いてありましたわね。今は、ミーアネットに所属している商人だと……」

「はい。クロエさんを経由してお会いすることができました」

クロエ・フォークロードは、今や、ミーアネットを取りまとめる代表の座についている。各地の商人にも顔が利く彼女は、ある意味で、ミーア以上に各国に人脈を持っていた。

「なるほど。そうだったんですのね。そう言えば、クロエからもらっていた商人のリストに、ベレンゲルという名前があったような気がしますわね」

とそこで、ミーアはかすかに苦笑する。

「しかし、思わぬところで思わぬ縁が生まれるものですわね。まぁ、知らぬ仲でもありませんし、安全に仕事ができるのなら、それに越したことはありませんわ」

護衛を雇うことも躊躇うような巡礼商人を続けるより、大きな組織であるミーアネットの一員として仕事をするほうが、おそらく安全だろう。後々、あの時の商人は盗賊に殺されました、などと聞かされれば、後味が悪いことになるだろうし。

そんなことを考えつつ、原稿の続きに目を落としたミーアは、次に現れた名前に苦笑いを浮かべた。

「ランプロン伯……。これはまた、懐かしい……。いえ、つい最近、聞きましたから、懐かしいということはないかもしれませんわね」

先ごろ、サンクランド国王シオンが立ち上げた中央議会。その初代議長がランプロン伯だった。

エシャールの一件を経て、すっかり悔い改めた彼は、若きシオン王を支え、国政の安定に尽力していた。

「かつての敵が手を取り合って、協力して国を治めていく。世の中はなかなかに面白いものですわね」

ミーアの脳みそが、糖分を摂取したことで一時的に回転数を上げ、含蓄あふれる風に修飾した言葉に、エリスは深々と頷いた。

「ランプロン伯も、とても協力的にお話を聞かせてくださいました。もっとも、ちょっとだけ悔しそうな顔はしていましたけど……」

「悔しそう？　はて……」

小さく首を傾げつつ、ミーアは原稿を読み始めた。

●サンクランド王国、ランプロン伯爵へのインタビュー

帝国の叡智、ミーア・ルーナ・ティアムーン皇女殿下……。いや、今は女帝となられたのであったか。ふふ、あの方との邂逅(かいこう)は、まったくの不意打ちだったのだ。

誤解を恐れずに言うなら、当時の私はシオン陛下と対立していた。

セントノエルに行く前のシオンさまは、サンクランドの正義を体現した素晴らしい方だった。善なるサンクランド国王による、大陸全土の統治。それによって民心を安んじることに、なんの疑いも持たれていなかった。

けれど……変わってしまわれた。サンクランドだけが正義ではない、と……その姿勢に、私は反感を覚えていた。そして、もうお一人の王位継承者たるエシャール殿下の発言力を増すために尽力した。

国内の貴族の中で、シオンさまと距離を置いている者、サンクランドの正義に絶対的な忠誠を誓う者、その他、味方にできそうな者に声をかけ、積極的に派閥工作を行っていた。

そんな我らにとって、一番の問題は、当時のシオン殿下とミーア姫殿下との間にある連帯だった。

サンクランドに並びうる大国、ティアムーン帝国との太い繋がり。それに対抗すべく、我々も帝国内での影響力を求めた。

それが、エシャール殿下とグリーンムーン公爵家令嬢との縁談だったのだが……。

秘密裏に進めた話であったにもかかわらず、蓋を開けてみれば、ミーア姫殿下には完全に筒抜けであったのだ。

あの時のことを思い出すと、今でも冷や汗が出る。

警備の手はずを整え、周辺へのお披露目の準備も万端。グリーンムーン公爵令嬢は、縁談に乗り気ではないと聞いていたが、既成事実を作ってしまえば大した問題ではない。王子との婚約を反故にはすまい、と……いささか、卑怯な計算まで立てていたのだが……。まさか、そこに、敵であるミーア姫殿下ご自身が現れるとは……。

報せを聞いた時、恥ずかしながら、震えが止まらなかった。驚愕し……そして、一本取られたと、悔しくさえ思った。

だが、後から考えると、私はあの瞬間に、すでに負けを認めていたのかもしれない。帝国の叡智の真の深み、その底知れぬ叡智の源泉を実感して……だから、私は畏敬の震えに襲われたのではなかったか……。

その後の一連の事件、王家の方々が胸に抱くあらゆる葛藤を解きほぐし、シオン殿下、エシャール殿下の仲を修繕し、最善の形へと導いた、あの鮮やかな手腕。

けれど、不思議なことに、私は別に悔しくはなかったのだ。政略的には完全な敗北であったにもかかわらず、すべてが終わった時、私の胸にあったのは、ただただ、ミーア陛下に対する畏敬の念のみだった。敵意など、悔しさなど、いつの間にやら欠片も残さず吹き飛ばされてしまったのだ。

あれは、あれこそがまさしく叡智であった。帝国のではない。この大陸の、否、おそらくは大陸にすら縛られぬ広がりを見せる、あれは、この世界の叡智と呼ぶべき……。


そこまで読んだところで、ミーアは……原稿をそっと閉じ……。おうふ……と、ちょっぴりヘンテコなため息を吐いた。

「……ちなみに、エリス。この話をお聞きした時、ランプロン伯は素面(しらふ)でしたの？　なにか、こう……強いお酒などを飲んだりは……」

眉をひそめつつ、そう尋ねると、エリスは、おかしそうに笑った。

「確かに、相手の口を滑らかにするためにお酒を勧めることもありますけれど、この時はまったくでした。ミーアさまのことをお聞きしたいと言ったら、喜んで、たくさんお話しくださいました。それに、ランプロン伯は礼儀正しい、良識的な人物として知られた方ですから」

「そう……」

自らの与り知らぬところで、大変重たい信頼を得てしまい、若干、引いているミーアである。

──あの方とは、そこまで直接的な面識があるわけではございませんのに、大陸を越えた叡智って……、どれだけですの……？　というか、わたくしは、いったいぜんたい、なにを期待されているのやら……。

試しに続きに、かるーく目を通すと、あの夜の暗殺未遂事件に関連する記事が続いていた。関連する……ミーアの礼賛記事が……。

胸やけを覚えたミーアは、溶けかけの氷菓子の最後の一口を舌の上にのせる。

広がる甘い冷たさに、頭が冷静さを取り戻していく。

――しかし、こう……これを読んでると、確かに、このミーアさんという人は、大陸の叡智と言っても過言ではないほどの大人物に見えてきますわ。文章マジックといったところですわね。

改めて、エリスの文章力に舌を巻きつつも、ミーア、注文をつけることにする。

この記事を真に受けた読者が、はたして、女帝ミーアになにを期待するのやら……想像するだけで恐ろしかったので……。

「とりあえず……、そうですわね。ここの部分のランプロン伯のくだりは、少しだけ削るのが良いのではないかしら？　ほら、暗殺未遂事件のことは世に出すわけにはいきませんし。まぁ、記録は記録として、帝国の文書保管室に保管しておくとして、世に出すものにはもう少し手を加える必要がございますわね」

「なるほど。そうですね、確かにサンクランド側にとっては醜聞となるところもありますし、おそらくですが、ランプロン伯も、ミーアさまが削るだろうことを予想して話をされていると思います」

「サンクランドに不利になるようなことを、わたくしの名で発表したら大変ですわ。エシャール殿下にもかかわることですから、エメラルダさんから抗議をもらってしまいそうですし。まぁ、この後でルードヴィッヒにもチェックをしていただきますけれど、とりあえず、この辺りのことは削って……」

などと、しっかり、誤解のないように削る箇所を指摘していく。自らの、誇張された功績を削ぎ落としていく。

そんなミーアの要望を聞いたエリスは、大きく一つ頷いて、

「そうですね。でしたら、これでどうでしょう？」

そうして書き直された文章はこんな感じだった。

●エリスの訂正記事

サンクランドで起きたこと、その全容をここに書くことはできない。ミーアさまの功績のすべてを書き記すことは、たとえ大陸中の紙を使ったとしても叶わないことだからだ。

だから、ここにはただ、サンクランド王国の重鎮、ランプロン伯が残した、ミーア陛下に対する評価のみを記録しておきたい。

伯爵は私にこう言った。

「ミーア陛下、あの方は紛れもなく、世界の叡智である」

と。


即興で書き直したエリスの記事を見て……ミーアはきょとんと首を傾げた。

「……妙ですわね。なんだか、具体的になにをやったのか書かなくなった分、余計にものすごいことをやった感が出てしまっているというか。読み手の想像力を掻き立てる書き方になってしまったような……」

などと、しきりに首を傾げるミーアであったが、具体的な反論を思いつかずに、結局は、記事に許

可を出してしまうのだった。

さて、ランプロン伯の記事についての討論が一段落し、ミーアは紅茶で喉を潤した。

ふぅっと息を一つ吐き、それから、ふと思いついたようにエリスを見た。

「そういえば、皇女伝もよろしいのですけど、小説のほうはどうなっておりますの？　『貧しい王子と黄金の竜』の新作は……」

「はい。そちらも書き進めています。今回のサンクランドへのインタビュー旅行がヒントになりましたから、また楽しいものをお読みいただけるんじゃないかと思います。やはり、実際に旅をしてみないとわからないことってありますよね」

ニコニコと嬉しそうに笑みを浮かべるエリスに、ミーアもちょっぴり嬉しくなる。

——考えてみれば、エリスがサンクランドに旅行に行くというのも、感慨深いものがありますわね。

出会ったばかりのころ、彼女は自室で横になっていた。

体が弱く、あまり外に出ることもできず。だから、本物の姫であるミーアに会えたことを、ものすごく喜んでいた。

それが、サンクランドへの旅路に耐えられるまで体が丈夫になったことが、ミーアにはとても喜ばしいことのように思えた。

「お体のほうは大丈夫なんですの？」

「ありがとうございます。ミーアさま。おかげさまで、体に良いものをたくさん食べさせていただきましたから、最近は、元気があり余ってるんです」

両腕で力こぶを作りながら、エリスは笑った。

「今度は、船旅にもご一緒したいですね」

「うふふ、いいですわね。船旅。ガヌドス港湾国から、船で遊びに出かけるのは、なかなか乙なものですし。今度、計画を立てようかしら？」

エメラルダは未だに、夏は船旅に行くことを習慣にしているらしい。エシャールを伴っての船旅がとっても楽しかった、と先日、自慢話を聞かされたばかりだ。

きっと、ミーアたちが同行したいと言ったら、喜んでくれるだろう。

「でも、その前にサンクランドにも行きたいですわね。なんだか、お話ししていたら、懐かしくなってきてしまいましたわ。しばらく忙しくって行けておりませんけれど……。ふむ、確かエメラルダさんが、もうすぐエシャール殿下を伴って行くようなことを言っていたはず……。であれば船旅の前に、そちらに同行して……」

楽しい旅行の計画にふけるミーアは、まだ知らない。

ちょっとした旅行のつもりが、思わぬ大きな条約を締結する、きっかけになってしまうことなど……。

それを聞いたルードヴィッヒら、彼女の忠臣たちは仰天し、エリスの書く皇女伝はさらに厚みを増すことになるのだが……。

「ふふふ、サンクランドもお料理がとっても美味しいですし、今から、計画を練らなければなりませんわね」

ウッキウキと体を弾ませるミーアは、知る由もないのだった。

Collection of short stories

ルードヴィッヒと「女帝ミーアの箴言集」

WITH LUDWIG
"EMPRESS MIA'S COLLECTION OF PROVERBS"

書籍9巻
電子書籍特典SS

『女帝ミーアの箴言集』という本がある。

ティアムーン帝国が誇る名宰相、ルードヴィッヒ・ヒューイットの手によって編纂されたそれは、帝国の叡智ミーア・ルーナ・ティアムーンの言葉をまとめた書物である。

その含蓄に富んだ言葉は、多くの人々に知恵を与え、悟りを与え、慰めと励ましを与える金言として、各国に知られている。

これは、そんな『女帝ミーアの箴言集』と編纂者ルードヴィッヒにまつわるエピソードである。

●ミーア箴言1『甘い物は人生を明るくする。だから、甘い物を食べて、心と体を元気づけて、その後で動けばいい』

「失礼いたします」

その日、ルードヴィッヒは女帝ミーアの執務室を訪れていた。

ノックをして中に入る。と、ミーアはなにやら、眉間にしわを寄せて腕組みしていた。

「あの、ミーアさま……？　例の書類をいただきに参上いたしましたが……」

声をかけると、ミーアは、ハッとした顔をした。

「え？　ああ、そうそう。そうでしたわね。ええっと……」

ごそごそ、机の上を漁ってから、ミーアは数枚の書類を取り出した。

「これですわね。処理をお願いいたしますわ」

どこか上の空で手渡ししてくるミーアに、ルードヴィッヒは首を傾げる。

それから、素早く机の上を確認。紅茶とお茶菓子は……ある！　ということは、糖分の不足で、ぼーっとしているのではない！

――なにか、考え事をされていたのだろう。

であれば、邪魔をすることはできない。ルードヴィッヒは、書類を受け取るために素早くミーアに歩み寄った。

「……タチアナさんを納得させるために」

相変わらず、何事か考え込んでいるミーア。その口から、小さなつぶやきが聞こえる。

――タチアナ……というと、ミーアネットに所属している医官の女性だったか。

執務室を後にしつつ、ルードヴィッヒは考える。

「ミーアさまは、なにをお悩みなのか……」

帝国の叡智ミーアという人は、一人でなんでもできてしまう人だ。臣下の知恵など必要としないこともしばしばで……だが、そこで思考停止してはいけない。

なんといっても、自分は、女帝ミーアの臣下なのだ。

なんとか、助けになれないだろうか？　自分にもできることが、必ずあるはずだ。そう叱咤しつつ、ルードヴィッヒは自らの執務室に戻ってきた。

それから、気持ちを切り替えて受け取った書類に目を通し始める。と、ほどなくして……。

「おや、これは……」

彼は書類に一枚のメモが紛れ込んでいるのを見つけた。

そのメモには、こう書かれていた。

〝甘い物は人生を明るくする〟

〝甘い物を食べた後、動けばいい〟

走り書きのような文字に、ルードヴィッヒは首を傾げる。

「これは……」

そこに書かれた文字を読みあげ、ミーアがつぶやいていた名前を思い浮かべる。

「……なるほど。そういうことか」

組み立てた推論を頭の中で反芻し、それから満足げにルードヴィッヒは頷いた。


翌日のことだった。

同じようにミーアの執務室を訪れたルードヴィッヒは、未だに難しい顔で唸っているミーアを見つけた。

昨日、組み立てた推理と、ミーアに必要そうな助言を頭の中に思い浮かべながら、ルードヴィッヒは言った。

「ずいぶんとお悩みのようですね」

「え？　あ、ええ。まぁ、その、いろいろと……」

などと、ちょっぴり焦った様子を見せるミーアである。そんなミーアに、ルードヴィッヒは、自らの推論を披露することにする。

「昨日、タチアナさんのお名前が聞こえましたが……、それは、ミーアネットに所属する医官のタチアナ嬢のことでしょうか？」

「あ、き、聞いていたんですのね？　いえ、その……」

「彼女は苦学生だったと聞いていますが……。もしや、ミーアさまは、彼女と同じような境遇の学生か、もしくは、聖ミーア学園の子どもたちに贈る言葉をお考えではありませんか？」

くいっと眼鏡を押し上げつつ、ルードヴィッヒはミーアを見つめる。

対するミーアは、

「え？　あ……お、う、ぐむ……」

なにやら、苦い顔をしたが、やがて、しぶしぶといった様子で頷いた。

「……ええ、まぁ、そんな感じですわ。だいたい……」

やはりそうか、とルードヴィッヒは頷いた。それから、ミーアの様子に思わず苦笑する。

どうやら、ミーアは、考えている途中の原稿を読まれるのが好きではないらしい。そういう人もいるので、別に不思議なことではないのだが……。それでも、ルードヴィッヒとしては、笑わずにはいられなかった。なぜなら、ミーアの言葉は……。

「失礼ながら、ミーアさま、そのお考えの言葉ですが、とても素晴らしいと思います。月並な表現で申し訳ありませんが、非常に感動しました」

そう、ミーアの考えた言葉は慈悲深く、されど、しっかりと統治者の威厳を保ったものであった。

「絶望して倒れた者に、まだ動けると言って鞭打つのは、愚鈍な統治者のするところ。されど、永久に怠け続けても良いと甘やかすのもまた、凡百の統治者のやり方。だからこそ、ミーアさまは言うのですね。『甘い物は人生を明るくする。だから、甘い物を食べて、心と体を元気づけて、その後で動けばいい』と」

その優れたバランス感覚に、ルードヴィッヒは改めて瞠目する。

ただ厳しくするだけでもなく、ただ、怠けるがままにしておくのでもない。進むべき道を、ミーアは指し示すのだ。

「子どもたちに語るのに、とても素晴らしいお言葉だと思いますが……」

「え？　あ、ま、まぁ……あなたにそう言っていただけるなら、安心ですわ。うん……」

微妙な顔をしつつも、ミーアは一つ頷いた。

その様子を見て、どうやら、背中を押せたらしいことに、ルードヴィッヒも満足の笑みを浮かべる。

けれど……次の瞬間、ふと、激しい焦燥感に駆られた。

――今回は、たまたまメモという形だったから、ミーアさまのお言葉に触れることができた。けれど、今までには、私の知らないところで、たくさんの叡智の言葉が語られたのだろう。それを直接聞いた者は、その言葉から力を得ることもできたであろうが……。

だが、それではあまりにももったいないのではないだろうか？　限られた人間しか、その言葉を聞けないのは、ひどくもったいないことなのではないか？

ミーアの言葉を、後の世代に語り継ぐのは、同時代を生きる自分たちの責任なのではないか？

……湧き上がる使命感に胸を焦がしながら、ルードヴィッヒは早速動き出した。

翌日、ミーアの執務室を訪れたルードヴィッヒは、決意のこもった口調で言った。

「ミーアさまのお言葉をまとめた箴言集を作ろうと思うのですが、いかがでしょうか？」

と。

ルードヴィッヒが部屋に入ってきた時から、ミーアは嫌な予感がしていた。実に真剣かつ鬼気迫るような雰囲気に、こう……いやぁな予感がしていたのだ。

そして、ルードヴィッヒの言葉を聞いた瞬間、思ったのだ。

「……箴言集？」

まぁた、おかしなことになってきたぞぅ……っと。

ミーアの疑問の表情に、ルードヴィッヒは深々と頷き、

「ええ。ミーアさまのお言葉を本の形にして後世に残したいと考えています……。もちろん、いくつかのお言葉、例えば、セントノエルにおけるパン・ケーキ宣言などは、すでにいろいろなものに記録されていると思います。あるいは、先日メモに残されていたような言葉も、多くの生徒たちの心に残るとは思います。けれど、それを実際に聞くことのできない後の世代にも伝えたいと、私は思っているのです。そうしなければならないと」

「先日のメモ……」

はて？　と首を傾げたミーアだったが、すぐに思い至る。先日、うっかりルードヴィッヒのもとに渡ってしまったメモのこと……。

無論……というか、当たり前のことではあるのだが……、先日のメモは、ミーア学園の子どもたちに向けての餞（はなむけ）の言葉、などではない。もちろん違う。そんな真面目なものではなく、あれが、なにかといえば……。

——甘い物を食べすぎたらいけないというタチアナさんに、どうやって反論しようか考えてただけ

なんですけど……。

これである。

甘い物のない人生など、彩りを失くした灰色の人生。甘い物は人生を明るくする。もし食べすぎたなら、その分、きちんと運動すればそれでいいじゃない？　食べた後、動き出せばいいじゃない！

そのような『言い訳』を思いつき、これはなかなかいいかも？　と記録しておいたものが、例のメモだった。

「あのメモの言葉に、私はとても感銘を受けました。バランス感覚に優れた統治者の言葉だったと思います。そのミーアさまの叡智の一端だけでも、後世の者たちに残してやりたいのです」

なんだか……ルードヴィッヒが燃えていた。

そこまで熱く推されてしまえば、ミーアとしてもなかなか断りづらいものがあり……。

――ま、まぁ……わたくしもいろいろな場所で、いろいろなことを言っておりますし？　その中には、それなりに立派に聞こえる言葉もあったはず……。それをルードヴィッヒが厳選してまとめてくれるならば、それなりのものに見えるかもしれませんわね……。

新しくなにか「良いことを言え！」などというわけでもなく、ミーア自身の負担は大したことはない。であれば、まぁ……。

ということで、ミーアはしぶしぶながら、頷いてみせた。

「そこまで言うならば、進めていただいても構いませんわ。ああ、念のために、原稿はわたくしがチェックいたしますけれど、それでもいいかしら？」

「それは、もちろん。元よりそのつもりです。間違いがあったら、大変ですから」

そう言って、ルードヴィッヒはドン、と力強く自らの胸を叩いた。

「早速、編纂チームを編成し……」

「ああ……そ、そこまで気合を入れなくっても大丈夫ですわよ？　いや、本当に、それなりのもので全然構いませんわよ？」

などと言うミーアの言葉は……当然、届くはずもなく。

かくて、女帝ミーアの快諾！　を得て、ルードヴィッヒは動き出したのだった。

●ミーア箴言2『三日も身を清めなければ臭うようになるのは、人間ならば当然のこと。遠方より来る旅人とそう変わりはない』

宰相ルードヴィッヒの仕事は、多岐にわたる。それは自国内に留まるものではなかった。時に、彼自身が足を伸ばして、要人を訪ねる必要も出てくる。

特に、女帝ミーアが他国との関係性を重視する人であったため、必然、女帝の右腕たる彼が国の外に赴くことも少なくはなかった。

その日、ルードヴィッヒは、要人との会談のため、帝国南方、ルドルフォン辺境伯領を訪れていた。ベルマン伯爵と会合し、皇女の町の聖ミーア学園に立ち寄り、ルールー族の族長とも会談しての強行軍。さすがに疲れを感じ始めたころに、ようやく、宿に到着した。

宿では、先に来ていたバルタザルが待っていた。

ルードヴィッヒの姿を見たバルタザルは、ため息交じりに肩をすくめ……。

「やれやれ……ルドルフォン殿にお会いする前に、身を清める必要があるな……」

「なるほど。違いないな。さすがにこれでは礼を失する」

そう言ってから、ふと、ルードヴィッヒは自らの服の臭いを嗅いだ。そうして、思わずといった様子で、苦笑いを浮かべる。

「どうかしたのか……？」

怪訝そうに眉をひそめるバルタザルに、小さく首を振ってみせて、

「いや……なに、少し思い出したことがあってな……」

どこか遠く、懐かしい場所に目を向けるように、ルードヴィッヒは目を細めた。

耳に甦るのは、かつての新月地区での、ミーアの言葉だった。

——三日も身を清めなければ臭うようになるのが人間、か……。なるほど、真理だったな。ミーアさまは、あのお言葉で示されたのだ。貧民街に住んでいる者たちと、我々とが同じ人間である、と……。

帝都に住む者たちの中には、しばしば、あの貧民街の臭いを蔑む者がいた。ルードヴィッヒとて、あの地を近寄りがたい場所と認識していたのだ。

では、その地に住まう者たちのことは、どうだっただろうか？

彼らもまた帝国の臣民であると、そう思っていただろうか？

あの時、地面に倒れた薄汚れた子どもを見て、駆け寄るのを躊躇（ちゅうちょ）しなかっただろうか？

ミーアは、そんなルードヴィッヒたちの、貧民街に対する差別的な見方に異議を唱えたのだ。

遠き地より旅をしてきた者と大差はあるまい、と。

他国より、報せを持ってきた使者も同じように汗と汚れにまみれているはず。お前は、そのような人を蔑みの目で見るのか？　と。

そして、その問いかけに説得力を持たせるように自ら行動するミーアの、その行動の結果が、先日、再会したワグルだった。あの時、ミーアが抱き起こした少年こそが、彼だったのだ。

ミーアの言動が、行動が切り開いた未来。ルールー族との友好関係も、ミーアに忠誠を誓う優秀な青年ワグルも、あの時のミーアの行動がなければ、存在しなかったものなのだ。

「あの問いかけは、なかなかに厳しいものだったな……」

厳しく……されど、真実を射抜いたものだった。

あの場所に近寄らず、放置している者たちに、ミーアは真実を突きつけ、迫ったのだ。

帝国の叡智の言葉は、見て見ぬふりを許さない。

問題が闇に覆われているならば、知恵の光を持ってそれを明らかにし、解決の道筋をも指し示す。

「そうだ……。あの言葉もまた記録しておくべきものだろう……」

そう心に決めるルードヴィッヒであった。

●ミーア箴言3『パン・ケーキ宣言』

「今日、食べるパンがなくて飢えた者がいるなら、明日、あなたが楽しみに食べる予定だったケーキを出して、一緒に食べなさい。ケーキを惜しんで、困窮している者を放っておいてはいけない」

ティアムーン帝国の南東、いわゆる帝国の辺土領域とヴェールガ公国とに国境を接する国があった。名を、ツロギニア王国という。国力的にいえば、ティアムーン、サンクランドはおろか、レムノ王国よりやや劣る程度の国だった。

古くからヴェールガ公国との関係を築いてきたこの国は、ヴェールガの宗教的権威に追従することで、その立場を確立してきた国であった。

そんなツロギニア王国に、人徳の人として名が広まった貴族がいた。

イスト・ベルグストローム。ツロギニア王国の北方に領地を構える伯爵にして、ミーアの同窓生である。

その日、ティアムーン帝国の宰相ルードヴィッヒ・ヒューイットの訪問に、イストは緊張の面持ちを隠せずにいた。

——帝国の叡智、ミーア陛下の右腕と噂される男だ。平民出身とはいえ、軽々には扱えまい。

通常の外交使節に対する以上の厳粛さをもって、彼はルードヴィッヒを出迎えた。

「この度の会合、応じていただき感謝いたします。ベルグストローム卿」

深々と頭を下げるルードヴィッヒに、イストは慌てた様子で首を振った。

「いやいや、それは当然のこと。我が領民は、ティアムーン帝国の救援により命を救われた。いくら感謝しても足りるものではない」

「我が主、ミーア陛下は仰っておいででした。困った時はお互いさま、と。だから、我々が困窮した際には、しっかりと助けていただきますよ」

そうして笑うルードヴィッヒに、イストは好感を抱いた。

さすがは帝国の叡智の腹心。実に仕事のできそうな男であった。

「さて、それで、本日の用向きは？」

「ええ……実は……」

ルードヴィッヒの口から語られたのは、イストの思いもよらぬことだった。

「箴言集か。なるほど……」

「ベルグストローム卿は、ミーア姫殿下と同時期にセントノエル学園に通っておられた。その時の友誼に基づいて、ティアムーンに救援を求めた、と……私は記憶していたのですが……」

ルードヴィッヒは、眼鏡の位置を直しつつ、続ける。

「人徳の人として知られるベルグストローム卿ですが、なにか、ミーアさまのお言葉で印象に残っているものがあるでしょうか？　もしも、ありますれば、ぜひお聞かせいただきたいのですが」

「人徳の人……か」

顎をさすりながら、イストは苦笑いを浮かべ、

「では、そうだな……。私が、そう呼ばれるようになったきっかけとなるエピソードをお話ししようか」

そうして、話し出したのだ。


あの年……思い出すのも躊躇われる、あの地獄の年月……。

寒く暗い夏、日の光の恵みが尽きたのではないかとすら言われたあの年。ベルグストローム領は、深刻な食糧不足に陥っていた。

自領の作物の六割が被害に遭ったとあっては、笑みも凍りつこうというもの。

領内のいくつかの村では飢餓が起こり、救援の要請は、爵位を継いだばかりの青年、イストのもとに届いていた。

「どうなっているのだ、これは……」

「恐れながら、農作物が軒並み不作でして……。しかも、手段を講じようにも、動かせる食糧の備蓄があまりにも少なく……」

「ならば早急に国王陛下に助けを求めなければ……」

「すでに、王都に救援を求めてはおりますが、望み薄でしょうな」

老臣のすげない答えに、イストは驚愕する。

「なぜだ？　我らは、今日に至るまで国王陛下に、忠節を尽くしてきたはずではないか！」

声を荒らげるイストに、老臣は小さく首を振った。

「恐れながら、イストさま。それは、先代のベルグストローム卿の功績。イストさまのものではございません」

「馬鹿な……」

イストは、思わず絶句した。

驕(おご)りは確かにあったのだ。

ベルグストローム領は、ツロギニア王国本土から、少し離れた場所、いわゆる飛び地にあった。それは他の貴族たちからの影響を受けづらく、王でさえ、口を出しづらい土地だった。さらに、イストの父は先代国王の時代、王位継承の手助けを行った功臣でもあった。

だからだろう。彼は、自身がどれだけ疎まれているかなどとは、今まで一度たりとも考えたことがなかった。

「それに、そういった事情がなくとも、助けは来なかったかもしれません。なにしろ、我が国は軒並み、農作物が壊滅的打撃を受けておりますゆえ」

「我らを助ける余裕などないと申すか？」

「恐れながら……。各地の貴族も自領のことで精いっぱいでございましょう。国王陛下も直轄領のことだけで、手一杯なのではありますまいか？」

「馬鹿な……」

イストは絶句するほかなかった。

老臣の言葉が理解できないわけではなかった。むしろ、逆だ。理解できすぎるぐらいにできてしまった。

この異常な天候と農作物の不作……。これを見て不安に思わぬ者はいない。自然、明日食べる物、明後日食べる物が気になってしまうし、次の収穫が不作であっても問題ないよう、手元に食糧を置いておきたいと考えるのが当然のこと。

イストでもそうする。備蓄を取り崩し、困窮してる隣の領地に分け与える？　あり得ぬ暴挙だ。

「ヴェールガ公国に助けを求めるのはどうだ？　かの国であれば、我らの窮状を知らせればあるいは……」

「本気で、そうお考えでしょうか？」

眉をひそめる老臣に、イストは口を閉ざす。

自分でも無理なことを言っていることはわかっている。

ヴェールガ公国は、その権威こそ強大ではあるが、国土のほうは、それほどでもない。備蓄にしてもそこまではないだろう。あるいは、ベルグストローム領を助けるよう、他国に要請を出すことはしてくれるかもしれないが……。

はたしてそれに従い、ベルグストローム領を助けてくれる国があるだろうか？

自国の貴族たちですら助けるのが難しい状況。なぜ、他国を助けている余裕があるだろうか？

「望み薄か。だが、なにもやらずにいるよりはマシだ。この期に及んで、大量に備蓄を抱え込んでいる国など……いや、そうだ……。確か、聞いたぞ。備蓄を進めている国があると……」

イストは不意に思い出す。

ティアムーンは食糧を大量に備蓄している。そんな噂が確かにあったはずだ、と。

かの帝国は、農業国たるペルージャンを従える大国。もしかしたら、助けを求めれば……あるいは……。

「いや……それも無理か……」

開きかけた希望の花は、すぐにしぼんでしまう。

彼の理性が、それを否定する。あり得ない、と。

農作物の不足は、明らかに大陸全土を覆うもの。

ティアムーンとてその影響から逃れることはできないはずだ。

そもそも、ティアムーンが大量に備蓄を進めていたのは、その必要があるからだ。

大きな国土を持つ帝国には、それに比例して多くの民が住んでいる。

その民を飢えさせぬよう準備をしようというのであれば、それなりに大量の備蓄をしておかなければならないだろう。


やはり、帝国にだって、他国を助ける余裕はない。ないはずで……。

「だが…………そうだ。それでも、座して死を待つわけにはいかない……」

ため息を吐き、彼はヴェールガだけでなく、ティアムーンにも使者を送る。

と同時に、彼はすべきことを始める。

「各地の食糧庫を開けよ。ティアムーンから救援が届くにしても、すぐにというわけにはいくまい。できる限り、領民に食糧が行き届くようにするのだ」

彼の指示は迅速を極めた。すぐさま、伯爵家が保管する食糧が民に配られることになった。

そうして、もともと少なかった備蓄はあっという間に底をつき、イスト自身も、食べるのに困るようになった。

「馬鹿な……。イストさま……正気でございますか？　当家が保有する備蓄を放出してしまえば、それは……」

抗議に現れた老臣に、イストは首を振って答える。

「わかっている……。わかっているから、なにも言うな。爺よ。俺も愚かなことをしたと今さらながらに思っているのだ」

一体、なぜ、こんなことをしてしまったのか……。自分でもよくわからなかった。

ただ……そう。もしも、自分が、あの帝国の皇女に頼ろうというのであれば……しなければならないことがある。そうしなければ、筋が通らないことがあるのではないか、と思ったのだ。

「かの帝国の姫は、未来を不安に思うあまり、今日飢えた者を放っておくな、と言った。その発言を拠り所に俺は、帝国に助けを求めた。そんな俺が、自分の明日の食事の心配をして、今、飢えた民を放っておくことはできないだろう」

「つまり、自信があるというのですか？　ミーア皇女殿下が、いや、ティアムーン帝国が救援を送ってくださると……」

そんなもの、あるはずもなかった。そもそも、ミーアとの面識がほぼないのだから……。

けれど……。他に手はなかった。だから、それをした。それだけだったのだ。


当時のことを思い出し、イストは苦笑いを浮かべた。

「結果として……ティアムーンからの救援により、我々は救われた。私は、人徳の領主として、民から慕われるようになった。実は、タイミング的にはギリギリだったのだ。一部の民は、暴動をおこし、食糧庫を襲おうとしていた。先手を打って、そこを開け放ったことが、幸いした」

イストの話に、ルードヴィッヒは感じ入ったように頷いた。

「なるほど。ミーアさまのお言葉を信じたがゆえ、今がある、と……」

「信じたなどと強い気持ちではなかったが……。そう。縋ったという表現が正しいだろうな」

そう言って、イストは小さく首を振る。

「あの言葉を聞いた当時は、バカげた綺麗事だと思っていたのだが……。今にして思えば、その言葉に目に見えぬ力を感じたからこそ、私は従ったのやもしれない」

「わかります。ミーアさまのお言葉には、人を動かす力がありますから……」

興奮にかすかに震える声で、ルードヴィッヒは首肯するのだった。


帰りの馬車の中、ルードヴィッヒは静かな感動に浸っていた。

「ミーアさまの話された言葉が、他国で芽吹いているようだ……」

もし仮に、ティアムーンからの救援が届いたとしても、その時に、領土が内乱に陥っていたら、どうすることもできなかった。民に大量の餓死者が出て、間に合わなかった可能性もある。

けれど、イストはパン・ケーキ宣言を思い出し、それを信じた。

ゆえに、最悪の悲劇は免れた。

ただ、助けを求めただけではない。ミーアの言葉のとおりに行動し、最良の結果を得たのだ。

「やはり……ミーアさまのお言葉は、人を善く生かすものだ。後世に残すべきものなのだ」

そんな確信を強くするルードヴィッヒなのであった。


かくて、ルードヴィッヒ肝入りのプロジェクトは進行していく。

「ふむ……。そういえば、ルードヴィッヒが言っていた、わたくしの箴言集を作るとかいう話は、どうなったのかしら……？　まぁ、ルードヴィッヒも忙しいですし、忘れているかもしれませんわね」

などと油断しているミーアであったが……。無論、そんなわけはなく……。

その数日後、膨大な原稿の束を渡されて悲鳴を上げることになるのだが……。

それはまた、別の物語である。

Collection of short stories

歴史書はかく記さん

HISTORY BOOK WRITING

ドラマCD第1弾
特典SS

帝国革命の末期のこと。

革命軍の火が帝国全土に燃え広がる中、白月宮殿での出来事。

「政略結婚……で、ございますか？」

謁見の間に、驚愕の声が響いた。

声の主は、年老いた男だった。皇帝マティアス・ルーナ・ティアムーンの養育係を務めあげた彼は、今なお皇帝の信頼厚い忠臣だった。

一度、二度と眼を瞬かせながら、忠義の老臣は、皇帝を見つめる。

対して、皇帝マティアスは深々と頷き、

「ああ、そうだ。食糧を得るため、ミーアには外国へ嫁いでもらう。国はどこでも構わぬ。相手の爵位もこの際は問題ではない。どうだ、この話、まとめてもらえるか？」

「陛下のご命令とあらば……。して、食糧はいかほど得られればよろしいのでしょうか？」

「相手に了承を得られる程度で構わぬ。婚儀が成れば、相手も我が帝国のことを無下には扱うまい」

「ということは……やはり相手は、それなりに国を動かせる立場の者でなくてはなりませぬが……」

「委細任せる。だが、無理に高い地位を求める必要もない。この際、相手は誰でも構わぬ。貴族で、それなりに金を持ち、温厚な男であれば……。とにかく、縁談の話をまとめることこそが肝要と心得よ」

首を振り、低い声で言うマティアス。老臣はジッと、かつての教え子を見つめて……。

「陛下、ミーアさまの身を用いて政略結婚を成せとのこと、臣はしっかりと心得ました。また、このような状況にあっては、それも仕方のないことと存じ上げております」

すでに、ティアムーン帝国は死に体だ。他国と交渉しようにも、使えるカードはあまりにも少ない。

各地の反乱によって、すでにいくつもの貴族家が消滅している。

最大の勢力であった四大公爵家の内、中央貴族のまとめ役たるブルームーン家は、すでに革命軍の手に堕ちた。長男サフィアスは、婚約者を人質に取られたことで投降。公爵を筆頭に、一族郎党ことごとくが処刑の憂き目に遭っていた。

レッドムーン家は自領に引きこもり、堅守の構え。帝都に守備軍を派遣しろと命じても、返答は一切なかった。

イエロームーン家もまた、沈黙を保っているが、最弱の星持ち公爵家たるあの家に、いったい、なにができるかは疑問だった。

そして、グリーンムーン家は、すでに国外に逃亡を果たしていた。

国外に逃亡……。

それを思い出しつつ、老臣は真っ直ぐに問うた。

「ですが、この政略結婚の真意は、食糧を得ることではございますまい？」

古くから自身に仕えた重臣、かつては師と仰いだ老臣に、マティアスは苦笑いを浮かべて、

「無論だ。国など、民など……もはやどうでも良いのだ」

それから、彼はそっと首を振った。

「これは、仮にも皇帝の教育係であったお前に言うことではなかったな。だが、誤解のなきようにはっきりと言っておく。政略など、ただの建前にすぎぬ。この際は、結婚のほうこそ重要と心得よ」

「つまり、ミーア姫殿下を国外に脱出させる……その体裁を整えよ、と？」

「そうだ。ただ国外に逃がそうとすれば、もはや協力する者はいないだろうが、国を救うための政略

結婚であればあるいは、協力する者もいるかもしれぬ。それに、ミーア自身も納得するであろう」

そうして、マティアスは、どこか遠くに視線をやった。

「皇帝が処刑されるは、仕方なきこと。我が身の無能は自分がよく知っている。だが、娘まで連座させたとあっては、妻に……アデラに顔向けできんからな」

「なるほど……」

「どうだ？　できるか？」

その問いかけに、老臣は深々と頭を下げて……。

「我が身命に懸(か)けましても、必ず……」

その言葉のとおり、老臣は、すぐさま行動を開始する。国内で、未だ、帝室に忠誠を誓う貴族に協力を仰ぎ、精力的に、ミーアの結婚相手を探していった。

……けれど、その忠誠は実らなかった。

交渉へと向かう馬車は、帝国国境付近で革命軍の手に落ち、老臣は忠義の果てに命を落とすことになったためだ。


歴史書は、皇帝マティアス・ルーナ・ティアムーンの最期の言葉を、こう記している。

「無念だ……あの政略結婚さえ、上手くいっていれば……」

断頭台で彼がこぼした言葉。それを、後の歴史家は「無能な皇帝の証」ととらえる。

計画された政略結婚が、仮に上手くいったとしても状況は好転しなかっただろう、と。

そのような拙(つたな)い希望に縋るようだから、絶対的な滅びを予期できなかったのだ、と。

そうして、娘想いの男は死んだ。

誰からも理解されることなく蔑まれ、人々の憎悪を一身に受けて……。


かくて、時は流転して……。


断頭台の運命を退け、初代皇帝の計画を切り抜け……混沌の蛇の計略を打ち破り、新たなる盟約と放蕩祭りにより支持を盤石にしたミーア。

その後のもろもろのトラブルも切り抜け、もはや、目の前には栄光あふれる未来への道が広がるばかり……のはずであったが。

白月宮殿の自室で佇む彼女の顔は、どこか浮かないものだった。

いや、浮かないというか、なにか、気になることがあるとでもいうように……その眉間には皺が寄っていた。

「ふぅむ……。意外でしたわ。お父さまがあんなにも簡単にわたくしとアベルの結婚を認めてくださるなんて……」

腕組みしつつ、悩ましげに唸る。

「てっきりもっとごねるものだと思っておりましたのに……あんなにもアッサリと。逆に気になりますわ……」

結婚なんか許さん！　レムノ王国の王子？　どこの馬の骨だ？　などと怒鳴られるものと思っていたのに……。あるいは「結婚を許すこともやぶさかではないが、その前に、私のことは未来永劫パパと呼ぶように……」などと無理難題を突きつけられるものとばかり思っていたのだが……。

父が出した条件は意外なものだった。

「ウェディングドレスを自分に選ばせろだなんて……。実に常識的。お父さまらしくありませんわ。これは、なにかよからぬことを企んでいるのでは……？ うう、気になりますわ」

「なにを言うか。娘のウェディングドレスにこだわりたいというのは、父として至極当然のことだ。それに、大切な日につまらぬドレスを着せては、アデラに顔向けできぬ……」

突如、響く声。目を向けると、部屋の入り口に立つ父、マティアスの姿があった。

「……陛下、娘の部屋に入る前にはきちんとノックをしませんと、臣民に対して示しがつきませんわ。我が帝国臣民の、娘を持つ父親たちの手本となるように振る舞わねば……」

などというミーアの抗議を笑顔で聞き流し、マティアスは笑った。

「陛下などとよそよそしい。どうしたというのだ、ミーア。いつものように、気軽にパパと呼べば……」

「お父さま、準備はすでにできておりますわ。さ、参りましょう」

ミーア、父の妄言を華麗にスルー。笑顔で立ち上がる。


着付けのために用意した部屋へと移動する。準備万端整えて待っていた仕立屋は、ベテランの女性だった。皺の刻み込まれたその顔に穏やかな笑みを浮かべ、恭しく頭を下げる。

「本日の着付けと、ドレスの仕立てを担当させていただきます。よろしくお願いいたします」

挨拶もそこそこに、彼女は動き出す。その手際はおそろしくよかった。キビキビとした動きで、手早くミーアにウェディングドレスを着せていく。そして、そのかたわらでは、アンヌが、メモを取りながら、その一挙手一投足を観察していた。

「あら、ずいぶんと熱心ですわね、アンヌ」

動かないように、視線だけ向ける。と、アンヌは真剣そのものの顔で頷いて、

「はい。式の当日になにがあっても、そして仮に私一人しかいなくても対応できるように、できるだけ、やり方を覚えておきたいと思っております。もしかしたら、馬にくしゃみを吹っかけられることもあるかもしれませんし」

頼もしい専属メイドの言葉と懐かしい思い出に、ミーアは思わず笑みを浮かべた。

「ああ、そういえば、そんなこともございましたわね……。うふふ、思い出してしまいますわね」

けれど、その笑顔はすぐに曇ってしまう。

「そうでしたわね、荒嵐……あの馬は……、もう……」

どこか遠くを見るように、ミーアは宙に視線をさ迷わせ……そして、

「ヴェールガを発ったころかしら？　早めにこちらに向かうと言っておりましたけれど……。思えば、結婚式に呼んでいるのでしたわね、あいつ。言われてみれば、アンヌの危惧（きぐ）はもっともですわ」

通常の結婚式で馬に乗ったりは、もちろんしない。当たり前のことだ。

しかし、ミーアといえば馬。馬といえばミーア。ミーアの乗馬好きは、周囲に広く知られたことである。そのため、式典の余興として、ミーアと関係の深い馬を呼び、ミーアが騎乗して登場することになっているのだ。

そして、荒嵐はミーアの思い出の中で、一、二を争うほどに印象深い馬なわけで……当然、登場さ

せないわけにはいかないのだが……。

「もちろん、ウェディングドレスで乗ったりはいたしませんけれど……あいつがこっそり厩舎を抜け出して、わたくしに、くしゃみをかけに来るというのは……実にありそうな話ですわ」

ミーアには、その姿がありありと想像できてしまう。意地悪そうな顔で、こっそーりとミーアに近づいてくる、あの荒嵐の顔が……。

「……アンヌ、念のため、しっかりと着付けのやり方を見ておいてくださいませね」

「はい。もちろんです」

力こぶを作り、ふんぬっと鼻息を荒くするアンヌであった。

そうして、着付けを終えたミーアは、父のもとに向かった。

長いスカートの裾を引きずらないよう、アンヌに持ってもらい、ゆっくりと、転ばぬように歩いていき……。

「お父さま、着付けが終わりましたわ」

その声に、待ちかねた！　とばかりに、立ち上がった父は……。

「ああ……」

と、ただ一言つぶやいた。

「どうかしら、お父さま？　このウェディングドレスは……」

ミーアは小さく首を傾げ、父を見つめる。その問いに、けれど、マティアスは答えない。

「ああ……」

再びのつぶやき。こぼれ落ちたその声には万感の響きがあった。

マティアスは、目に涙すら浮かべながら、ただ、ただ、ミーアの晴れ姿を見つめていた。

「なぜだかわからないが……私は、ミーアのその姿を、見られないものとばかり思っていた……。それをこうして見ることができた。これほど嬉しいことはない」

かすかに震える声で、そんなことを言う。

「お父さま……」

父の、その感極まった言葉に、ミーアも思わず、もらい泣きしそうになって……でも！

「しかし……残念だ……」

続く父の言葉に、ミーア、絶句した！

「なっ！」

それから、キリリッと目を吊り上げる。

「どっ、どういう意味ですの⁉　お父さま、わ、わたくしのドレス姿が残念だなどと……」

慌てて姿見を確認。そこに映る自分は……まぁ、最高とは言わないまでも、普通だ。平均以下ではない……たぶん。

だから、断じて残念などではない……たぶん。

――だっ、だというのに、言うに事欠いて……娘のウェディングドレス姿に残念だなどと……。

ギリギリ、と歯ぎしりしたミーアは、はたと気づく。

「あっ、わかりましたわ！　ドレスが似合わないとか、そんなことを言って、結婚に反対するつもりですわね。ぐ、ぐぬぬ、そうはいきませんわよ？　必ず、わたくしにピッタリと似合うドレスを探してみせますわ。どんどん試着いたしますわよ？」

仕立屋をせっついて、ミーアは次のドレスを身に着けに向かう。

そうして、ミーアは問い損ねた。

父が、なにを残念だ、と言ったのか……を。


ずんずんと試着部屋に戻っていくミーアを見送ってから、改めてマティアスはつぶやいた。

「本当に、残念だ……。アデラにも、ミーアのこの姿を見せてやりたかった……」

そっと閉じた瞼の裏に妻の姿を映しながら……。

「残念だ……。アデラならばきっと、誰よりもミーアに似合うドレスを仕立ててやっていただろうから……。きっとウェディングドレスも自分で作ったに違いない。ふふふ、アデラは、手先が器用だったからな……」

今は亡き妻の自慢をつぶやいてから、彼はそっと腰を下ろした。

ミーアが、戻ってくるまでには、もうしばらく時間がかかりそうだった。その間に、せいぜいゆっくりと、思い出に浸ろうと……彼は妻の顔を思い浮かべる。

色あせることのないその顔は、なぜだろう、苦笑いを浮かべているように感じた。

『いくら私でも、ウェディングドレスは、さすがに無理です』

と、ちょっとだけ呆れたような声が聞こえた気がして……。

「そうだな……。ならば、せめて、アデラの代わりにしっかりと私が選んでやらねばなるまいな」

そうして、マティアスはそっと目を閉じた。遠き記憶の彼方、今は亡き妻の助言に耳を傾けるかの

ように……。

かくて、絶望に彩られた「無念」から、幸せに満ちあふれた「残念」へ……マティアスのつぶやきは書き換えられた。

後世の歴史家は、その言葉を記録するとともに皇帝マティアスをこう評す。

マティアス・ルーナ・ティアムーンは、帝国の叡智と名高いミーア姫の父とは思えないほど、凡庸な男だった。

統治者としては凡庸で、娘を思うその姿もまた凡庸な、ごく普通の、善良な父親のものだった。

そして、亡くなった妻に対する愛情には、統治者には不向きなほどの誠実さがあった、とも。

まぁ、それはさておき、ミーアのウェディングドレスの試着会は、こうして、夜まで続けられたのだった。

エピローグ～Most valuable days～

「うふふ、あの時は楽しかったですわ。結婚式の前で浮かれていたというのもありますけれど、ついつい調子に乗ってしまって、いろいろと試着してしまいましたわね」

くすくす、と笑い合うミーアとアンヌ。だったが、ふと、アンヌが何かに気づいたように声を潜めて、

「……ミーアさま」

そっと指さした先……すーすーとベルが寝息を立てていた。体を丸めて、気持ちよさそうに寝ている。

「あら……ベル、寝てしまいましたのね……」

「さすがにもう、夜も遅いですから……」

「そう……。少し話しすぎましたわね」

ミーアは、ふわぁ、っとあくびをしてから、そっとベルの横顔を見る。

すやすやと、穏やかな寝息を立てるその顔は、ほんの少し微笑んでいるように見えた。

「ふふふ、どんな夢を見ているのかしら……？」

そうつぶやいた刹那、不意に、ミーアの脳裏に甦ってくる風景があった。

それは、セントノエル学園での、ある日の記憶だ。

友人たちとの懐かしき日々。本当にいろいろなことがあった。

大きな危機は幾度となく訪れ、非常に忙しく、方々を飛び回った日々だった。

けれど、今となっては、そのすべてが愛おしく感じる、そんなかけがえのない日々だった。

当然、印象深い出来事はいろいろあったけれど……でも、今、この瞬間に思い出したのは、何もない日のことだった。本当に些細な、ある日の記憶であった。


「あら、ミーアさま、お昼ですの？」

授業が終わり、あくびをしながら教室を出ようとしたところで、ミーアは呼び止められた。

振り返ると、そこにいたのは、星持ち公爵令嬢の二人、エメラルダとルヴィだった。

「あら、お二人とも。どうかなさいましたの？」

首を傾げるミーアに、ルヴィが肩をすくめて、

「実はちょうどタイミングよく緑月の姫君と会ってしまいましてね。せっかくだから、ランチを一緒に……などと話していたところで、またしても、タイミングよくミーア姫殿下とお会いしてしまったのですよ」

「せっかくですし、ミーアさまもご一緒にいかが？　もちろん、アンヌさんも一緒で構いませんわよ、ね、ニーナ」

話しかけられたエメラルダのメイド、ニーナは複雑そうな顔で……。

「はい、まったく問題ありません。私の名前など覚えなくてもまったく問題ないのと同様に」

などとつぶやいた。

「ふーむ、このメンバーで食事というのは、ふふ、確かに珍しいですわね。では、参りましょうか」

帝国皇女と星持ち公爵令嬢二名の昼食会。珍しい顔合わせではあったが、そこはそれ。年頃の令嬢

が三人も集まれば、賑やかにならぬはずもなし。時に、メイドたちにも話を振りつつ、食堂の料理に舌鼓を打ちつつ、大変、楽しいランチタイムを過ごしたミーアである。

さて、食堂を後にしたミーアは、

「ええと、今日は午後の授業はないんじゃなかったかしら？」

そう話を振ると、忠義のメイドは一瞬考え込むように首を傾げてから……。

「はい、そのはずです」

「ふむ……」

そこで、ミーアは軽くお腹をさする。

――お菓子を軽く嗜むぐらいであれば、余裕がございますわね。これは、町にスイーツでも……。

などと思い、窓の外を覗いてみると……。

「あら……雨？」

いつの間にやら、空は灰色に染まっていた。今にも雨が降り始めそうである。

「出先で降られるのは面倒ですわね。ううむ、仕方ない。食堂でケーキでも……」

「ミーアさん」

その時だった。前からラフィーナが歩いてくるのが見えた。ティオーナとリオラ、クロエにラーニャも一緒だ。

「ちょうど良かったわ。今から、みなさんでお茶にしようとお話ししていたのだけど、ミーアさんもいかがかしら？」

「ペルージャンのお茶菓子もありますすよ」

「あら！　それは楽しみですわ！　ふふふ、お誘いいただき感謝いたしますわ」

上機嫌に微笑んで、ミーアは午後のお茶会を楽しんだ。

会話の花は、いろいろな色で咲き誇った。

クロエの本の話、ティオーナの家族の話、リオラの故郷の森の話、ラーニャの果物の話、それを聞いて、ラフィーナはニコニコ穏やかに微笑み、ミーアはパクパクお菓子を楽しむ。

楽しい時間はあっという間に過ぎていき、名残惜しさを感じつつも、ミーアは部屋を後にする。

それから、ミーアは、アンヌの提案に従って、学園内を軽く散策することにした。

さすがに食べすぎたため、夕食までにコンディションを整えようというのだ。

中庭に面した辺りを歩いていると、またしても、前方から見知った顔が歩いてくるのが見えた。

「あら、アベル。シオンも、もしかして、これから剣術鍛練ですの？」

「ああ、そうなんだ。午後は授業がないから、ちょうどいいと思ってね」

アベルは、鍛練用の木剣を持ち上げてみせた。

「ずいぶん久しぶりになってしまったが、じっくり鍛練に打ち込もうということになったんだ。国に帰れば、こうして、友と剣の腕を高めあう機会も減るだろうしな」

そんな生真面目なシオンの言葉に、ミーアはハッとする。

——言われてみれば、こうして各国の方たちと当たり前のように顔を合わす機会というのは、ある意味で貴重ですわね。セントノエルでの六年間というのは、長いようで短い、とても貴重な時間なのかもしれませんわ。

ふと、そんなことを思ってしまう。

――それならば、後悔なく、未練なく、この日々を過ごさなければなりませんわね……。

っと、思いを新たにしたところで、

「……ところで、ミーア姫殿下、その……次の剣術大会には、また、手料理の弁当を作るご予定が……？」

キースウッドがそっと声を潜めて聞いてきた。

「ああ、お弁当作り、そうですわね。あれは楽しかったですし、またみなさんでやりたいですわね」

せっかく、こうして毎日顔を合わせているのだ。みなで楽しめる機会はどんどん持ちたいと思うミーアなのである。

ミーアの言葉を聞いて、キースウッドはガックリ肩を落とすも……。

「わかりました……では、その心づもりでおります」

「あら……もう、何度かしていることですし、別にキースウッドさんにお手伝いいただかなくとも……」

「その心づもりでおりますから！　ぜひ、その時にはお声がけいただきますように！　絶対に、私の目の届かぬところで勝手なことをしないように、いいですね!?」

念を押され、その迫力に思わず頷くミーアであった。

さて、そんなこんなで、夕食までにはまだ時間がある、ということで……。

ミーアは自室のベッドでゴロゴロして時間を潰すことにした。

……セントノエルでの時間を無駄にしないように、と少し前に思ったはずなのだが……人間というのは、そう簡単には変われないのだ。

自室に戻り、一息吐いたところで……。

「ミーアお……姉さま！　大変です」

ベルが部屋に駆け込んできた。ずぶ濡れだった。

「まぁ、ベル、どうしましたの、それ……。もしかして、この雨の中、外で遊んでいたとか……」

「いえ、セントノエル学園を探検していただけです。決して、遊んでなんかいません」

キリッとした顔をするベルに、ミーアは大きくため息。

「そんな格好でいたら、風邪をひきますわよ？」

「えへへ、水も滴る、というのになってしまいました」

かつての自分のようなことをつぶやく孫娘に、再びため息を吐き……。

「もう、そんなくだらないことを言ってないで、とりあえず、お風呂に……。ふむ、わたくしも、夕食前に入ってしまおうかしら……」

ミーアは、アンヌに着替えの用意をお願いしてから、素早く起き上がる。

そうして、部屋を出たところで、ふと思いつき……。

「もしかして、ベル、リーナさんも一緒だったんですの？」

「はい。一緒に探検してたら、大雨が降ってきて……」

「そう。それならば、リーナさんも一緒にお風呂に誘ってあげるのがよろしいですわね」

孫娘に付き合わされて、大変な目に遭ったであろう、シュトリナを労わねば、と改めて思うミーアである。

その後、合流したシュトリナとともに、楽しい入浴タイムを過ごしたミーアは、ベルから探検の成果を聞くことになるのだった。

それは、なんでもないセントノエルの日常。

なにも特別なことなど起こらない、けれど、特別な日。

ミーアの中でキラキラと輝きを放つ、価値ある一日の記憶だった。

「そんなこともありましたね……」

ふと思い出したある日の記憶の記憶をミーアが語れば、アンヌはしみじみと頷く。けれど、彼女が思っている日とミーアが思っている日が一致しているかはわからない。

それほど、その日は普通の日だったのだ。

「なんだか、すごく不思議ですわ。今日まで全然、思い出すことなんかなかったのに、なぜだか、思い出してしまいましたわ」

なにもない、なにげない一日。

でも……ミーアは気づいていた。

その、平凡で普通の一日には、すべてが揃っていた。

幸せの、すべてが揃っていたのだ。大切な友人たちも、賑やかだけど平穏で、愛しい時間も……。

なにもかもが、すべて揃っていたのだ。

そんな懐かしき日に、セントノエルでの日々に……一瞬、想いを寄せてから、ミーアはつぶやくように言った。

「ねぇ、アンヌ、わたくしは改めて思いますわ。あのセントノエルでの日々は、かけがえのない、わたくしにとって、とても価値ある日々だったと」

「ふふふ、そうですね。私も、すごく貴重な経験をさせていただきました」

アンヌの言葉に、ミーアは一つ頷いてみせてから、

「でもね、アンヌ。わたくしは、あのころに戻りたいとは思いませんわ。なぜなら、それは昨日も、今日も、明日も……きっと同じだから……」

ミーアは静かに、はっきりと告げる。

あの輝かしき日々を、明日も続けていく。

それは、あの日々を知るベルが過去から戻ってきた時、ガッカリさせないため。

それは……この平穏な日々を、まだ見ぬ子孫に受け継ぐため。

あの地下牢の日々を、大飢饉の地獄を、決して子や孫たちに味わわせないため。

そのために、価値ある日々を続けていく。決して終わらせることはない。

ふと、ベルの顔を見て、ミーアは小さく微笑んだ。

「あら……ふふふ、ベルが笑っておりますわ」

ミーアは優しくつぶやいて、それから、ベルの頭を撫でて、

「ゆっくりとおやすみなさい、ベル。いい夢を見るのですわよ」

それは孫と祖母との穏やかな夜。

それはとてもありふれた平凡で、平和で……最も価値のある風景であった。

あとがき

ご機嫌よう、読者のみなさま。ミーア・ルーナ・ティアムーンですわ。今回はあとがきが半分ということなので、最初からわたくしの登場となりましたけれど……あら？　これって、作者の手抜きではないかしら……？　え？　尺が？　ええ、わかっておりますわ。

ということで、短編集お楽しみいただけたかしら？

作者からコメントをもらっておりますけど、なになに、本編よりも自由に書ける分、短編集のほうが良い話が多いかも……？　こんなことを言って大丈夫なのかしら？

そういえば、今回は人気投票の発表もございましたわね。みなさま、ご投票に感謝いたしますわ。まぁ、結果は言うまでもないこと。当然のごとく、わたくしの一位……は、まぁ良いのですけど、二位に不穏なモノが紛れ込んでいるような……。

この位置って、わたくしが追いかけられているようで……なんだか、こう、首筋が寒くなるようなきがしますわね。気のせいかしら……？

お世話になっているみなさまにも感謝を。いつも素敵にわたくしを描いてくださっているＧｉｌｓｅさまと編集のＦさま、いつもお世話になっております、と作者が言っておりますわ。

ということで、それでは、ご機嫌よう、みなさま。

また次の巻でお会いできれば嬉しいですわ！

ティアムーン帝国物語 ～断頭台から始まる、姫の転生逆転ストーリー～

第2回人気キャラクター投票結果発表!

第1位
ミーア・ルーナ・ティアムーン
258票

第2位
ギロちん
129票

第3位
アベル・レムノ
108票

第4位
ミーアベル・ルーナ・ティアムーン
42票

第5位
アンヌ・リトシュタイン
41票

第6位
シュトリナ・エトワ・イエロームーン（リーナ）
33票

第7位
ディオン・アライア
30票

第8位
エメラルダ・エトワ・グリーンムーン
19票

第9位
ラフィーナ・オルカ・ヴェールガ
18票

第10位
ルードヴィッヒ・ヒューイット
16票

Glise先生より

ギロちんはいつも安定して上位にいますね?
新しい候補が多くなっても、ミーアの人気は
いつも1位とのこと、やはり帝国の叡智です。

杜乃ミズ先生より

ミーアさま1位!　さすがです!
すぐ後ろで例のアイツも小躍りしています…おめでとう!

餅月先生より

投票ありがとうございました。
今回はベルとシュトリナのお友だちコンビや、ミーアの親友エメラルダとラフィーナの躍進、
さらにはミーアの永遠（ズッ）の友
ギロちんのまさかの2位入賞など、
前回からの目まぐるしい順位変動に驚かされています。
やっぱり、お友だちっていいものですね!

たくさんのご投票をありがとうございました!!

ティアムーン帝国物語短編集
～断頭台から始まる、姫の転生逆転ストーリー～

2024年6月1日　第1刷発行

著　者　餅月 望

発行者　本田武市

発行所　**TOブックス**
〒150-0002
東京都渋谷区渋谷三丁目1番1号　PMO渋谷Ⅱ　11階
TEL 0120-933-772（営業フリーダイヤル）
FAX 050-3156-0508

印刷・製本　中央精版印刷株式会社

ISBN978-4-86794-180-5

Printed in Japan